JN027420

空に響くは竜の歌声

紅蓮の竜は幸福に笑む

MIKI IIDA
飯田実樹

ILLUSTRATION
HITAKI
ひたき

この物語はフィクションであり、
実際の人物・団体・事件等とは、いっさい関係ありません。

九代目竜王＆リューセー

フェイワン

異世界エルマーンの竜王。魂精が欠乏し、幼い姿に若退化したが、龍聖と結ばれて元の姿を取り戻した。龍聖を熱愛し、幸せな家族を作る。黄金竜ジンヨンと命を分け合う。

守屋龍聖（もりやりゅうせい） ［九代目］

普通の銀行員だったが突然異世界へ召喚され、竜王に命の力・魂精を与えられる唯一の存在だとわかる。フェイワンを愛し、彼の子供を産む。

シェンファ

長女。不思議な力がある。

インファ

次女。おてんばで明るい。

シィンワン

長男。心優しい次代の竜王。

ヨウチェン

次男。のんきでマイペース。

タンレン

フェイワンの従兄弟で親友。シュレイに長く片思いしていたが、ついに結ばれる。

シュレイ

リューセーの側近。不幸な生まれ育ちでタンレンの愛を拒んでいたが、紆余曲折の末、受け入れる。

メイファン

神官長の息子で、卵の護衛責任者を務める。かつて騙され操られて罪に加担したが、龍聖に立ち直る機会を与えられ救われた。

ラウシャン

外務大臣。気難しいが頼りになるロンワン。肉体の成長（老化）が遅い特殊体質で長命。後にシェンファと結婚する。

十一代目竜王&リューセー

レイワン

フェイワンと龍聖の孫にあたる。穏やかで懐の深い王で、型破りな十一代目龍聖を包み込むように受け止める。

守屋龍聖 [十一代目]

明るく積極的。型にはまらない行動力で周囲を振り回すが、憎めない人柄で、みなに心から慕われている。

三代目竜王&リューセー

スウワン

感情豊かで大胆不敵、王として力強くエルマーンを先導する。自分の気持ちに素直で、いつまでも少年のような一面も。

守屋龍聖 [三代目]

長男気質で気丈。アルピンの生活改善や医術の向上、側近制度など国造りに大きく貢献した。気高さは銀の剣に例えられる。

八代目竜王&リューセー

ランワン

誠実でひたむきな王だが、愛する龍聖を失ってしまう。フェイワンを育てるために、命を削って全魔力を注ぎ早逝する。

守屋龍聖 ［八代目］

近代化で竜王との契約の伝承が失われた守屋家に育ち、リューセーとしての在り方を受け入れられず苦しみ心を病み、儚く事故死する。

エルマーン用語集

リューセー

竜の聖人にして、竜王の伴侶。そして王に魂精を与え、王の子供を宿せる唯一の存在。

魂精（こんせい）

リューセーだけが与えることのできる、竜王の命の糧。魂精が得られないと竜王は若退化し、やがて死に至る。

シーフォン

竜族の総称。かつては獰猛な竜だったが、世界を滅ぼしかけて天罰を受け、人間の姿に変えられた。男性は自分の分身である竜と共に生まれる。女性は竜を持たずに生まれる。竜王に率いられており、もしも竜王がこの世からいなくなれば、竜族は正気を保てず、滅びる運命にある。

アルピン

もっとも弱い人間の種族。シーフォンはアルピンを保護するように神に命じられている。物事を学ぶのに時間がかかるが、勤勉で善良な人々。

Family tree

エルマーン王家家系図

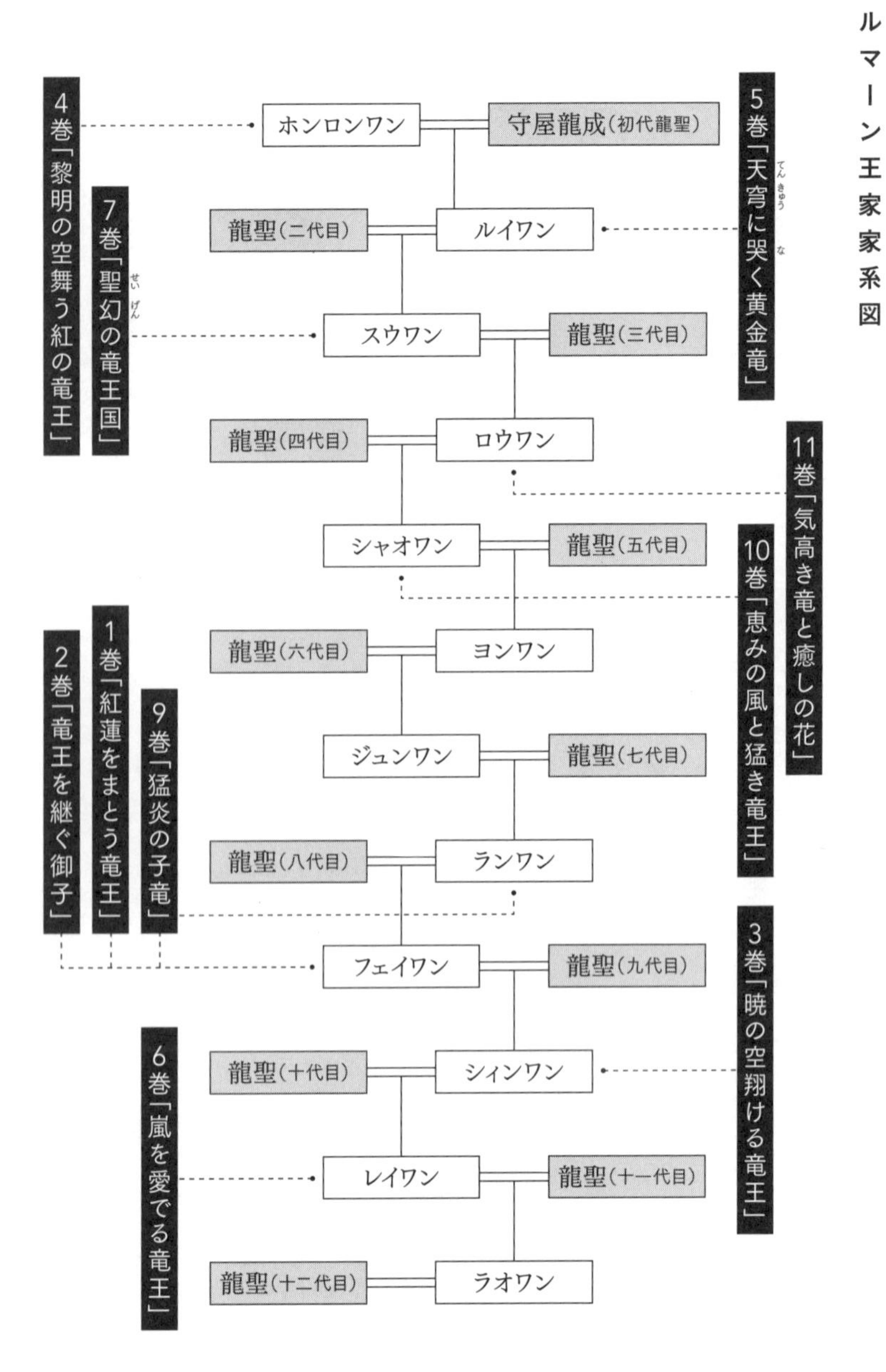

甘い悋気と淡い艶羨

大陸の西の荒野に、こつ然と険しい峰が現れる。まるで大地から、鋭い幾本もの剣がそそり立つかのごとく、険しい岩山が並び立ち、それはぐるりと環となって連なる。

人々は太古よりそれを『竜の巣』とも『魔窟』とも呼び恐れていた。その不思議な地こそ、竜族シーフォンが治める王国、エルマーン王国である。

険しい岩山の中央には、緑豊かな台地が広がり、箱庭のようなその地に、エルマーンの人々は町を作っていた。険しい岩山の内側には、岩肌に張りついたように建つ王城がそびえており、その上空をたくさんの竜が飛び交っていた。

かつては王国も、存続の危機に陥（おちい）ったが、現王フェイワンと王妃龍聖（りゅうせい）によって、再び穏やかで豊かな国へと戻りつつあった。

フェイワンと龍聖は、二人の姫君に恵まれ、間もなく世継ぎの王子も生まれようとしていた。そんなエルマーン王国の平和な日常……。

「フェイワン、インファがもう眠そうだから、二人を休ませるよ」

インファを腕に抱いている龍聖が、フェイワンにそう告げた。

フェイワンは、ソファに座り、膝にシェンファを抱っこして、絵本を読んでやっているところだ。

「ああ、そうだな……もう遅い時間だ」

「シェンファ、お父様におやすみなさいをしなさい」

龍聖がそう言うと、シェンファは少しがっかりした顔をしたが、聞き分け良くフェイワンに「おやすみなさい、おとうさま」と言って、首にきゅっと抱きつくと、頬に口づけた。フェイワンは嬉しそうに微笑みながら、シェンファを抱きしめて、頬に口づけを返す。

「おやすみ、よい夢を見るんだよ」

フェイワンはシェンファを床に降ろして立ち上がり、龍聖の腕に抱かれて半分眠りかけているインファの額に口づけた。

「ちょっと連れていってきますね」

龍聖は二人を乳母に預けに向かった。

シュレイに伴われて、王の私室の隣にある子供部屋へ向かい、乳母に二人を引き渡した。

「シェンファ、インファ、おやすみ」

二人に口づけると、子供部屋を後にする。

シュレイは、王の私室の扉の前まで、龍聖を送り、「それでは私も休ませていただきます」と一礼した。

「うん、おやすみ、シュレイ、また明日ね」

龍聖はニッコリと笑って、シュレイに別れを告げると、フェイワンの下へ戻った。

居間に入ると、先ほどのソファにフェイワンの姿はなかった。

「あれ？」

龍聖はキョロキョロと辺りを見回す。奥の寝室の扉が少し開いていた。

龍聖は寝室へ向かうと、扉を開けて中を覗(のぞ)いた。するとベッドには、すでに楽な姿で寝そべっているフェイワンがいた。

龍聖はクスリと笑い、中へ入って扉を閉めた。

「もう寝るのですか？　いつもより早くないですか？」

いつもならばソファに二人並んで座り、今日一日起きたことを、龍聖とフェイワンは互いに話をしたり、二人で酒を飲みながらゆっくり寛いだりしていた。

子供中心になりがちだったが、二人っきりの時間も大事にしていた。

「おいで」

フェイワンが右手を差し出して、龍聖をベッドへ手招く。龍聖は上着を脱いで、薄い長衣の下着一枚になり、ベッドに上がった。フェイワンが龍聖の腕を摑んで懐に抱き込む。

「話はここでも出来るだろう？」

フェイワンが耳元で甘く囁く。龍聖は目を閉じうっとりとした表情で、体をフェイワンに預けた。

龍聖はフェイワンの艶のある低い声が好きだ。耳元で囁かれると、ぞくぞくと痺れる。

フェイワンは目の前にある龍聖の顔を、じっとみつめていた。龍聖が目を開けると視線が合う。

「なんですか？」

頰が触れ合うほど間近で、フェイワンがじっとみつめているので、龍聖が不思議そうに尋ねた。

「いや……やはりシェンファはお前に似ているなと思って」

「オレに？　そうですか？　黒髪だから？」

「いや、顔もよく似てきた。あれはシーフォンで一番の美人になるぞ」

「えー！　オレに似るより、フェイワンに似た方が美人になりますよ！」

「何を言うか……お前に似た方が美人に決まっているだろう。しかしこんなに美しくなったら困ってしまうな」

フェイワンはそう言って、龍聖の頰に口づけた。

「親馬鹿だなぁ……」

龍聖は呆れたように小さく溜息をつく。

「インファは、どっちかというとフェイワンに似てますよね。小鼻の形とか、口元とか、最近似てるって思いますよ」

「そうか？」

「美人になります」

「親馬鹿だな」

二人は顔を見合わせて笑った。

「もうすぐ生まれるあの子は……やっぱりフェイワンにそっくりでしょうか？」

「そうだな……竜王は代々皆似ていると言われている……ホンロンワン様の現身だと言われている」

「ふーん……」

龍聖は、じっとフェイワンの顔をみつめながら、左手でフェイワンの眉から瞼、鼻筋、頰、口、顎と順に撫でるように触っていく。

「こんなに整っている顔って、今まで見たことないです。フェイワンの顔の造形って完璧ですよね……ギリシャ彫刻みたい……」

「ぎりしゃ彫刻？」

フェイワンは初めて聞く言葉に、不思議そうに聞き返して笑う。

「オレの世界にある国のひとつです……古くから芸術が盛んなところで、とても美しい男性の石像とかが残っているんです。それが、本当に綺麗な顔で……美形の例えとして使うことがあるんですけど……彫りの深い整った顔立ちのことを……ああ、だけどやっぱりフェイワンの顔の方が綺麗かなぁ」

「惚れ惚れする？」

龍聖が微笑んで答えると、フェイワンは龍聖の唇を奪った。深く口づけると、それに応えるように龍聖も口づけを返す。

長い口づけの後、ゆっくりと唇が離れて、龍聖が甘い息を吐いた。

「ダメですよ……こんなところで、こんな口づけしちゃったら……」

「こんなところとは、どこだ？」

「もう……」

龍聖が甘えるように抗議するのを、フェイワンがニッと笑いながらまた口づける。舌を絡ませ、口内を愛撫すると、龍聖が喉を鳴らして、フェイワンの背中に縋るように腕を回す。唇が離れると、「あ……」と小さく喘ぐような声が漏れた。少し息が上がっている。

「ダメです」

「何が？」

「……こんなの……えっちな気分になるでしょう？」

「させているんだよ」

フェイワンはクスリと笑って、龍聖の首筋に嚙みつくように歯を立てて、強く吸い上げた。

「あっ……んっ……ぁっ……」

首筋を吸いながら、ボタンをひとつずつ、ゆっくりと外していくと前が開いて、龍聖の白い胸が露になった。そのまま下着を脱がせ、唇を首筋から鎖骨へ、胸の引き締まった筋肉の形をなぞるように降りていき、薄い色の乳輪を舌で舐めて、小さな乳頭をチュウと強く吸い上げる。

「ああっあっ……んんっ……んぁっ……」

堪らず龍聖が喘いだ。身を捩らせて首を振る。

「ダメ……だってば……今はまだダメですよ……」

「以前は十日に一度と禁じられていた。今はひと月も我慢出来るようになったんだ……偉いだろう？」

「だから……本当は……一年は……だめなんですよ？　……ああっ……んんっ……もう……」

乳首を舌で愛撫されて、龍聖は頬を上気させながら身悶える。

「こんなに美しくて愛らしいお前を側に置いて……一年も我慢など出来るものか」

フェイワンはそう言いながら、右手を龍聖の股間へと伸ばして、掌で立ち上がっている龍聖の昂りを、ゆるゆると撫でるように愛撫する。

「あっああっ……――っ……ふっうっ……あああっ」

久しぶりの快楽に、抗うことなど出来るはずがなかった。直に性器を擦られて、それだけですぐにでも射精してしまいそうだ。龍聖は自然に足を開いて、快楽に身を委ねた。

亀頭の先から蜜が溢れ出る。掌を濡らした蜜を、そのまま下の窪みへと塗り込むように、指先でゆるゆると愛撫された。入口が次第に緩んで口を開いていく。人差し指をゆっくりと差し入れられ、解すように指が動いた。

「あんっ……あっ……ふぅっ……ああっ……ぁっ……」

龍聖は甘い喘ぎを漏らし続けた。込み上がってくるじわじわとした痺れに、もっと奥まで欲しいと欲望が湧き上がる。

「フェイワン……もういいから……入れて……」

龍聖は甘い誘惑の言葉を漏らす。足を開いて早くと乞うた。

フェイワンはニヤリと笑みを浮かべて、自身の長衣の裾をまくり上げ、腹につくほど怒張してそそり立つ男根を左手に持ち、龍聖の腰を右手でしっかりと摑んで、亀頭の先を少し解れて小さな口を開けている後孔に押し当てた。

ぐっと押しつけると、襞が伸びて入口が広がる。太い亀頭がゆっくりと中へ押し入っていく。

「あーっ……ぅんっ……ううっ……ああっ……っ」

龍聖は背を反らして、大きく喘いだ。体の中へと入ってくる熱い塊に、身を焼かれそうだ。

「熱い……ああっうっ……あっ……フェイワンっ……」

フェイワンがゆっくりと腰を動かし始めたので、龍聖は堪らず喘ぎを漏らす。太い肉塊が中を蠢くたびに、肉壁が擦られる。太い亀頭が肉を割って、奥を突く。快楽の波が次第に大きくなり、体を支配する。

「んんっ……あっ……んぁっ……はぁっあっ……熱い……ああっ」

「リューセー……お前の中が……とても熱い」

フェイワンは腰をゆさゆさと揺さぶり、抽挿の動きを速めながら、荒ぶる息遣いで囁いた。

「フェイワンのがっ……熱いよ……ああっ……すごくっ……」

「そんなに締めつけるな……すぐにでも果ててしまいそうだ」

フェイワンは、クッと喉を鳴らして笑いながら、腰を激しく動かす。

「あぁっ……フェイワン……ダメ……そんな……あぁっ……あぁーっっ」

龍聖が背中を反らして、ビクビクッと腰が跳ねて、立ち上がった昂りから、無色の迸り(ほとばし)が弾けて白い腹を濡らした。それに連動して、後孔がきゅうきゅうと締まり、フェイワンの肉塊を締めつける。

「くっ……ううっ……」

フェイワンが少し顔を歪めながら、両手でしっかりと龍聖の腰を摑んで、深く奥へと突き上げた。最奥(さいおう)に勢いよく精液を注ぎ込む。限界まで膨らんだ陰茎から、熱い精液がどくどくと注がれた。残滓(ざんし)まで絞り出すように、ゆるゆると腰を揺すり、射精感の余韻に浸りながら、恍惚(こうこつ)とした顔で大きく息を吐いた。

ゆっくりと龍聖の中から陰茎を引き抜くと、どろりと白い精液が溢れ出て、龍聖の股を濡らす。

二人はまだ乱れる息遣いで、何度も啄(ついば)むように口づけを交わした。

フェイワンは、一度強く龍聖の体を抱きしめて、少し腕を緩めると龍聖の隣に体を横たえた。龍聖はフェイワンの逞(たくま)しい胸に、頬を擦り寄せる。ドキドキと激しい鼓動が聞こえた。

「もう……また懐妊しちゃったら、どうするんですか?」

龍聖は甘えるように呟いた。

「どうもしないさ……お前が産んでくれるというのならば、いくらでも産んでほしい」

「オレはね……別にいいんですよ? もう卵を産むのも慣れたし……赤ちゃんを出産する女性の苦労に比べたら、あれくらい……全然大変じゃないし……卵を育てるのだって……みんなが心配するほど、オレは全然負担ではないんですよ？　むしろ、魂精が有り余っているのか、まったくどうってことないし……だけどほら……みんなが心配するでしょ？　すごく」

龍聖は顔を上げて、フェイワンをみつめた。フェイワンは優しい眼差しで、龍聖をみつめ返す。

「本当にお前は大丈夫なのか？　疲れたりしないのか？」

「こんなに激しくエッチしたら疲れますよ！　もちろん」

龍聖がそう言って笑ったので、フェイワンも釣られて笑った。

「そうじゃなくて、オレに魂精をくれて、卵にも魂精をやって……疲れないか？」

「全然大丈夫。そんなに魂精をあげてるっていう感覚がないんですよね……エッチは気持ち良いし」

龍聖がそう言ってまたクスクスと笑うので、フェイワンは龍聖の頬を撫でた。

「だが世継ぎが生まれれば、今までとまた違うぞ？　シェンファ達と違って、世継ぎはオレと同じで、魂精でしか生きられない……これから成人するまで、オレと皇太子と、二人に魂精を与え続けねばならないのだ……だからこの次に懐妊したら、今まで以上に負担になるだろう」

「だからもう子供を作らないの？」

「いや……」

フェイワンは困ったように苦笑した。

「もう、性交しないの？」

「いや、する」

フェイワンが慌てて否定したので、龍聖はぷっと吹き出した。

「あ、いや、すまん」

「フェイワン……オレももっとフェイワンと性交したいし、子供も産みますよ」

「リューセー」

「今は、貴方に似た子に、もうすぐ会えると思うと、それだけでワクワクするんです。そしてその後もまた新しい子に会いたいと思いますよ」

「リューセー」

フェイワンは嬉しそうに笑って、ギュッと龍聖を抱きしめた。

「愛しているよ」

「オレも愛してます。フェイワン……ねえ、久しぶりだから、なんかすごく感じちゃった……もう一度くらい良いでしょう?」

龍聖が甘く誘惑するので、フェイワンは苦笑してから、抗えないと龍聖の腰を抱きしめた。

「喜んで」


龍聖はご機嫌な様子で、鼻歌を歌いながら廊下を歩いていた。行き交う兵士や侍女達は、少し驚いたように端に避けて会釈をし、恐る恐る龍聖を見送る。歩きながら鼻歌を歌う王族など見たことがないのだから仕方ない。

龍聖はそんな周囲の様子は、まったくおかまいなしで、目的の部屋に辿り着くと、扉の前に立つ兵士達にニッコリと笑いかけた。

「ご苦労様」

兵士達は深々と礼をしてから、扉をコツコツと叩く。すると少しして扉の覗き窓が開き、中から誰かがこちらを見て、すぐにガチャガチャと錠が開けられる音がした。厳重に閉ざされている扉がゆっくりと開き、橙色（だいだいいろ）の髪の青年が顔を覗かせる。

「リューセー様、どうぞお入りください」

「お疲れ様、メイファン」

龍聖は、卵の護衛責任者であるメイファンに挨拶（あいさつ）をして、扉の中へ入っていった。その部屋は、竜王の卵を守るための部屋だった。分厚い壁と、頑丈な扉で作られた特別な部屋で、警護も厳重だった。扉の錠は中からしか開けることが出来なくなっており、卵が保管されている間は、常時卵の護衛責任者か、もしくは代理人が、部屋の中で守っている。

龍聖は中に入ると、早速卵が入っている容器を覗き込んだ。大きな卵型のガラスのような透明な容器の中に、人肌ほどの温かさの水が入っていて、その中に卵が浮かんでいる。上部の金色の蓋（ふた）を開けて、メイファンが中から卵を慎重に取り出し、龍聖へ渡した。龍聖は柔らかな布の束を抱えて、卵をそこに受け取り、胸に抱きしめるように、そのまま用意されている椅子へと腰かけた。

「ご機嫌ですね、リューセー様」

龍聖は嬉しそうに微笑みながら、卵にチュッと口づけた。

「ん？　そお？」

ニコニコと笑いながら龍聖が答えるので、釣られるようにメイファンも、側に控える侍女達も微笑んだ。

「何か良いことがありましたか？」

「良いこと？　特別にはないけど、やっぱりこの子に会うのが毎日楽しみなんだよね」

龍聖はそう言ってクスクスと笑う。

「やはりお世継ぎの誕生が待ち遠しいですか？」

「んー……オレにとっては、別にお世継ぎとかそういうのは、あまり関係なくて……やっぱり初めての男の子っていうのが嬉しいかな……女の子が二人続いただろ？　だからなおさらって感じ……女の子はね、すごくかわいいよ、二人とも。だけどさ、オレは母親と言っても結局男だから、娘というのは、なんというか未知の生物なんだよね」

龍聖はそう言ってあははと笑う。メイファンは微笑みながら聞いていた。

「とにかく娘達は、かわいい、かわいいって存在で……正直どう接するのが正解なのか分からなくて、毎日がびっくりすることの連続なんだけど……息子はさ、それとはやっぱり違うっていうか……なんて言ったらいいんだろう……楽しみなんだよね。ミニフェイワンみたいなのかな？　とかさ……色々想像しちゃう。もうすぐ生まれそうだろう？」

かなり大きく重くなった卵を抱きしめながら、龍聖がそう語るのを、メイファンは何度も頷いて聞いている。

「シエンファは初めての子だったし、それも結婚してすぐ授かっただろう？　オレ自身がまだこの世界に馴染んでないのもあったし、すべてが分からないことだらけで、ただ夢中で育てたって感じで……いやぁ……育ててはないなぁ。みんなに助けてもらって、育ててもらったって感じで、自分で育てた実感がないんだ。インファでようやくなんとか慣れたって感じかな？　だからこの子は、すごく余裕を持って、ここまで育てられたっていうのもあるし……卵から孵った後も、ちゃんとオレ自身で育てられそうな自信も、ちょっとついてきたからさ……楽しみ」

龍聖はそう言って笑った。

「メイファンには、本当にお世話になっているよね。三人の子の面倒を見てもらってさ……」

「それは私の台詞です。ずっと護衛責任者の任命をしていただいて……これほど名誉なことはありません。こうして皇太子の護衛まで任せていただけたということは、今までのお二人の姫君の護衛をしたことを、お認めいただけたということですから……誉れです」

メイファンが、少し恥ずかしそうに頬を染めて笑ったので、龍聖はまじまじとメイファンの顔をみつめた。

「もうすっかり立派な大人の男になっちゃったよね。メイファンに初めて会った時は、まだちょっと幼さが残るくらいで……本当にかわいかったもんなぁ」

しみじみと龍聖に言われて、メイファンはまた少し頬を染めた。

「何も知らない未熟者でした。本当に……すべてを許していただいた御恩は一生忘れません。命に代えても、卵を守り続けます」

神妙な顔で深く頭を下げたメイファンを見て、龍聖は慌てて手を振った。

「ああ、もうその話はなしね！　忘れよう！　それよりさ、メイファンもそろそろ結婚する歳でしょ？　本当にかっこよくなったし、モテるんじゃない？」

「そんな！　全然モテませんよ！　別に顔だって普通だし……」

メイファンがぶるぶると激しく首を左右に振って否定するので、龍聖は小首を傾げた。

「ねえ、前から思っていたんだけど、シーフォンの人達の美的感覚ってどうなってるのかな？　全員が美形なのに、その中でも美醜とかあるの？　メイファンとかさ、オレから見ると、本当にものすごく美形だしさ、オレのいた世界だったら、トップアイドルかトップモデルクラスだよ？」

「とっぷもでる……ですか？」

メイファンは初めて聞く言葉に、不思議そうに首を傾げたので、龍聖は苦笑した。

「うん、モデルという職業があるんだよ。顔の綺麗な人や、体つきが綺麗な人が就くんだけどね。その中でも一番ってくらいの人がトップモデル……メイファンはそれくらい美形だよって褒めてるんだ」

「ええ！」

メイファンはそれを聞いて、驚きのあまり大きな声を上げてしまい、慌てて恥ずかしそうに両手で口を塞いだ。

「お、大きな声を上げてしまい申し訳ありません」

赤面して頭を下げるメイファンに、龍聖は笑いながら首を傾げた。

「そんなに驚くこと？」

「お、驚きますよ。だってリューセー様の世界の話ですよね？　リューセー様のような美しい方のいる世界の職業でそんな……」

「そこ！　それ！」

龍聖が突然メイファンに向かって指をさしたので、メイファンはまた目を丸くして驚いた。龍聖は、我に返り差していた指を引っ込めて苦笑する。

「ごめん、指さしちゃって……」

「あの……私が何か問題発言をいたしましたか？」

メイファンが恐る恐る尋ねる。

「うん……シーフォンの人達ってさ、オレのことをすごく褒めるでしょ？　綺麗だ、美しいって……お世辞だと思って聞いているけど、たまに本気に聞こえる時があってさ……メイファンも今みたいにさらっと言うし……それがなんなんだろうって、いつも思うんだよね」

「え？　お世辞などではありません。お美しいから、ありのままにそう申し上げているだけです」

メイファンは、きょとんとした様子でそう答える。それを聞いて、龍聖は呆れたような表情になった。

「えー？　本気で言ってるの？　いやいや……大丈夫だよ。そんな気を遣わなくても」

「別に……気を遣っているつもりはございませんが……」

メイファンはなおも不思議そうに首を傾げて言った。

龍聖は眉根を少しばかり寄せて、じーっとメイファンをみつめる。みつめられたメイファンは、困ったように視線をうろうろと動かした。

「あの……リューセー様……」

やがて龍聖は、大きな溜息をついた。

「まあね、メイファンがとても誠実だということは知っているからさ、本気でそう思ってくれているのならば、特に他意はないと思うし、嬉しいけど……やっぱり美的感覚が違うのかな？」

龍聖の言葉を聞いて、メイファンはしばらく考え込んだ。

「あの……リューセー様……失礼を承知でお尋ねしますが……先ほどからのお言葉を伺って（うかが）おりますと……なんだかまるで、リューセー様はご自身のお顔を、あまり美しくないとお思いのように感じられるのですが……」

「まあ……正直に言って、普通よりは整っているとは思うよ。客観的に見てね。自分でそう言ったら、なんか図々しいけど、小さな頃から綺麗だとか、ハンサムとか、周りの人達から言われていたから、それなりの顔をしているのだろうなとは、自惚れかもしれないけど思ってる」

　龍聖は淡々とした口調で語り、一度首を竦めて自嘲気味に笑った。

「だけどシーフォンのみんなの顔を見たらさ……ちょっと次元が違うから、君達を前にオレの顔は綺麗でしょ？　なんて、さすがに言えないよ……でもメイファンや他のみんなの反応を見るにつけ、オレが思っているのとは、ちょっと違うみたいだからさ……シーフォンとは美的感覚が違うのかな？」

「はあ……」

　メイファンは龍聖の言葉に、納得出来ない表情ながらも相槌を打った。その反応に、龍聖は思わず苦笑する。

「オレから見たら、シーフォンは美形揃いだけど、君達は君達なりに美醜の区分があるってことだよね？　メイファンは、自分の顔は普通くらいと思っているの？」

「普通……そうですね、シーフォンでは並の顔だと思います。平凡です」

「一番の美形は誰だと思うの？　身分とか気にしないでいいから、率直な意見として」

「それはもちろん陛下です。別に王だからお褒めしているというわけではなく、誰に聞いても、陛下のお顔が一番お美しいです。完璧です」

「え？　そうなんだ」

　メイファンが頬を少し上気させて、興奮気味に言ったので、龍聖は少し驚いた。

「ラウシャン様とか若い頃はすごく美しかったんじゃないかな？」

「ああ……そうですね……私は、お若い頃を存じ上げませんが、ラウシャン様は王弟殿下ですから、お美しいですよ。ロンワン（王族）の方々は皆様揃ってお美しいです」

「それってやっぱり血筋ってこと？」

「そうですね……リューセー様が一番よくご存じだと思いますが、ロンワンと我々では、そもそもの生まれ方が違います。我々はシーフォン同士とはいえ、男女で結ばれて子を儲けますが、ロンワンは、すべて竜王の子……竜王はリューセー様と御子を儲けられるわけですから……言わば自らの分身を、リューセー様の魂精で命になさるわけです。ですから皆様とてもお美しいのです」

「ああ、なるほど」

龍聖は卵を抱きしめながら何度も頷いた。ようやくメイファンの言わんとすることが、理解出来たといった感じだ。

「じゃあ、ロンワンでも、タンレン様達はまたちょっと違うんだね？」

「そうですね……タンレン様のように竜王の御子からの一親等までは、ロンワンと呼ばれる方々なので、もちろんお美しいですが、他のシーフォンの血が入りますから、直系の方々に比べると、少しばかり劣ることになります」

「え……じゃあさ、結局、シーフォンとしての能力と美醜も、すべて血筋ってこと？」

「そうなります」

「ああ……」

きっぱりと肯定したメイファンに、龍聖は深く納得したように頷いた。結局シーフォンは、竜族なので、根本的に人間とは、美醜の感覚も違うのだなと思った。

野生の動物が、優秀な血統のために、能力の高い相手を選ぶのと同じだ。シーフォンは、強い能力を持つ、強い血筋に惹（ひ）かれるのだ。だから美醜の感覚もそれに影響を受けるのだろう。ならば、リューセーのことを特別視することも頷ける。

「オレのことを綺麗だというのもそういうことか……」

龍聖は改めて納得したように、一人でぶつぶつと呟きながら何度も頷いた。

「じゃあ、やっぱりシェンファとかインファは、美人だと思うんだね？」

「もちろんです。あんなにお美しい姫君を見たことがありません。ご成長なさったら、求婚者がすごいことになるでしょうね。シェンファ様の世代には、同じ年頃のシーフォンの子供も増えましたし……」

「そうかぁ……あ、でもやっぱり自分の娘が褒められるのは、単純に嬉しいもんだね。親馬鹿かもしれないけれど……。自分のことを褒められても、なんとも思わないけどさ」

龍聖は嬉しそうに笑う。

「求婚者ねぇ……シーフォンの結婚って、家同士が決めるんだろ？」

「そうですね、やはり位が同じくらいの者同士の方が上手くいきますから……だけどそれと憧（あこが）れは別です。たとえ婚姻が叶う相手ではないと分かっていても、憧れて惹かれるのは仕方ありません。先ほど、リューセー様がおっしゃったお言葉ではありませんが、ラウシャン様やタンレン様はロンワンの数少ない独身者ですから、かなりおモテになられますよ」

メイファンがクスリと笑って言う。

「だけどあの世代の女性ってほとんどいないんだよね？」

龍聖が首を傾げながら言ったので、メイファンは頷いたが、またクスクスと笑った。

「そうなんですが、歳は関係ありませんよ。特に女性は、我々男よりずっとそういう部分に長けているというか、早熟ですから、成人前の娘達だって、みんなラウシャン様やタンレン様に夢中です」

龍聖はそれを聞いて、驚いたように目を見開いたが、すぐに笑顔になった。

「タンレン様はともかく、ラウシャン様なんて、未成年の子からするとおじいちゃんみたいなものでしょう？　フケ専なのかな？」

「ふけせん？」

メイファンは、また知らない言葉に首を傾げた。龍聖は笑って誤魔化すと、「そうかぁ」と何度も感心したように頷いている。

「この世界にバレンタインデーとかあったら、大変なことになるんだろうなぁ……」

龍聖は独り言を呟きながら、たくさんのチョコを貰って、苦虫を嚙み潰したような顔をしているラウシャンを想像し、クスクスと笑う。そんな龍聖を、メイファンは益々不思議そうに首を傾げてみつめるしかなかった。あまりにも先ほどから、右に左に何度も首を傾げるので、なんだか首がおかしくなりそうだった。

「ラウシャン様はこのまま結婚しないつもりなのかな？　釣り合う歳の女性がいないのは仕方ないかもしれないけど、そんなにモテるのならば、ラウシャン様さえ気にしないなら、すごく歳は離れるけど、これから育ってくる子達から選び放題だよね？　まあ『放題』というほどたくさん人数がいるわけじゃないけど……そうか、ラウシャン様達はそうやって選べるけど、メイファン達は選べないのか」

龍聖がそこでようやく気が付いたように言ったので、メイファンは苦笑した。

「そうなんです。絶対的に女性の人数が少ないんですよ……私のように位も顔も平凡な男だと、その厳しい競争率の中で、勝ち抜くのは大変です。ただ、こうして護衛官の仕事を任せていただいたことで、ありがたいことに私の評価も少し上がりました」

「じゃあ、モテるね」

「いやあ、そうだといいですが……」

メイファンは苦笑して頭をかいた。

「でも結婚出来ない人も多いよね」

「はい、下位のシーフォンで、我々くらいの歳の者は、もうほぼ無理だと諦めています。それでも子供が欲しいと思う者が、つい侍女に手を出してしまうようです。人間との間に、決してシーフォンは生まれませんから、自分の跡継ぎには出来ないのですが、我が子には変わりはありませんから、育てかわいがって、ただそれだけを生きがいにしているようです……私も最近、なんとなくそういう者の気持ちも分かるようになりました」

「だけど人間との混血の子は、差別を受けることもあるだろう？」

龍聖はフェイワンから、シュレイが以前はよく一部の者から、誹(そし)りを受けていたという話を聞いていた。シュレイ自身は決してそのようなことを、龍聖に言うことはないし、気取(けど)られないようにもしているから、それまでまったくそんなことがあったとは知らなかった。

「ええ、でも陛下が、アルピンとの混血児を守るよう法を定められたので、以前よりは随分(ずいぶん)と良くなったと思います。シーフォンの子と同じように、学問を学ぶことも出来るし、仕事にも就くことが出来ます」

「だからっていじめがなくなるわけじゃないよね？」

「そうですけど……でも本当に、以前に比べたら今は全然……シーフォンの心が荒れていたのは、やはり竜王の力の影響があるようですから、陛下が完全に復活されてからは、本当にみんな穏やかになりましたよ。私だって、妬まれても仕方ない立場ですが……確かに最初に卵の護衛官に任命された頃は、ロンワン以外の者が任命されたのが初めてということもあったし、そもそもその前の私の犯してしまった罪もありましたから、色々と制裁を受けても仕方ないと思って、すべて甘んじて受けていましたが、今は本当に誰も何も言わないし……むしろ私に対して、好意的な方が多いです。私以外でも、いじめに遭っている者がいるというのを聞かなくなったし……混血児への差別もほとんど聞かれなくなりました。今は本当に、平和になったと思います」

「そう？　それならばいいけど……」

龍聖はメイファンが微笑むので、少し気にしつつも頷いた。腕に抱いている卵をじっとみつめる。もう間もなく生まれる世継ぎとなる皇太子。彼が竜王になる御代では、もっとシーフォン達が増えて、幸せな国になっているといいのにと願わずにはいられなかった。艶やかで柔らかい卵の表面を、何度も優しく撫でる。

急に静かになってしまった龍聖の様子に、メイファンはさっきまであんなに明るく楽し気にしていたのに、自分の余計な言葉で、気持ちを沈ませてしまっただろうかと、少し心配をした。

龍聖はしばらく黙ったままで、卵を撫でていたが、不意に顔を上げると、メイファンをみつめてニッコリと笑った。

「さっきの話の続きだけどさ」

「え？　あ、はい」

またいじめの話だろうかと、メイファンは少し身構える。

「シュレイって、シーフォンから見てどうなの？　やっぱり混血だし、不細工に見えていたりするの？」

「え!?」

急な話に、メイファンは戸惑ったように目を白黒とさせている。そんなメイファンを見て、龍聖は声に出して笑った。

「シュレイには言わないから、正直なところを教えてよ。ちなみにオレから見ると、ものすごく綺麗だと思うよ」

「ああ、シュレイですか……どうでしょう……」

メイファンは困ったように少し考え込んだ。

「いいよ、オレの側近だからって、気を遣わなくても」

「あ、いえ……シュレイの場合は特殊なのです。シーフォンともアルピンとも違いますから……綺麗と言われれば綺麗だし……ちょっと変わっているといえば変わっているし……好みが分かれるんじゃないでしょうか？」

「へえ……」

想像していた答えと違っていたので、龍聖は驚くとともに感心していた。

「好みねえ……だからタンレン様は変わり者って言われてるんだ」

龍聖はそう言ってから、また楽しそうに笑った。メイファンは、龍聖が何を笑っているのか分からなかったが、とりあえず笑顔が戻って良かったと安堵した。

龍聖は、二人の幼い姫達が、仲良く人形遊びをする様子を、ソファに座って、頬杖をつきながら見守っていた。

そこへシュレイがそっと冷めてしまったお茶を入れ替えたことに気が付いて、シュレイの顔をじっとみつめた。

「どうかなさいましたか?」

シュレイはいつもと変わらぬ穏やかな微笑みを浮かべて、龍聖をみつめ返した。龍聖はそんなシュレイの顔を、まじまじとみつめながら、メイファンの言っていた言葉を思い出していた。

「シュレイの美的感覚って、シーフォン的なの? 人間的なの?」

「は?」

突然の龍聖の言葉を、シュレイは理解出来ずに、思わず目を丸くして疑問の声を上げてから、すぐ我に返りいつもの冷静な表情に戻って、小さく「失礼いたしました」と謝罪の言葉を述べた。

「リューセー様、それはどういう意味でしょうか?」

「ああ、ごめんね。唐突で……いや、色々と話を聞いて分かったんだけど、シーフォンの人達の美的感覚って、普通の人間とは違うんだなって。人間としてはやっぱり顔の美醜で判断するし、もちろんそこに個人的な好みが色々と加わるから、『綺麗』『かわいい』という評価も、本当に千差万別だと思う。だけどまあ一般的には、顔の整っている人は『綺麗』という判断には変わらないと思うんだ。だけどシーフォンって、顔の造形の美というよりも、やはり血筋というか、能力というか、そういうものに美醜の感覚も影響されているみたいだから、どちらかというと、失礼な言い方だけど野生の動物に近いのかな？　って思う。そこは竜だからなのかな？　って」

シュレイは龍聖の話を、とても真剣な顔で聞いている。龍聖はもうシュレイとのこういうやり取りには、すっかり慣れているので、どんなくだらないことでも、誤魔化さずにきちんと説明するようにしていた。真面目なシュレイは、うっかり言った冗談も、本気に取ってしまうし、「適当でいいよ」なんて言葉では誤魔化されないし、「空気読んで察してよ」というわけにもいかない。

「リューセー様は、とても鋭い洞察力がおありですね。そのように考えたことがありませんでしたが、確かにシーフォンは竜族ですから、そうかもしれませんね」

シュレイはとても感心したように、真剣な表情でそう答える。

「それで……なぜそのようなことをお考えになったのですか？」

シュレイが真面目な顔で、さらに追求してきたので、これはちょっと長くなりそうかな？　と龍聖は内心苦笑した。

「きっかけはたわいもない会話だよ。メイファンも随分大人になったから、結婚はどうなの？　とか、モテるでしょ？　なんて話をしていて、メイファンが自分のことを、平凡な顔なんて言うから、オレ、驚いちゃって……それでシーフォンの人達はあれだけ美形揃いなのに、そんな中でも美醜の区分ってあるのかな？　って疑問に思って、そういう話になったんだよ……。それで、まあ、さっきみたいな考えになったんだけど、これはあくまでも、オレなりの推論だからさ……この世界の人々の美的感覚自体が、オレの世界と違うかもしれないし……それで色んな人に聞いてみようかな？　って思ったんだ」

　龍聖は出来るだけ、話が短く済むように、かなり略して説明をした。シュレイはなおも、とても真面目な表情のままで、感心しているように、何度も頷いて聞き入っている。そんなシュレイをみつめながら、龍聖はしみじみと、『やっぱりこうして見ても、シュレイってすっごく美形だよね……考え込んでいる顔だって絵になるんだから……』と思っていた。

「それで私に、先ほどのような質問をなさったのですね？」

　シュレイはようやく納得した様子で、少し微笑みを浮かべながらそう言葉を返した。

「そうそう……で、どうなの？　シュレイの美的感覚って……誰が一番綺麗な顔だと思う？」

　龍聖が興味津々といった様子で、シュレイに尋ね直した。するとシュレイは真剣な様子で、視線を落としてしばらく考え込んだ。

「そうですね……綺麗な顔となりますと……リューセー様か……陛下となってしまうでしょうか……」

「えー……それじゃあやっぱりシーフォン的な感じなのかぁ」

　龍聖が少しがっかりしたように言ったので、シュレイは微笑みながら首を振った。

「いいえ、決してそういう意味ではございません……リューセー様がおっしゃったではありませんか、人間の場合は、個人的な好みも影響すると……リューセー様のお顔立ちは、この世界の人種では見たことのないお顔立ちで、とても整っているのに、派手さはなく、清楚な美しさがあります。肌の色も白いけれど、少し柔らかい色ですし……誰が見ても好ましく思うようなお顔立ちだと思います。ですから『綺麗』という表現にとても当てはまっていると思うのです。神秘的というか……目を引かれる美しさです。陛下も同じような理由で……リューセー様とは反対に、とても派手な美しさですが、目鼻立ちすべてが完璧に整っているといいますか……これも誰が見ても美しいと目を奪われるものかと思います。あとは私の好みもお二人を美しいと思う要素に含まれております」

シュレイは説明が終わると、ニッコリと微笑んだ。龍聖は意外だというように目を丸くしながらシュレイをみつめて、感心したように何度も頷いている。

「へえ……なるほどね。そうなんだ。オレみたいな顔立ちは神秘的なんだ……まあそうだね、オレの世界でも西洋人からすると、日本人はオリエンタルビューティーとかって、別の美しさとして表現されたりするから、異国の人からはそう見えるんだろうね」

龍聖は感心しながらも何かが閃いたようで、ふいにニヤリと笑った。

「じゃあ、シュレイの好きな顔は？　どんなのが好み？」

「それは秘密でございます」

シュレイは澄ました顔でそう答えた。

「あー、ずるい！　……タンレン様みたいなお顔はどうなの？　整っているけど、綺麗というよりかっこいいと思わない？」

「タンレン様ですか？　そうですね、とても精悍なお顔立ちだと思います」

シュレイは、動揺した様子もなく、あっさりと答えたので、龍聖はちぇっと心の中で舌打ちした。

「じゃあ、この世界の人達の美的感覚は、オレの世界と変わらないんだね」

「たぶんそうだと思います……他国では、エルマーンの人々は、王も家臣も美形揃いだと、大変評判だと聞きますから」

「あ、やっぱり？　じゃあ、他国を訪問したら、みんなモテモテだろうね」

「そうかもしれませんね」

シュレイはそう答えながら、龍聖の顔をじっとみつめた。

「リューセー様は、やきもちを焼かれないのですね？」

「え？　なぜ？」

龍聖は、きょとんとした顔をしている。シュレイはクスリと笑った。

「陛下がとてもやきもち焼きという印象があるせいか、リューセー様が、まったく焼かれないように見えてしまいます」

「まあ、実際やきもちは焼かないんだけどね」

龍聖はお茶を一口飲んでから、首を竦めて言ったので、シュレイは少し首を傾げた。

「なぜですか？」

「んー……恋愛に関して言うと、あんまり嫉妬とかしないかなぁ？　フェイワンがモテモテなのは、美形だし、かっこいいし、王様だし、むしろモテない理由がないから仕方ないと思うよ。それにみんながフェイワンをかっこいいって言うのを聞くのは、なんだか嬉しいし……嫉妬はないなぁ……なんでだろうね？」

龍聖は少し考えてから自嘲気味に笑った。

「それはリューセー様が、陛下のことを信頼されているからではないのですか？　どんなに周囲から好意を寄せられても、決して心移りをしないと」

シュレイが上手く言葉を取り成すように言ってくれたが、龍聖がやんわりと否定した。

「そんなことはないよ。オレより美人はたくさんいるし、絶対に心移りをしないなんて、そんな自信はないよ。もちろんそれがフェイワンを信頼していないってわけじゃないけど……だってそれを言うなら、嫉妬深いフェイワンは、オレのことを信頼していないのか？　ってことになっちゃうだろ？　やきもちって、たぶんそういうことじゃないよね……フェイワンは、オレが浮気するなんて、絶対に思っていないけど、オレがたとえ恋慕の意味ではなくても、誰かのことを好きって言うだけで、やきもちを焼くし、誰かがオレのことを好きって言うだけで、やきもちを焼くでしょ？　それって独占欲に近いよね。ある意味それも深い愛情だと思う。だけどオレの場合は……」

龍聖は急に真面目な顔になって、しばらく遠い目をして考え込んでしまった。シュレイは、龍聖が何を思っているのかは分からないが、それ以上詮索はしなかった。たぶん龍聖が話したくなったら話してくれることだろう。

シェンファがシュレイを呼んだので、龍聖に軽く会釈をしてから、すぐ側の床の上で、人形遊びをしているシェンファの下へ歩み寄った。人形の髪に付けていたリボンが取れたというので、シュレイがリボンを結んでやる。それを見て取れてもいないのに、インファも自分の人形のリボンを結んでほしいと言いだした。

姫達の相手をしているシュレイを、龍聖は微笑みながらみつめているようで、視線はどこか遠くを見ていた。

その日、エルマーン王国の王城内は騒然としていた。城中がというわけではない。騒然としていたのは、ほんの一角でのことなのだが、それも大きな騒ぎにならないように、外務大臣のラウシャンが、部下達に命じていた。

サンペシャ王国より国王マルセル二世が外遊のため、エルマーン王国を訪れていた。サンペシャ王国は、エルマーン王国にとって友好国であり、その付き合いは三百年の長きに渡っていた。

フェイワン自身も、何度かサンペシャ王国を訪問したことがあり、互いに良い関係を続けている。

そんなサンペシャ国王の来訪にあたり、国を挙げて歓迎の準備をしていたし、国賓として丁重にもてなす態勢は出来ていた。

国王到着後、謁見の間で儀礼的な挨拶をした後、貴賓室へと案内して、ゆっくりと寛いでもらっている。

そこまではなんら問題はなかった。いや、正確には、最初の時点で予定外のことはあったものの、それほど問題にはならなかった。……はずだった。

だが外務大臣のラウシャンの下に、サンペシャ王国の外務大臣が、相談があると持ってきた案件が、大変な難問だった。

ラウシャンは驚愕し、その場にいたラウシャンの部下達は騒然となった。

「フェルデン殿……今、なんと申された？」

ラウシャンは、サンペシャ王国外務大臣のフェルデンが言った言葉に驚いて、聞き間違いかと思いもう一度聞き返していた。

「我が国のヘンリエッタ姫を、しばらくの間お預かりいただきたいと、お願いに参りました」

ラウシャンの驚きはともかく、フェルデン自身もとても言い辛いことのようで、重々しい口調で、額に汗をかきながら二度目の願いの言葉を述べていた。

「それは一体、どのような意味合いでのお申し出か？　場合によっては……」

ラウシャンはなんとか平静を取り戻すと、眉間にしわを寄せて、明らかに不快感を露にしながらそう言いかけたので、フェルデンは青くなって、慌てたように両手も首も、ぶるぶると激しく振った。

「誤解でございます！　そんな……ラウシャン殿、誤解でございます！　ラウシャン殿が思っているような策略などは、一切ございません！　確かに……確かに以前、そのようなことを、我が王が申し上げたことはございましたが、あの時フェイワン王より、はっきりとお断りされ、理由についてもきちんとご説明いただきましたので、重々承知しております……今回、姫を預かってほしいという願いは、まったく別の話でして……すべてご説明いたしますので、何卒事情だけでもお聞きください」

フェルデンは、なぜラウシャンが不機嫌なのか理由を察して、慌てて弁明をした。

ラウシャンがこのような態度を取るのも無理はなかった。サンペシャ王国のヘンリエッタ姫は、フェイワンに片想いをしており、側室でいいから側に置いてくれと、何度も懇願していた。最初のうちは、若い娘の一時期の熱病のようなもの、宴の席での一興と、フェイワン達も軽くかわしていたのだが、そのうちヘンリエッタ姫が父王にしつこく願ったのか、マルセル王より「姫を貰ってほしい」と正式に願い出てきたのだ。

エルマーン王国の王……竜王は、代々その伴侶を、異世界から降臨する竜の聖人『リューセー』ただ一人と定められている。例外は決してなく、リューセー以外の妻は娶らない。

竜王にとっての伴侶は、人間達にとっての『妻』『妃』とはまったく意味合いが違う。ただの伴侶ではない。竜王の命にもかかわる相手であり、世継ぎを産める唯一の相手でもある。

リューセーの代わりは、この世のどこにもいないのだ。

そこまでのくわしい事情は話さないまでも、竜王の妃は、先祖代々、未来永劫、定められた相手のみだということを説明し、また妻以外の側室や愛人を持たないこともきっぱりと伝えて、縁談ははっきりと断ったのだ。

フェイワンは「まあよくあることだ」と言って、それっきりそのことについては言及せず、サンペシャ王国とは、以前と変わりなく友好関係を続けている。

しかしラウシャンは、たび重なるしつこい縁談の願い出を、入口となって受け続けていたので（フェイワンに話が行く前に何度も留めていた案件も多い）、ヘンリエッタ姫に対しては、とても心証が悪かった。

父王のマルセル王についても、一国の王として、その人柄や政治的手腕については、有能な王であると一目は置いているが、「娘の我が儘を聞き入れてしまうなど、親馬鹿の盲目的行動で、国益を損なうつもりか！」と、とても腹を立てていた。

そんな事件から、まだそれほど月日も経っていないというのに、今回、マルセル王のみの訪問と聞いていたはずが、姫を同行してきたのを見て、嫌な予感がしていたのだ。そこへ「しばらく姫を預かってほしい」というのだから、外交など忘れてあからさまな態度を取るのも無理はなかった。

フェルデンも、それらの経緯を当然知っているので、顔面蒼白になって、謝罪をしている。

「実は……ヘンリエッタ様は、勝手についてきたのです。お恥ずかしい話ですが、姫が外遊のための荷馬車の中に、潜んでいたことに気づいたのは、国を出て丸一日も経ってからのことで……王もさすがにお怒りになって、すぐに国へ追い返そうとなさったのですが、国まですぐそこというような距離ではなく、姫を送り届けるために、王を護衛する兵を割くわけにもいかず、王と我ら家臣で話し合った結果、まずは最初の訪問先であるエルマーン王国まで連れてくることにしたのです」

フェルデンはそこまで説明すると、ラウシャンの顔色を窺いながら、ハンカチで額の汗を拭った。

「先にお送りした書簡でもご説明を差し上げている通り、今回の外遊の元々の目的は、ふた月後に行われるトレオン王国の新王の戴冠式に出席するため。新王となられるコンラッド皇太子殿下は、マルセル王の妹君の夫……義理の弟になられます。遠方のためこのような時ぐらいしか、王が直接訪問する機会もありませんが、せっかくなので西方の友好国を来訪したいと、ふた月かけての外遊を行っているのです。そんな長い期間、いくつもの外交先に、ずっと姫を連れていくわけにもいかず、またたくさんの贈り物も運んでおりますので、護衛の兵を割くわけには参りませんので、姫を国まで安全に送り届ける手段がないのです」

フェルデンは一気にそこまで説明すると、本当に困ったという様子で、眉尻を下げて青い顔で止まらない汗を、何度も拭っていた。

「どうして……」

まだ難しい顔をしているラウシャンが、口を開いて尋ねようとしたが、フェルデンが両手を振って何度も頭を下げて制した。

「分かっております……ラウシャン殿のおっしゃりたいことは……我らの言い分はともかく、だからといってなぜ貴国に姫を預けたいなどと言うのかと、疑問に思われるのももっともです。これから赴く別の友好国でもいいのではないかと……姫のことでは、大変ご迷惑をおかけしておりますので、よりにもよって、その姫を預かってくれなど、図々しいのもわかっています。まだ諦めていないのかと誤解されるのも当然です。……ですが、我々も議論に議論を重ねた結果、皆が出した結論としてはどの国よりも、エルマーン王国が最も信頼出来ると意見が一致したのです」

そこまで話を終えると、フェルデンは深々と頭を下げた。

「なぜ我が国が信頼出来ると？」

ラウシャンが憮然とした様子のままで、さらに尋ねた。

「姫はいらぬと、縁談の申し出をお断りになったからです。貴国にとっては迷惑この上ない娘かもしれませんが、我が国にとっては大事な姫君です。嫁入り前の大切な姫を、僅かな従者のみをつけて、他国にしばらくの間預けておくなど、よほど信頼出来る相手にしかお願い出来るものではありません。その点、貴国は断固として縁談をお断りになったのですから、間違いが起こるはずもありません」

フェルデンが即答すると、ラウシャンは腕組みをして「ふむ」と唸り、しばらく考え込んだ。

「では条件がございます」

ようやくラウシャンが、前向きな返事をしたので、フェルデンは少しだけ安堵した。

「なんでございますか？」

「フェイワン王に会いたいなどと、決して思わぬこと。滞在されている間、ご不自由のないように、お世話をさせていただきますが、王には会えぬと覚悟していただけるのならば、お預かりいたします」

「おお……もちろん、それはもちろんでございます。ではお預かりいただけますか！」

フェルデンがようやく笑顔になって、安堵したように言ったが、ラウシャンは厳しい表情のままで首を振った。

「姫自身に誓約していただかなければなりません。そもそも姫君が、馬車に忍んでついていらっしゃったのも、我が王に会いたいがためでしょう？　そうまでされたということは、姫はまだ側室になることを諦めていないという証拠ではありませんか？　姫自身が納得してご誓約いただかないと、またどんな手を使って、会おうとなさるか知れない……だがここは、サンペシャ王国ではなくエルマーン王国です。フェイワン王の妃も王宮にいるのだということをお忘れなく……もしものことがあれば、両国の友好関係もなくなる事態になるということを、ご承知願いたい」

フェルデンはそれを聞いて、再び蒼白になった。

「分かりました。私がかならず説得いたします」

フェルデンはそう言うと、深々と頭を下げた。


ラウシャンは、フェルデン外務大臣から言われたことを包み隠さずフェイワンに伝えた。それを聞いたフェイワンは、楽しそうに声を上げて笑うので、ラウシャンは眉間にしわを寄せて腕組みをする。

「笑いごとではありませんぞ」

「いやあ……ははっ……あの姫君は、見かけによらず随分お転婆（てんば）なのだなぁ」

「非常識です……育ちを疑います」

「まあまあ、そう怒るなラウシャン」

フェイワンはなおも可笑しそうに笑い続けている。

「オレを好きだと、もう何年も想い続けてくれているのだ。いじらしいではないか」

フェイワンはそう言って、机に頬杖をつくと、笑みを浮かべながら首を竦めてみせる。ラウシャンは、大袈裟に溜息をはいてみせた。

「ならば情けをかけて側室にでもなさるというのですか？」

「まさか！　リューセー以外には興味がない」

フェイワンはそう言うと、深紅の長い髪をかき上げて、ニヤリと笑った。その返答に、ラウシャンはまた溜息をつく。

「ならばなぜそんなに寛容なのです？」

「ラウシャン、こんなことは今に始まったことではないではないか……オレが父上の代わりに外交に出るようになって以来、八十年以上もの間、色々な国の姫君達が、オレの妻になりたいと言い寄ってきた。オレの顔は、人間の女性達にはとても評判がいいのだ。リューセーだっていつもオレのことを、綺麗な顔だとか、ハンサムだとか、見惚れるだとか言うのだから、姫君達に好きになられるのも仕方ない」

ラウシャンは、憮然とした表情で腕組みをしながら、今語ったフェイワンの言葉のどこに突っ込みを入れればいいのか分からず、ただ溜息をつくしかなかった。

「陛下……そのリューセー様がいらっしゃる王宮内に、問題の姫君を預かるのですぞ？　大体こんなにしつこい相手は初めてだ。いくら陛下がおモテになると言っても、一国の王に対して、行きすぎた行為は不敬です。その上、預かれなどと図々しいにもほどがある」

ラウシャンは、とにかく腹立たしいという口ぶりで、文句を言い連ねた。フェイワンは相変わらず笑って聞いている。

「それだけ切羽詰まっているのだろう……我らは竜を使うから、外遊の苦労は分かりかねる部分もある。それに他国に比べて、我が国が一番安全で信用出来ると思ってもらえたのだ。光栄に思うべきだと思うよ。まあ、そんなに怒るな」

フェイワンは、預かることを容認しているようなので、これ以上ラウシャンが反対する理由はない。ラウシャンはまたひとつ深い溜息をついた。

「本当は先方に送り返す手段がないのなら、我らが竜を使って、さっさと代わりに追い返したいところを、さすがにそこまでするのは、友好国の姫に対して失礼だと思うから、我慢しているのです。条件を出して預かる体を見せただけ、寛容な方だと思ってください」

「ラウシャン……」

フェイワンが呆れたような顔をして、それはダメだよというように首を振ったので、ラウシャンは憮然としつつも、ひとつ咳払いをして一礼をした。

「陛下は決して姫君にはお会いにならぬよう願います。先ほど申し上げた姫君を預かる条件を曲げるつもりはありません」

「そこは任せるが……友好国の姫君だ。監禁するみたいにならないように、注意を払ってくれ」

「御意」

ラウシャンはもう一度一礼をした。

その夜の会食の席に、ヘンリエッタ姫の姿はなかった。王妃である龍聖が同席するということもあり、マルセル王側から姫の同席を辞退してきた。

会食はとても和やかに行われ、誰もヘンリエッタ姫の話題を口にしなかった。

翌日、旅立つマルセル王を送るため、フェイワンは貴賓室を訪れた。

「フェイワン王、このたびは本当にご迷惑をおかけして申し訳ない。我が王室の恥をさらすようで情けないが、あれでも私のかわいい娘なのです。何卒ご容赦ください」

「何を申されます。私にも二人の娘がおります。まだ幼いですが、目に入れても痛くないほどにかわいい。貴方の気持ちは分かっております。大切にお預かりいたしますので、どうぞ心置きなく旅を満喫なさってください」

マルセル王は、フェイワンの言葉に感動して、深く頭を下げた。

「用件が済みましたら、急いで迎えに参ります。この御恩はかならずお返しいたします」

二人は固く握手を交わした。

龍聖は城の中を毎日のように散歩する。この世界に来てしばらくは、部屋の外に出るだけでも兵士の護衛が必要なため、「たかだか散歩くらいのために、忙しい兵士の皆さんを連れ回すなんて申し訳ない」と思って遠慮していたが、それもすっかり慣れてしまった。

そんな遠慮をするよりも、城の中を歩いて、シーフォン達に挨拶をしたり、他の階にいる兵士や侍女達に声をかけたりする方が、ずっと喜ばれるし、自分が『王妃』なのだと自覚する中で、城の中のことも知っておくべきだと思うようになったからだ。

最上階はすべて王と王の家族が住む階層とされているため、ほとんど空き室で、フェイワン達家族以外は、側近のシュレイを除いて誰も住んでいない。

ひとつ下の階層はシーフォンの中でもロンワンなどの上位の者達が住む階層で、その下の階にその他のシーフォン達が住んでいる。

さらにその下の階は、神殿や大広間（シーフォン用）、王の執務室があり、その階から通路を経て、王城の中央に謁見の間と、来賓用の大広間がある。

エルマーン王城は、とても巨大で、正面から見ると、左・中央・右のみっつに大きく分かれており、左側がシーフォン達の住居、中央に謁見の間と来賓用大広間、国内警備兵の兵舎などがあり、右側には政務に関わるあらゆる部屋が固められていた。

大臣など役付きのシーフォンの執務室や、来賓用の貴賓室、織物や調度品など国産物の工房、侍女の控え室や厨房、貯蔵庫などが右側にある。

アルピンや他国からの来訪者など、人間が出入り出来る入口は右側にしかなく、シーフォン達の住まいとなっている左側に入るには、中央と繋がる通路一ヶ所のみで、警備も大変強固となっている。

城の最上部には、中央と左右にそれぞれひとつずつ大きな塔が建っている。左の塔は竜王の棲家、中央はシーフォンが竜に乗り降りするための塔で、右の塔は、幼体の竜が育成されている場所となっていた。

龍聖はこの巨大な王城の中をすべて見て回ったが、右の区画には、簡単には行けないので、数えるほどしか入ったことはない。

龍聖が自由に行き来出来るのは、左側の区画だけだが、それでも一人で回ったら迷子になるくらいに広い王城内を散歩するのは、とてもいい運動になる。

一番のお気に入りは、大広間のテラスから続く中庭で、建物から張り出して作られているその部分には、土が入れられ、木や草花が植えられて、空中庭園のようになっている。

城の中央部分には何もないため、まるで谷のように空間が開き、対岸には右側の中庭を遠く眺めることが出来た。そこでは時折、アルピンの兵士達が、剣術の訓練などを行っている。それを眺めるのが楽しかった。

龍聖が立ち寄る左側の中庭でも、時折シーフォン達が剣術の訓練を行う。それを眺めるのも好きだ。

その日は、シェンファとインファを連れて、中庭へ来ていた。子供達を中庭に連れてくる時は、龍聖一人で来る時の倍以上の警護が必要となるため、そんなに頻繁に来ることは出来ないのだが、外で遊ばせてあげたくて、出来る限り連れてくるようにしていた。

「本当はもっと広いところで走りまわらせてあげたいんだけどね」

龍聖は草の上に座って、仲良く遊んでいる娘達をみつめながら、独り言を呟いた。女の子はまだいいけれど……と、ふと考える。

「男の子には思いっきり走らせてあげたいよね……サッカーとか野球が出来るくらい広かったら、教えてあげるのになぁ……と言っても、サッカーも野球も、そんなに上手くないんだけど」

龍聖は一人で呟いて苦笑しながら、うーんと伸びをして空を見上げた。その時、ふと目の端に何か光るものが映った気がして視線を向けた。その先には、遠目だが城のテラスに立つドレス姿の女性が見えた。光って見えたのは、彼女の装飾品が煌めいたのだろう。

『あの辺って確か貴賓室とかのある辺りかな？』

城の右側のテラスだ。

「ねえ」

龍聖は側に立つ兵士に声をかけた。

「あちらに見える女性はどなた？　今、どこかの国からお客様がいらしているの？」

龍聖が遠くのテラスを指さして尋ねた。兵士はその先をみつめて、すぐに顔色を変えると、視線をそらして困ったような顔になる。

「私は……よく分かりません」

兵士の態度と返答に、龍聖は不思議そうに首を傾げた。

「君なら知ってる？」

龍聖は別の兵士に声をかけた。

問われた兵士は、先に問われていた兵士と顔を見合わせると、困った顔で頭を下げる。

「申し訳ありません。私もよく分かりません」

その答えに、龍聖は「そう」と少し気の抜けたような返事をして、少しばかり考えた。再び視線を、先ほどの方向へ向けたが、もう女性の姿はテラスになかった。

「シュレイは知ってる?」

散歩から戻ってきた龍聖は、娘達を乳母に預けてお昼寝をさせるように頼むと、自室に戻ってシュレイに尋ねた。シュレイは、菓子とお茶の準備をしているところだった。

「何でございますか?」

「今、どこかの国からお客様がいらしているのかな?」

龍聖はソファにドカリと腰を下ろすと、用意されている焼き菓子をひとつ手に取りながら尋ねた。

シュレイは、ほんの一瞬、お茶を注いでいた手を止めたが、すぐに続けて注ぐと、ポットをゆっくりとテーブルに置いた。

「さあ……私はそのような話は聞いておりませんが……」

シュレイは答えながら、お茶のカップを龍聖の前にそっと置いた。

「どうかなさいましたか?」

シュレイはいつもと変わらぬ様子で、龍聖をみつめて尋ねる。龍聖は、そんなシュレイをじっとみつめ返した。特に変わった様子はないけれど、シュレイはポーカーフェイスが上手い。

「今日、中庭で姫達と遊んでいた時、貴賓室のある辺りのテラスに、ドレス姿の女性が立っているのが見えたからさ……どこかのお姫様かと思って」

「お姫様ですか?」

シュレイは、少し驚いたように聞き返したが、すぐに微笑みを浮かべてから首を振った。

「国王の代理として参られる王子はいらしても、姫君が他国を来訪されるなど、よほどのことがなければありませんよ。リューセー様も今までお会いしたことがないでしょう？」

「そういえば……そうなのかな？」

「もちろん、まったくないというわけではありません。例えば隣国など、割と近い国ならばありますが……女性は荷物が多くなりますからね、特に他国を訪問するとなれば、何度も衣装替えが必要ですし……長旅となると大変でしょう」

「ああ、なるほど」

龍聖はシュレイの説明に納得すると、お茶を一口飲んだ。

「じゃあ……あれはなんだったんだろう？」

「何かと見間違えられたのではないですか？」

「何と？」

「例えば……侍女が掃除をしていて、テーブルクロスやベッドカバーなどを、テラスで埃払いをしていたのを、ドレスと見間違えたとか」

「うーん」

シュレイの言葉に、龍聖は首を捻った。そんな風には見えなかった。ただ女性が遠くを見るように立っていたようにしか見えなかった。

「オレ、近視を治してもらったから、今はものすごく遠くまで見えるんだけどね……」

龍聖はもう一口お茶を飲んでから、じっとシュレイをみつめた。シュレイはただ微笑み返すだけだ。

「気のせいですよ」

シュレイがそう言って、話を終わらせてしまったので、龍聖は益々気になってしまっていた。

その夜、フェイワンにも同じように尋ねたが、フェイワンにも「誰も来ていないよ」とあっさりと答えられた。龍聖は、ちょっとムッとした表情になり、考え込んで何も話さなくなった。

そんな龍聖を見て、フェイワンは内心小さく溜息をついた。ソファに並んで座り、フェイワンは体を屈めて龍聖の顔を覗き込む。

「どうした？　何を怒っている？」

「フェイワンは、オレに隠し事をしないって言いましたよね？」

「ああ、言ったよ」

「なのにそうやって、嘘を吐いたから怒るのは当然でしょう？」

龍聖は眉根を寄せてフェイワンをみつめると、責めるような口調で言った。フェイワンは肩を竦めて苦笑する。

「オレは嘘など吐いていないよ？　なんでそう思うんだい？」

「オレが女性を見たのは確かだし、シュレイも嘘を吐いたから」

「シュレイが？」

フェイワンは、意外という表情をしたので、龍聖は眉根を寄せたまま頷いた。

「シュレイはとても上手に嘘をつきますよ……まあ、滅多(めった)にオレに対して嘘を吐くことはないけど、オレのためになることならば平気で嘘をつく。顔色ひとつ変えないから、普通は見抜けない……だけどオレはずっとシュレイの側にいたから、嘘は見抜けなくても、嘘をついていそうな時のシュレイの態度は分かるようになったんです」

龍聖が不満そうに唇を尖らせながら言う様子が、少し子供っぽく見えて、フェイワンは目を細めて「ほう」と相槌を打ちながら微笑んだ。

「いつもオレが疑問に思ったことを尋ねる時、シュレイは誠意をもって答えてくれる。それでもオレが納得していないようならば、オレが納得するまで辛抱強く付き合ってくれる。シュレイは真面目だからね……だけど今日は、いつものように誠意をもって答えてくれたようだけど、それ以上がなかったんです。納得しきれていないオレに対して、『誰かに尋ねてお調べしましょうか？』とは言ってくれなかった。話を終わらせてしまったんです……あれはもう、その話に触れさせないって意味。つまり、シュレイは何かを知っていて隠してる。知らないなんて嘘を吐いたんです……だからフェイワンも、何か知っているはず。それを隠してるでしょう？」

そう言って真っ直ぐにみつめてくる龍聖の視線に、フェイワンは堪らず苦笑した。視線をそらし、困ったように頭をかく。

「まったく……お前の洞察力には感服するよ」

フェイワンはそう言ってから、「まいったな～」と言って、何か考え込むようにただ頭をかいている。打ち明けるかどうか、考えているようだ。龍聖は黙って見守った。

「これ以上、下手に隠して、お前に恨まれたり、誤解されたりするのも困るから……話すしかないか」

フェイワンは大きく溜息をつくと、覚悟を決めたような顔になり、龍聖をじっとみつめた。

「すべてを話すから、最後まで黙って聞いてくれるか？」

「はい」

「え！　じゃあ、そのお姫様は、ずっと部屋に閉じ込められているのですか？」

「閉じ込めって……まあ、言い方は悪いがそうなるな……部屋から一歩も出てはならないと命じられている。まあ、だが貴賓室の一番広い部屋を与えているし……居間と寝室と書斎まである部屋だ。廊下に出るなというだけで、その中では自由だし、色々ともてなしているよ」

「それでテラスにいたんですね」

龍聖はすべてを聞いて、納得したように頷いた。

「まあ、お前がテラスにいる彼女を見たことは、兵士からも、シュレイからもすぐに報告が来たからね……もうテラスに出るのも禁止となった」

「ええ!!　そんな……」

龍聖はとても驚いて思わず大きな声を上げていた。それをどう取ったのか、フェイワンは困ったような顔で、龍聖を宥めようとした。

「もちろんオレが彼女にそう言いに行ったわけではない。オレは今回、彼女には一度も面会していないんだ。特に会う必要はないと思っているし、彼女のためにも会わない方が良いと思っている。オレは彼女のことなど、なんとも思っていないんだよ？　オレが愛しているのは、リューセーだけだ。そう彼女には何度も伝えているんだが……」

「フェイワン！　そんなことより、そのお姫様がかわいそうじゃないですか！」

「え？」

龍聖がとても憤慨（ふんがい）した様子で言ったので、フェイワンは一瞬何のことか分からずに、目を丸くした。

「そんなことよりって……」

「ああ、ごめんなさい……フェイワンがオレのことを一番愛してくれていて、浮気なんてする気もないっていうのは、とても嬉しいです。だけど今はそれよりも言いたいことがあって……お姫様を閉じ込めるなんてかわいそうです！　知らない異国の地で、一人取り残されているんでしょう？　それなのに、部屋から一歩も出られずに、誰にも会えないなんて……そんなの辛いですよ。オレもそんな時期があったから分かるんです」

「リューセー……」

フェイワンは一瞬心が揺れたが、「うーん」と唸って首を振った。

「リューセー、お前のその気遣いや優しさはとても良いことだが……今回ばかりはどうすることも出来ない」

「なぜですか？」

「そもそも彼女に限らず、我が国に来賓を泊めることはあっても、城の中を自由に歩かせるわけにはいかない。これは我が国だけの話ではない。城内警備上、よそ者が自由にうろついて良いわけがないだろう。彼女がたまたま長期間滞在しているので、部屋に閉じ込めているような状態になっているが、別に監禁しているわけではない。分かってくれ」

フェイワンが宥めるように説明したが、龍聖はまだ不満そうにしている。

「彼女は招かれざる客なんだ。かわいそうかもしれないが、彼女は一国の姫君という立場でありながら、してはならない非常識な行動を取ってしまった。普通ならば国家間の問題にもなりかねないようなことだ。ラウシャンなどはそれはもう怒りまくっていて……不自由な目に遭わせることは、彼女のためでもある。サンペシャ王国の面子を守ることにもなるんだ」

フェイワンに諭されながら、龍聖はしばらく考え込んだ。

フェイワンの言っていることは分かる。以前の龍聖ならば分からなかった。ただの一般人だった龍聖には偉い人達のルールなんてよく分からない。だけどさすがに今は分かる。

お姫様は、『恋多き年頃の女の子』では許されないのだ。王族には、その国の代表としての立場と責務がある。それは贅沢をして好き勝手をして良いというものではない。

豪華な衣装は、国の代表として他国に対して恥ずかしくない体裁を整えるためのものだ。個人の趣味だけで必要以上の贅沢が許されるわけではない。その贅沢をする資金は、国民が納めた税金だ。

王族は国民から徴税する代わりに、国民を守らなければならない。そのためには、姫君も時には政治に利用されたりする。それも王族としての務めだ。

今回のサンペシャ王国の姫君は、その務めを果たさなかったのだ。自分勝手な行動をしてしまい、自国ばかりか他国にまで迷惑をかけた。

どのような罰を受けても仕方がない。それは分かるのだけれど……。

「ねえ、明日、オレが会いに行ってもいいですか？」

「は!?」

「ヘンリエッタ姫に会いに行ってもいい？」

「いい？　って……お前……何しに行くんだ？」

「もちろん挨拶にですよ。それとご機嫌伺いに。話し相手になってもいいし」

「待て、待て！」

フェイワンは慌てて引き留めた。一度大きく深呼吸をすると、気持ちを落ち着ける。頭の中を整理して、もう一度龍聖をみつめた。

「リューセー……お前は大丈夫なのか？」

「え？　何が？」

龍聖はきょとんとした顔をしている。

「さっき話しただろう？　どんなに断っても、オレの側室になりたいと、しつこく食い下がってきた姫だぞ？　とうとう、外遊に出た父王の隊列に忍び込んでまで、オレに会いに来ようとした姫だぞ？　オレのことをものすごく好きなんだぞ？」

「うん、すごいですよね。この世界のお姫様にも、そういうバイタリティ溢れる女の子がいるんですね」

龍聖は感心したように笑いながら頷く。

「正妃であるお前が会いに行ったら、どんなことをするか分からないんだぞ？」

「えー!?　何それ、オレに摑みかかってくるとでも？　オレは一応男だし、大丈夫です。それに……側室でいいって言っている子でしょ？　別に何もしないですよ」

龍聖はそう言って、アハハと大声で笑った。フェイワンは驚いて何も言えずにいる。

「大丈夫だってば！　喧嘩とかしないですから！　オレ、会ってみたいんです。そんな面白いお姫様」

翌日、龍聖はシュレイと護衛の兵士を従えて、ヘンリエッタ姫のいる部屋へ向かっていた。謁見の間へと繋がる通路を通り、城の右区画へ続く入口の前に、美しい金の巻き毛の男が、腕組みをして仁王立ちしている。外務大臣のラウシャンだ。

「わあ……すごい門番だ」

龍聖は驚いて、そう小さく呟いた。

「リューセー様、どちらへいらっしゃるおつもりか？」

ラウシャンは、最初に龍聖に向かって会釈をしてから、毅然とした態度でそう尋ねた。

「フェイワンから聞いていますよね？」

龍聖はニッコリと笑って、それだけ答えた。ラウシャンは、苦虫を噛み潰したような顔で、龍聖をみつめ返す。

「伺ってはおりますが、私は承服しかねます」

「なぜですか？」

「陛下に横恋慕をしている女なのですぞ？　正妃であるリューセー様に対して、どのような失礼を働くか分かりません」

「大丈夫ですよ……別に危険なことはないと思うし……念のために、相手にはオレが行くことを伝えてないんでしょ？　突然の訪問に、何も策略なんて立てる暇もないし、そんなに心配しなくても大丈夫ですよ」

龍聖はまるで『ちょっとそこまでお散歩に行きます』というくらいの爽やかさで言ってのけた。

ラウシャンは深い溜息をつく。

「常々思っておりましたが、リューセー様は、危険に対する意識が低すぎます」

「仕方ないですよ、オレが育った日本……大和の国は平和だったんだから……普通に暮らしている限り、命を狙われることもないし、侍（さむらい）もいないし、戦もないし……大抵の死因は病気か事故くらいです。危機意識なんて本当に薄い……だからそんなオレに、魂精があったなんていうのも不思議なくらいなんです」

龍聖があっけらかんとして言うので、ラウシャンは額に手を当てて苦悩した。

「私が申し上げているのは、命の危険の話ばかりではありません……そもそも、なぜ自分の夫を好きだと追いかけてきた女に会いたいと思われるのか……私にはまったく理解出来ません……」

「ごめんなさい……そう言われると、オレもなんでなのか分からないんです」

龍聖はそう言って困ったように苦笑した。そんな龍聖をじっと真顔でみつめていたラウシャンが、少し目を見開いて表情を変えた。

「よもや……リューセー様は……」

「え？　なんですか？」

「あ、いや……なんでもありません。そこまでおっしゃられるのでしたら、お通しいたしますが、私もともに参ります」

「ええ、どうぞ」

龍聖は快く承知すると、微笑んで頷いた。ラウシャンは扉を開けて、龍聖に道を譲（ゆず）った。先に中へと進む龍聖の後を、ラウシャンとシュレイが並んで歩いた。シュレイが、じっとラウシャンをみつめているので、ラウシャンがチラリとシュレイを見る。

「何か言いたげだな」

「いえ」

シュレイは、ツンとした様子で前に視線を戻した。

長い廊下をしばらく歩いて、後ろからラウシャンが「そちらの扉です」と、龍聖に促したので、示された扉の前で、龍聖は足を止めた。振り返り、ラウシャンをみつめる。ラウシャンは頷くと、前に進み出て扉をノックした。

少し間を置いて扉が開き侍女が対応に出た。ラウシャンの姿を見ると、少し驚いて深く頭を下げる。

「ヘンリエッタ姫に、面会を願いたい。姫のお付きの方にお伝えしてくれ」

侍女は頷くと、部屋の奥へと向かったようだ。龍聖は少し離れたところで待っていた。

やがてヘンリエッタ姫のお付きの者が現れた。

「これはラウシャン様」

「ヘンリエッタ姫に面会したいのだが、今からよろしいか？」

「それが……」

お付きの者は、困ったように表情を曇らせた。

「姫は朝からずっと泣き伏せておりまして……お会いになれる状態ではありません」

「え！　泣いているの？　どうかしたのですか？」

龍聖が驚いて声をかけたので、姫のお付きの者は、ラウシャンの後ろにいた龍聖の存在に気が付いた。怪訝そうな顔で、龍聖を見るとラウシャンへと視線を戻す。

「こちらの方は？」

「お控えなさい、こちらのお方は王妃様でいらっしゃいます」

ラウシャンがそう伝えると、お付きの者は飛び上がるほど驚いて、顔面蒼白になり、へなへなと床に座り込んでしまった。

「あっ……大丈夫ですか？」

龍聖が驚いて声をかけると、その者は床に平伏（ひれふ）した。

「どうか……どうか姫様をお許しください。決して悪気があったわけではないのです」

「え？　え？　ご、誤解です、別にオレは、お姫様を断罪しに来たわけではありません。一度お会いしたかっただけなんです……どうか顔を上げてください」

龍聖は驚いて狼狽（うろた）えた。しかしお付きの者は、平伏して何度も謝罪の言葉を述べるばかりだ。ラウシャンは、呆れたようにただ見ていた。

「シュレイ、どうしよう」

困った龍聖は、シュレイに助けを求めた。

シュレイは前に進み出て、床に平伏すお付きの者の前に膝をついた。

「王妃様が謝罪は不要とおっしゃっておいでです。過剰な平伏（へいふく）は、むしろ不敬になります。お立ちください」

静かな口調で、シュレイがお付きの者の耳元でそう告げたので、彼女はようやく顔を上げて、のろのろと立ち上がった。

「ヘンリエッタ様に会わせていただけませんか？」

龍聖が頼み込むと、お付きの者は青い顔で諦めたように頷いた。

「しばらくお待ちください」

彼女は奥へと引っ込みしばらく待つことになった。龍聖が心配そうな顔でシュレイを見ると、シュレイは、そっと龍聖の側まで歩み寄り、龍聖の背中を何度か撫でてくれた。

「どうぞお入りください」

お付きの者が再び現れて、恭しく頭を下げて中へと招き入れた。

龍聖は、ラウシャンとシュレイの顔を交互に見た。二人は頷き、ラウシャンがまず先に部屋の中へ入った。シュレイは、龍聖に付き添うように、龍聖の背中にそっと手を添えて、中へ一緒に入っていった。

部屋に入ると、中央のソファの前に立つ若い女性の姿があった。ドレスのスカートを両手で少し摘み上げ、腰を深く落として最上位の敬意を表したお辞儀をしたまま出迎えている。

龍聖はラウシャンに促されて、そのまま中へと進み入ると、女性の前に立った。赤みがかった金髪は、綺麗に結い上げられ、赤い宝石の付いた髪飾りで留められている。そこから垂れた髪は縦巻きにいくつも巻かれ、お姫様らしい髪型だと思った。

顔はお辞儀をしたまま俯いているのでよく見えない。小柄で華奢な体。ドレスの裾を摘んでいる白く細い手が、ふるふると震えているのが分かった。

「ヘンリエッタ様、初めてお目にかかります。私はこの国の王妃、リューセーと申します。どうぞよろしくお願いいたします」

龍聖は、怖がらせないように、優しく声をかけた。すると、彼女の体がビクリと震える。

「あ……私はサンペシャ王国第一王女ヘンリエッタと申します。王妃様へのご挨拶が遅れまして申し訳ありません。わざわざ足をお運びいただき、恐悦至極に存じます」

ヘンリエッタは、震える声でそう挨拶の言葉を述べた。

龍聖は眉根を少し寄せる。こんなに震えて……自分の存在が、こんなにも彼女を怯えさせているのだということを、改めて知らされて驚くとともに、とても胸が痛くなった。やはり来たのは間違いだったのだろうか？　さっき来る時に、ラウシャンが何か言いかけたのが気になっていた。引き留めるべき何かがあったのかと思う。

龍聖が黙り込んだまま、じっとヘンリエッタをみつめているので、ラウシャンやシュレイも、気にするように互いに視線を交わし合う。

ヘンリエッタのお付きの者は、今にも死にそうな顔で、俯いて震えていた。

「あの……」

ようやく龍聖が口を開いた。何と声をかけようか、ずっと悩んでいたのだ。

「ヘンリエッタ様……色々と話は聞いていますし、貴女がオ……私に会えなかった理由も知っています。この部屋で貴女が閉じ込められていたことも……私が訪問したことを、どのように思われているか分かりませんが……私は貴女と賓客としてお会いし、ご挨拶を申し上げたいと思っただけですから……どうぞそんなに緊張なさらず、顔を上げてください」

龍聖はゆっくりと優しい口調を心がけて、目の前で震えている姫君にそう話しかけた。

「さあ、お顔を上げてください。そのままでは話も出来ませんから」

龍聖がもう一度促すと、ヘンリエッタは震えながらも、おずおずと顔を上げた。大きなヘーゼル色の瞳は、泣き腫らして赤くなっている。小さな鼻も赤くなっていた。

こぼれるような大きな目が印象的な、かわいらしい女性だった。年の頃は十代のように見える。美人というよりも、かわいいという方が合っている。とてもかわいい。こんなにかわいいお姫様なら、求婚者も多いだろうに……と思った。

龍聖がニッコリと微笑んでみせると、ヘンリエッタはとても驚いたように、大きな目をさらに大きく見開く。本当に目がこぼれ出しそうだ。

「あなたが……王妃様……」

「はい、はじめまして、ようこそエルマーン王国へ」

龍聖が笑顔で答えたが、ヘンリエッタはまだ驚いた表情のままで固まっている。

「お二人ともおかけになってください……リューセー様」

ラウシャンが龍聖に、先に座るように促したので、龍聖は頷き、そばのソファに腰を下ろした。

「ヘンリエッタ様もお座りください」

ラウシャンに言われて、ヘンリエッタは龍聖を気にしながらも、ゆっくりと移動して龍聖の向かいのソファに腰を下ろした。

ヘンリエッタは、まだ緊張が解けない様子で、俯いたまま微かに震えていた。そんな様子を、龍聖はじっとみつめる。

なぜこんなに怯えているのだろう？　龍聖には不思議でならなかった。彼女が怯えているのは、間違いなく龍聖……王妃に対してなのだろう。

なぜ？　断られたのに、しつこくフェイワンを追いかけてきてしまったから？　だからフェイワンの妻である王妃が激怒していると？　だからと言って、こんなに怯えなくてもいいのに……。そんな風に思っていた。

「ヘンリエッタ様は……私が怖いですか？」

思わず聞いていた。

ヘンリエッタは、あからさまにビクリと体を震わせると、チラリと一瞬龍聖を見てから、ふるふると首を振った。

「滅相もございません……決して……そのようなことは……」

蚊の鳴くような声で、首を振りながらそう答える。龍聖が想像していた姫君とは違っていた。無茶なことをするくらいだから、もっとお転婆で、勝ち気な女の子だと思っていた。

やっぱり会わない方がよかったのだろうか？　龍聖は戸惑いながら、なんとか彼女の誤解を解きたいと思った。

「ヘンリエッタ様……あの……本当に……私は本当に、貴女のことを怒っていないんですよ？　信じてください。第一、貴女のことを怒る理由がないではないですか」

龍聖は優しい口調で諭すように語った。

「貴女は、フェイワンのことを好きなだけなのでしょう？　それは貴女の自由。貴女の心は、誰にもどうすることも出来ないんだから、咎められることもありません。例えば……貴女がフェイワンを奪い取ったというならば、話は別ですけど……そういうわけではないし……だから私が貴女に対して、怒る理由は何もないんです。ね？　だから私は怒っていません。信じてください」

なんだかおかしなことになっているなぁ……と、龍聖は内心思いながら、一生懸命ヘンリエッタを宥めていた。傍から見ても、きっととても奇妙な光景だろう。ラウシャンがどんな顔をしているかは、振り返らないと分からないが、少なくとも、ヘンリエッタの後ろで見守っている彼女の付き人は、とても困惑した表情をしている。

フェイワンに片想いするあまり押しかけてきた姫君と、フェイワンの妻。本来なら泥沼なのだろうか？　だけど彼女とフェイワンは、まったく何の関係にもなっていないのだし、彼女が片想いをしているだけなのだし、むしろそれに怒る方がおかしいのではないかと思うのだけれど……そんな風に思う自分が、おかしいのかな？　と、自問自答する。

『でも……』

龍聖には彼女の窮状を見て見ぬふりなど出来なかった。

よその王妃様は、自分の夫である国王に色目を使う女達に対して、嫉妬して怒り狂うのだろうか？　そんな馬鹿なと思っていたけれど、周りの反応や、ヘンリエッタの様子を見ると、やっぱりそうなのかな？　と、次第にじわじわと思い始めていた。明らかに、この場で場違いなのは龍聖の存在だろう。

王妃自ら乗り込んできた……つまり、『生意気な小娘を痛い目に遭わせてやる！』という修羅場になると、皆が思ったに違いない。

『ああ……やっぱり失敗しちゃったかな……』

龍聖は、とほほ……という気分になっていた。

「本当に……お許しいただけるのですか？」

ヘンリエッタが、小さな声でそう尋ねてきた。

「ええ、本当ですとも！　許すも許さないも、まだ何も起きていないのですから！」

龍聖は努めて明るい口調で答えた。するとヘンリエッタが恐る恐るといった様子で、少しばかり顔を上げて、龍聖を見た。龍聖はニコニコと微笑んだ。

「でも……招待もされていないのに、勝手に押しかけてきて、その上迎えが来るまで、こちらでご厄介になってしまうなんて……こんな非常識なこと……許されることではないと……」

ヘンリエッタは、おずおずと、龍聖の顔色を窺いながら言った。龍聖は微笑みを絶やさずにいた。

「えっと……確かにそうかもしれませんが、ヘンリエッタ様を我が国でお預かりしたということは、すでにフェイワンとマルセル王の間で、話し合って決着がついているということです。国家間の問題としては、もう許されているのではないでしょうか？」

龍聖はそう言って苦笑した。

「だから今は、エルマーン王国の王妃として、賓客であるサンペシャ王国の姫君に、ご挨拶をしに来ただけなんです。何か誤解があるようですけど……。だからどうか、もうそんなに怖がらないでください。何もしませんから」

龍聖の優しい笑顔と言葉に、ヘンリエッタの表情が少しずつ和(やわ)らいでいくのが分かった。蒼白だった顔に、ほんのりと血色が戻る。

「不自由はないですか？」

「大丈夫です」

龍聖の問いに、たどたどしく答える。まだ会話を交わすことに躊躇(ちゅうちょ)があるようだが、それでも答えてくれるだけ進歩したと思う。

「どうして泣いていらしたのですか？」

この問いに、ヘンリエッタはビクリと反応して、頬を染めると恥ずかしそうに目を伏せた。

「昨日……テラスに出たことを……叱られてしまったので……」

「叱る!? 誰が？」

龍聖は驚いて、思わず振り返ってラウシャンを見た。ラウシャンは、ぎょっとした顔になり、慌てて首を振った。

「あっ、あっ……私を叱ったのは、私の侍女のケイトです。むやみにテラスに出てはいけないと注意を受けたようで、それでケイトがとても厳しく私を叱ったので……悲しくて……」

そう話しながら、思い出したのか、ヘンリエッタの大きな瞳に、また涙が浮かんできた。

「ヘンリエッタ様……」

龍聖が驚いていることに気づいて、ヘンリエッタは、赤面して首を振った。

「いいえ、あの、叱られたことで泣いたのではないのです。自分が情けなくて……私の不用意な行動で、またケイトに迷惑をかけてしまって……私の侍女だけではなく、この国の方々に迷惑をおかけしてしまったのかと思うと……」

ヘンリエッタが話しながら、また今にも泣いてしまいそうで、龍聖は慌てて擁護した。

「大丈夫！　迷惑なんかではないですよ。貴女は大事なお客様なのですから……テラスに出てもいいし、行きたいところがあれば言ってください。みんな何か誤解していたと思うんです。こうして私が怒ってなくて、なんとも思っていないと証明したのですから、もう大丈夫ですよ」

龍聖は懸命に宥めた。そしてくるりと振り返り、ラウシャンに向かって「ね！」と言ったので、ラウシャンは渋々と頷いた。

「ただし、陛下にはお会いすることは出来ません」

ラウシャンが憮然とした表情で、きっぱりと付け加える。

「えー……そんないじわるしなくてもいいのに」

「リューセー様」

ラウシャンに抗議するような声を上げた龍聖に、シュレイがそっと窘めるように声をかけたので、龍聖は少し赤くなって、ラウシャンに向かって小さく頭を下げた。

「あの……王妃様、ありがとうございます」

ヘンリエッタがお礼の言葉とともに深く頭を下げた。声の様子から、先ほどよりも随分落ち着いたように感じた。手ももう震えていない。龍聖はそれを確認して少し安堵した。

「何か他に不自由に思うことはありませんか?」

龍聖が尋ねると、ヘンリエッタは首を振る。

「何もありません。とてもお気遣いいただき、おもてなしもしていただいております」

「遠慮しないで、何かあれば言ってくださいね……とりあえず、誤解も解けたようだし、今日のところはこれで失礼いたします。とても脅かしてしまったから、気疲れしてしまわれたでしょう? 色々とお話ししたかったのですが、またにしますね」

龍聖は優しくそう言って立ち上がろうとした。

「あの……王妃様」

ヘンリエッタが慌てて引き留めるように声をかけたので、上げかけていた腰を下ろして、ヘンリエッタに向き直った。

「なんでしょう？」

「お話ししたいことというのは……私がしつこくフェイワン様に言い寄ったことでしょうか？　それならば、今すべて話して謝罪したいと思うのですが……」

ヘンリエッタが赤い顔をして、一生懸命に話すのを、龍聖は首を振って否定した。

「謝罪とかはいらないし、そういうつもりで、話したいと言ったんじゃないです。普通に、貴女の国のことや、他の国の女性のこととか、貴女自身のこと……貴女が好きな食べ物は何かとか、そういうたわいもない会話がしたかっただけです。私は他の国のことをあまり知らないし、貴女のように若い異国の女性とも、話をする機会がないので……だからまた改めて参ります」

龍聖は一礼をして立ち上がった。ヘンリエッタはとても驚いたように、目を丸くしている。

「今度来る時は、前もってお伺いを立てますね。今日はいきなり来てしまってすみませんでした」

龍聖はペコリと頭を下げて、部屋を出ていった。ラウシャンとシュレイも後に続く。残されたヘンリエッタとお付きのケイトは、まだ驚いた様子でそれを見送っていた。


「ラウシャン様」

貴賓室を後にして、廊下を歩きながら、龍聖が後ろを歩くラウシャンに話しかけた。

「ラウシャン様が、オレが行くのをなぜあんなに反対したのか分かりました。オレも途中で、失敗したと気づきました。オレは会いに行っちゃいけなかったんだって……だけど今は、やっぱり行って良かったと思っています。誤解は解きたかったし……さっき部屋に行く前に何か言いかけてやめましたよね？　あれって何を言おうとしたんですか？」

龍聖の問いに、ラウシャンは何も答えなかった。龍聖がチラリと視線を向けたので、ラウシャンは困ったように溜息をついた。

「さあ……何を言おうとしたのか、忘れてしまいました」

ラウシャンがそう言って苦笑しながら誤魔化したので、龍聖は歩きながら考え込んだ。

「オレがなぜ姫君に会いたいと言うのか、分からないとおっしゃっていましたよね？　その理由について、何かラウシャン様が思いついたことがあったんじゃないんですか？　でもオレに対して不敬だと思って、言うのをやめたんですよね？」

龍聖は振り返らず、前を向いたまま歩きながらそう言った。ラウシャンが驚いて目を見開き絶句していると、隣を歩くシュレイがチラリとラウシャンを見た。

「はあ……まあ……そうですね……」

ラウシャンは苦し気にそう呟くと、ガシガシと頭をかく。そして溜息をついた。

「さすがリューセー様は、聡くていらっしゃる……確かにその通りです。ですが、言わなかったのは、不敬だということもありますが、自分で思ったものの、それはないと自分で否定したからです」

ラウシャンは苦々しく顔をしかめてそう打ち明けた。龍聖は振り返らずにクスクスと笑った。

「それはぜひ伺いたいですね……どんな風に思われたのですか？」

「リューセー様も、お人が悪い……ご勘弁ください」

ラウシャンは慌てて首を振った。すると龍聖が足を止めて、くるりと振り返る。

「実はオレ自身、なんで会いたいと思ったのか分からないのです。彼女がかわいそうだから、なんていう善意だけのものではありません。興味があった……とも言えますが、ただ面白がってというわけでもない。会えば分かるかと思ったんですが……なんでしょうね？　羨ましかったのかな……？」

龍聖はそう言って、腕組みをすると小首を傾げて「うーん」と唸りながら考え込んだ。それに驚いたのはラウシャンとシュレイだった。

「羨ましいとはどういう意味ですか？」

思わずシュレイが尋ねると、龍聖は一瞬二人を見てから、自嘲気味に笑った。

「ごめんなさい。上手い言い回しが出来なくてそう言ったけど、羨ましいとも違うかも……感覚としては、羨ましいに似ている感情のような気がして……」

ラウシャンとシュレイは顔を見合わせた。

「フェイワンはかっこいいからモテるだろうってことは、ずっと前から思っていたし、誰も何も言わないけど、外国を訪問したら、そこの女性達からちやほやされているんじゃないかな？　っていうのも思っていました。だけどそれはオレが勝手に思っていたことで……だからヘンリエッタ姫が初めてなんです。初めて、オレ以外にフェイワンのことが大好き、愛してるっていう人……遠い国から押しかけてくるくらいに好きっていう人で……。すごいなって思って……なんでそこまで出来るんだろうって……だから会ってみたかったんです。これって興味本位なのかな？　だけど……彼女に会って思ったのは、オレは彼女に対して優越感があるから会えたのかもって……そしたらすごく嫌な気持ちになったんです。オレってすごく意地が悪いかもって……だから会ってちょっと後悔しました」

龍聖は苦笑しながら頬をかいた。

「彼女をあんなに怯えさせるほど、オレの立場って強いんだって知って……王妃って……妻って……そういう立場だったんだって、改めて知らされたっていうか……それを当たり前のように思っていたオレが、愚かだったんだなって……。彼女に対して嫉妬はない、彼女と仲良くなりたい、なんてそんな風に思うのは、すごく傲慢(ごうまん)なんだなって思いました。だからラウシャン様は止めたんですよね？でもそれを知ることが出来て良かったと思います。気づけて良かった。知らないままだったら、オレはもっと愚かなことをしてしまうところだったかもしれない。王妃としての自覚はあるなんて、まだまだだったのですね」

龍聖は苦笑してから、すぐに真顔に戻ると、ラウシャンをじっとみつめた。そしてペコリと頭を下げる。

「ラウシャン様、どうぞこれからは、オレに誤りがあれば遠慮なく叱ってください。たぶんオレを叱ることが出来るのは貴方しかいないから……言いにくいことはもちろんあると思うけど、そこは無理してでも言ってください。少なくともオレはもうロンワンの一員だって思っていますから……愚かな王妃として、ロンワンの歴史書に名を残したくはない」

ラウシャンは、驚いて絶句していたが、すぐに穏やかな顔になって龍聖をみつめた。

「かしこまりました。貴方が歴代最高のリューセーとして、名を残すように、私が全力でお支えいたします」

ラウシャンはそう言ってひざまずくと、龍聖の右手を取り、手の甲に口づけた。

龍聖は王妃の部屋へ戻り、ソファに腰を下ろし大きな溜息をついた。うーんと言って背伸びをすると、コロンとそのままソファに横になる。

「お疲れになりましたか？」

シュレイが心配そうに言ったので、龍聖は寝転がったままシュレイをみつめた。

「うん、ちょっと疲れた……なんか色々……」

「少しベッドでお休みになりますか？」

「ううん、このままここでゴロゴロしたい……だから悪いけど、少しばかりシェンファ達は、ここに連れてこないように伝えてもらっていい？」

「はい、かしこまりました」

シュレイは一礼すると、侍女を呼んで指示をした。それが済むと、お茶の用意を始める。龍聖は寝転んだままで、ぼんやりとシュレイを目で追っていた。

侍女からお湯の入ったポットを受け取ると、テーブルの上に置いて、茶葉の入った容器から、ポットの中に茶葉をスプーンで三杯入れて蓋をする。綿の入った布製のカバーのようなものをポットに被せて蒸らしているようだ。

隙もなく、流れるような動作で、それらの作業をする。それは毎日繰り返される当たり前の光景だけれど、龍聖がこの王妃の私室に来るか、王の私室へ行くか分からないというのに、いつどちらに行っても、すぐに用意される。

それはシュレイだけではなく、侍女達もそうで、シュレイが何も言わなくても、すぐに熱いお湯がポットに用意され、黙ってシュレイに渡される。

以前、タンレンから、シュレイはいつ龍聖が現れてもいいように、毎日準備を重ねてきたという話を聞いたことがある。

龍聖がこの世界に降臨したその日から、毎日朝起きればシュレイが待機していて、急に風呂に入りたいと言っても、すぐに用意してくれて、ご飯もお茶も、なんでも欲しいと言えば、すぐに出てくる。不自由な思いなど、一度もしたことはない。

侍女達はよく訓練されていて、シュレイの手足のように動いている。それが当たり前のようになっていたけれど、本当にすごいことなのだ。

決して当たり前などではない。龍聖が『リューセー』だから……この国の王妃であり、竜の聖人であるから、そんな尊き存在の人に仕える者は、そうでなければならない。龍聖はそういう立場にある。分かっているようで、分かっていなかった。

「どうかなさいましたか？」

ずっと龍聖が、黙ったままでシュレイを目で追っているので、シュレイが手を止めて、不思議そうな顔で尋ねてきた。

「そういえば、今回ヘンリエッタ姫のところに行くって言った時、珍しくシュレイは何も言わなかったな……って思って……反対しても良さそうなのに」

龍聖の言葉を聞いて、シュレイは何も言わずに柔らかく微笑んだ。ポットとカップをそばのテーブルまで持ってくると、カップにお茶を注ぐ。ふわりと立ち上る湯気とともに、甘い香りが辺りに広がった。

「なんで反対しなかったの？」

「反対してほしかったのですか？」

シュレイはクスリと笑った。龍聖はまだ寝転がったままで、そんなシュレイをみつめている。

「うーん……まあ反対されても行ったと思うけど……やっぱりなんでかな？　って思うだろ？」

「私にはリューセー様が何をお考えなのか、到底分かりかねることばかりですから……すでに決定してしまわれていることに関しては、反対をしないことにしています。逆に、リューセー様自身が決めかねているようでしたら、間違っていると思うことには反対しますし、正しいと思うことならば、後押しをさせていただきます」

「へえー」

龍聖は驚きながら起き上がった。少し頬を上気させて、感心したように笑みを浮かべてシュレイをみつめる。

「シュレイってすごいね」

「なんのことでございますか？」

シュレイは少し首を傾げる。

「なんか……もう完璧っていうか……側近の中の側近って感じ……オレにはもったいないくらいだよ……ああ、いや、違うな、オレみたいな者だからこそ、シュレイが必要なのか……」

龍聖は一人で納得したように、うんうんと頷く。

「それよりも、私は今日ほど感服したことはございません」

「え？　何が？」

「リューセー様のことでございます。私はリューセー様の側近となれたことを心から誉（ほま）れに思います。

ラウシャン様も、さぞや誉れに思われていることでしょう」

「え？　何？　何？　なんのこと？」

「リューセー様が、先ほどラウシャン様におっしゃったお言葉です。愚かな王妃として、ロンワンの歴史書に名を残したくはないと……胸が熱くなりました」

「そんな……大袈裟だよ！」

龍聖は思わず赤くなって、両手を振った。

「だってそうだろ？　オレがこの世界に来た時に学んだように、ロンワンの歴史書に紡がれていくんだからさ……歴代のリューセーの中で、オレが一番残念なリューセーってことは分かっているんだ。だってそういう教育を何ひとつ受けていないからさ……剣術も出来ないし、馬にも乗れないし、着物も縫えないし、機も織れないし……だから何も出来ないけど、代わりに失敗だけはしたくない。無知も度を超えたらただの馬鹿だからね。そういうありがたくない理由で、歴史に名は残したくないよ」

龍聖は首を竦めて笑った。シュレイは微笑んで頷く。

「リューセー様は、今までも十分に努力なさってこられましたし、シーフォンやアルピンにも、多大な影響を与えておられます。王妃としての務めは立派に果たされておいでです。ですが今日のリューセー様は……ご自分でも改めて感じられたように、本当に王妃として成長なされた……。世界中を探しても、貴方様のような王妃はいないでしょう」

「褒めすぎだよ」

龍聖は赤くなって両手で顔を覆った。そして大きく溜息をつく。

「だけどヘンリエッタ姫って、本当にかわいかったよね。あんなにかわいい子に、好きだって言われたら悪い気はしないよね。とにかくこれで少しは、心穏やかに迎えが来るのを待ってくればいいけど……出来るならば、もう一度会って話したいんだよね」

龍聖はソファの上で、膝を抱えて座ると頬杖をついた。

「何をお話しになるのですか？」

「聞きたいんだ……なんでそんなにフェイワンのことが好きなのか。ダメって分かっているのに、なんでエルマーン王国に押しかけてきちゃったのか……王妃であるオレに、本心を話してくれるかどうか分からないけど」

龍聖はそう言って溜息をつく。

「図々しいかな？　こういうことを聞くなんて……いじわるみたいに感じる？」

問われてシュレイは、少し考え込んだ。

「そういうことは……受け取る側の人によるのではないでしょうか？　私はヘンリエッタ様がどのような方か存じ上げませんので、どう捉えられるか分かりません。でも王妃であるリューセー様には、それを尋ねる権利は十分にあると思います。ただのいじわるで聞くとは、誰も思わないでしょう」

「そうかな……？　友達になろうなんて思ってないけど、サンペシャ王国とは、長い付き合いの友好国なんだから、こんなことで関係がぎくしゃくしたくないよね。きっとマルセル王は、今頃心配で死にそうなんじゃないかな。置いてきた姫のことも心配だけど、今後の我が国との関係とかね。フェイワンは許しても、マルセル王にだって、サンペシャ王国の王としての体面があるだろうし、なかったことには出来ないでしょ？　他国に対しても、自国内でも、こんな醜聞(しゅうぶん)が広まったらやばいよね。お嫁さんの貰い手がなくなっちゃう。不幸なことにはなってほしくないんだ。だからそれをなんとか出来るのは、オレだけのような気がする。王妃のオレが姫との関係をよくすればなんとかならないかな？」

龍聖はそう言ってまた溜息をついた。

「そんなことはありませんよ。どうか前向きにお考えください。リューセー様は、何事も常に前向きにお考えになるのが、誰にも真似出来ない素晴らしい取り柄だと思いますから」

シュレイに言われて、龍聖は驚いて顔を上げたが、シュレイと目が合うと、ぷっと吹き出して笑いだした。

「確かにそうだね」

シュレイも頷いて微笑んだ。

その夜は、フェイワンの使いから、戻りが遅くなると知らせを聞いていた。龍聖は一人で夕食を済ませて、昼間遊べなかった分を娘達と遊んであげて、そのまま寝かしつけると、シュレイや侍女達を下がらせて、一人でソファに座り、本を読んでフェイワンの帰りを待った。

やがて扉が開き、フェイワンが戻ってきた。

「あ、おかえりなさい……お疲れ様でした」

龍聖は立ち上がると、フェイワンを笑顔で出迎えた。フェイワンは、何も言わずに部屋の中へと入り、両手を広げて、龍聖が歩み寄ってくるのを待つと、ぎゅっと抱きしめた。

「フェイワン？　どうしたの？」

いつもと違うフェイワンの様子に、龍聖は不思議そうな顔で、フェイワンの顔を見ようとした。しかし力強く抱きしめられているので、上手く顔を上げられず、フェイワンの顔が見られない。

「フェイワン?」

部屋に入ってきた時は、普通の顔だった。特に怒っているとか、泣いているとか(泣くなんてないと思うけど)そういうことはなかった。どうしたのだろう? 龍聖は色々と考えながらフェイワンに身を委ねた。

「フェイワン」

もう一度呼んでみた。だが返事はない。ぎゅっと抱きしめるフェイワンの腕の力は緩められることはない。苦しいほど強く抱きしめられて、身動きも出来ない。

「愛しているよ」

フェイワンがそう囁いた。優しい甘い声。いつもと変わらないフェイワンの囁き。声音からも、特に何か変わった様子は感じられない。

「どうしたの? フェイワン?」

龍聖は戸惑いながらも、問いかけ続けた。するとようやく腕の力が緩められて、龍聖の体が解放された。見上げると、フェイワンがとても優しい眼差しで、龍聖をみつめていた。

「フェイワン?」

「お前は、オレをどうしたいんだ?」

「え?」

「オレはこの世の何よりも、全身全霊をかけてお前を愛してきた。初めてお前を好きになった時から、日に日にお前への愛情は深まっているし、もうこれ以上、お前を愛する術がないというくらいに愛している。なのに……それでもまだ果てが見えないくらいだ。お前はオレをどうしたいんだ？　愛しすぎて死にそうだよ」

フェイワンは熱のこもった眼差しで、龍聖をみつめながら愛を語る。必死に抑えているようだが、興奮を抑えきれないのが伝わる。龍聖には、なんでこんなにフェイワンが、今初めて恋に落ちた青年のように、高揚して愛を語っているのか分からなかった。

「フェイワン……オレも愛していますよ。でもなんでそんなに興奮しているの？　何かありました？」

戸惑いがちに尋ねる龍聖を、フェイワンは相好を崩してみつめながら、額にそっと口づけた。

「もちろん今日お前が、ヘンリエッタ姫に会いに行った時の話を、ラウシャンから報告されたからに決まっているだろう？　我が妻の言葉に、オレがどれほど感激したか分かるか？」

フェイワンが相当感激していることは、その態度からも十分に分かる。

だが龍聖は『そんなに!?』と、内心とても驚いていた。

「そんな……大袈裟ですよ」

「いや、大袈裟なものか……お前は自分で言った言葉が、どれほどにすごいことか分かっていない。オレは今までお前に負担をかけたくなくて、王妃としての責務を、お前に負わせようと思ったことはない。お前はリューセーとして、十分に務めを果たしてくれているから、それだけでありがたいと思っていた。我が国は人間達の国とは違う。竜王が国を治めれば、それで問題ないと思っている。むしろ王妃は表に出る必要はないと……もちろんお前がやりたくてやるというのならば、表に出てもらってかまわないし、接見や来賓の接待に、王妃が同席すれば相手もとても喜ぶ。外交にはとても効き目がある。でもそれを強要したくないし、責任を感じさせてしまってはかわいそうだと思い、敢えて何も話さずにいた。だから……お前が自ら王妃としての立場を考えてくれていたなんて……」

フェイワンはそう言うと、またぎゅっと龍聖を抱きしめた。

「だって……この世界に来て三十年……フェイワンにとっては、たった三十年かもしれないけど、人間にとってはとても長い月日です。その月日を王妃として過ごしてきたんだから……たとえ何もしない王妃だとしても、人々から傅かれて、敬われれば、さすがに自覚します。オレはただ威張って侍女達を使っているわけじゃないんだ。いつまでもお客さん気分ではいられません」

龍聖はフェイワンの背中に腕をそっと回して、甘えるようにフェイワンの胸に頬を擦り寄せながら言った。フェイワンに褒められて、少し恥ずかしかった。

「それをお前は当たり前のように言うが、それが当たり前と思わない者の方が、世の中には多い。何もせずただ威張っている者はたくさんいるし、贅沢に溺れて宝石やドレスで自分を飾り立てることにばかりに時間を費やし、毎日のように宴を開いて浪費している王妃もたくさんいる。だからお前のような者を王妃にしているオレは、どれほど幸せ者だろうと思うよ」

フェイワンに褒められれば褒められるほど、なんだかひどく居心地が悪いような、なんとも言えない気持ちになる。

「オレはただ……貴方がとても立派な王様だから……貴方の妻として恥ずかしくない王妃になりたいだけです。そして子供達の親としても……ただそれだけです。あんまり大袈裟に褒めないでください」

龍聖が羞恥で頬を染めながら、フェイワンの胸に顔を埋めて言うと、フェイワンが少し体を離して、龍聖の顔を覗き込もうとした。龍聖はフェイワンと目が合うと、さらに頬を染めて視線をそらす。

そんな仕草にフェイワンは高揚して、龍聖の頬に口づけた。

「愛しぃリューセー……お前はどこまでもオレを夢中にし、飽きさせることはない。ああ、くそっ……三日前にお前を抱いたばかりだというのに、今、お前を抱きたくて仕方ない」

「……別に……良いと思いますよ」

「え？」

「だって……もうすぐ卵は孵るし……別に……我慢しなくても……いいんじゃないかな？」

龍聖は上目遣いに、もぞもぞと言った。フェイワンはそれを聞いて、もう我慢が出来ないとばかりに、龍聖の唇を激しく奪った。舌を絡ませ深く口づける。

龍聖の細い腰を抱きしめながら、腰に巻かれた帯を解き始めた。衣の裾をたくし上げ、柔らかな双丘を掴み、後孔を指先で弄る。

「んっ……んんっ……」

龍聖は唇を塞がれて、言葉を奪われていた。フェイワンの背中に回した手が、ギュッと服の布地をしわになるほど強く握る。

フェイワンの長い指が、中へと入ってくる。入口を解すように、上下左右に指が中をかき回す。龍聖の内腿が痙攣するようにふるふると震えた。膝が崩れそうになる。

「んぁっ……んんっんっ……あっはっぁっ」

ようやく唇が解放されて、龍聖は甘い喘ぎとともに吐息を漏らす。

「あっああっ……フェイワン……待って……寝室へ……」

「ベッドまで待てない」

興奮して息遣いも荒く、フェイワンがそう呟いた。その言葉に、龍聖はぞくりと痺れて、体が熱くなる。

フェイワンは腕の中の龍聖の体を反転させ、背後から抱きしめると項（うなじ）を強く吸った。龍聖の体がびくりと震え、甘い吐息が漏れる。再び衣の裾をたくし上げ、白く柔らかな双丘を露にした。自身の怒張した昂りを、服の合間から引き出すと、解れて赤く色づく後孔に、亀頭の先を宛がった。

鈴口から溢れ出る愛蜜で、収縮して蠢く小さな口に擦りつけるように濡らし、ゆるゆると入口を広げるように先端を出し入れして、やがてぐっと中へと押し入れていく。太い亀頭が中へ埋まり、あとは無理なく挿入されていった。一気に根元まで深く貫き、しっかりと左手で腰を摑んで、右手は龍聖の右肩を抱いた。

「ああぁっっ……深い……あっ……」

龍聖が背を反らしながら、声を上げる。体の奥深くまで肉塊の熱さを感じて、背筋が痺れた。

「リューセー……少し辛抱してくれっ……」

フェイワンは今にも爆発しそうな情欲に、顔を少し歪めながら、突き上げるように腰を揺さぶる。

「あっ……あっ……んぁっ……んっ……」

体が浮き上がりそうになるほど、激しく突き上げられ、揺さぶられ、龍聖は息が止まりそうになり喉を鳴らして喘いでいる。

「あっ……激……しいっ……ぁっ……や……ああっ……」

龍聖の腰がびくびくと震えて射精してしまった。じわりと衣に染みが広がる。

それでもまだフェイワンの激しい責めは緩まることはなかった。龍聖の後孔が痙攣するようにきゅうきゅうと締め上げると、フェイワンは苦し気に少し眉根を寄せて、低く唸り声を漏らした。

腰を引き寄せ密着するように最奥まで入れると、勢いよく熱い迸りを注ぎ込む。

「ああっあっ……はぁっ……あ――っ！」

龍聖は全身を震わせて、流れ込んでくる精液を感じて喘いだ。

フェイワンは龍聖の体を抱きしめて、項や頬に何度も口づける。荒ぶる熱い息が首筋にかかり、それだけでも龍聖をうっとりとさせた。

「すまない……我慢出来なかった」

耳元でフェイワンが囁いた。低く艶のある声が、耳の奥をくすぐる。龍聖は目を閉じて、うっとりと聞き入り、ほうっと息を吐いた。

「体は辛くないか？」

フェイワンが甘く囁くように優しく問うと、龍聖は小さく首を振る。

ゆっくりと龍聖の中から男根を引き抜き、龍聖を解放した。達したはずのフェイワンの男根は、まだ硬く勃起してそそり立っている。

「辛くないけど……立ってられない……」

龍聖は腰が砕けたように、がくりとその場に膝をついた。フェイワンも膝をつき、背後から龍聖の朱に染まった項に口づけて、頬から唇へと何度も口づける。龍聖は振り返って、フェイワンの唇を探し、貪り合うように口づけを交わす。

フェイワンの両手が服の上から、龍聖の両胸を弄り、ぷくりと立ち上がった突起を、指の腹で捏ねるように愛撫する。

「んっ……ふっうっ……」

「リューセー……」

腰にごりごりと、フェイワンの昂りを押しつけられ、興奮が一向に冷めない。

「あっ……あっあっ……フェイワン……入れて……お願いっ……入れて……」

龍聖に懇願され、フェイワンは龍聖の衣をめくり上げて、白濁した汁を滴らせながら、ひくひくと口を開ける赤く熟れた後孔に、怒張した肉塊を再び挿入する。

「ああっ……ぁ……ぁ……はっあっああっ」

フェイワンが激しく腰を動かし、太い肉塊が音を立てて抽挿すると、内壁が擦り上げられ、絶え間ない快楽を生み出した。龍聖は両手を床につき、四つ這いになって背を反らしながら、恍惚とした表情で喘ぎ続けた。羞恥など脆くも消え去っていた。

こんな風に激情に流されるままに、激しく交じり合うのは随分久しい。フェイワンが余裕なく、貪るように求めてくるのも久しい。

先に注がれた精液で、肉塊が抽挿するたびに、ヌチヌチと厭らしい音を立てる。

「リューセー……気持ちいいか？」

「気持ち……いい……ああっ……いいっ……フェイ……ワン……っ……」

龍聖も腰をゆるゆると揺らした。もっともっとと求めるように吸いついてくる。フェイワンは、ニッと口の端を上げて、さらに腰の動きを速めた。

「やっ……やぁっ……ああっ……んぁ……」

何度も奥を突き上げられ、龍聖の昂りからは、たらたらととめどなく愛汁が滴り落ちて服を濡らしていた。泣くようにせつない喘ぎを漏らし続けながら、上気した顔で目を閉じている。

フェイワンが低く唸って、再び龍聖の中に大量の精を吐き出した。

「あああっあっ……あ――っ……ぁあっ」

龍聖は体を両手で支えきれなくなり、毛足の長い絨毯の上に身を伏せた。

フェイワンは息を乱しながら、残滓まで絞り出すように腰を大きく揺さぶる。一度引き抜いて、龍聖の体を仰向けに動かした。龍聖は頬を上気させて、目を閉じたまま大きく胸を上下させている。

フェイワンは龍聖の服を、少し乱暴に脱がせた。ほんのりと色づいた肢体を、熱い眼差しでみつめながら、白くスラリと伸びた右足を、肩にかけるように持ち上げる。露になった赤く腫れた後孔に、三度昂りを挿入した。

「ああっあーっ！」

龍聖が弓なりに背を反らしながら嬌声を上げる。

フェイワンは肩にかけている龍聖の足に、何度も口づけながら、前後に腰を動かし続けた。抽挿するたびに、交わる隙間からどろりとした白い精液が溢れ出して、龍聖の内腿を伝って流れ落ちた。

龍聖は朦朧となり、何も言葉が出ない。ただ半開きになったままの赤い唇からは、甘い喘ぎ声と息が、突き上げられる規則正しい律動に合わせて漏れ出る。

フェイワンは眼下に乱れた肢体をさらす、妖艶な龍聖の姿に見惚れて、興奮が収まらなかった。何度精を吐き出しても、昂りは収まらない。こんなに乱れるのは、いつぶりだろうと遠い意識の下で考えていた。

龍聖は出会った頃と何ひとつ変わらず、薄く筋肉が付いたほどよく引きしまった体で、どこを触れても敏感に反応して、羞恥で体を朱に染める。いつまでも初々しい愛らしい体をしている。背中まで届くほどに伸びた漆黒の艶やかな髪が、絨毯の上に乱れて広がる様も艶かしい。頬を上気させ、かわいい声を漏らしながら、時折潤んだ瞳で恥ずかしそうにフェイワンをみつめてくる美しい顔も愛おしい。

その存在のすべてが愛しく、欲情をかき立てる。何年経っても、この気持ちは衰えることはないし、飽きることもない。

こうしてたまに、性交を覚えたばかりの若者のように、夢中で抱きたい欲求に駆られる。

「うっくぅっ」

フェイワンは顔を歪めて、ぶるりと腰を震わせると、龍聖の中に精を注ぎ込んだ。厭らしい音を立てて、隙間から溢れ出してくる。すでに龍聖の中は、フェイワンの精液で満たされていた。

肩に担いでいた足を降ろし、龍聖の上に覆い被さり唇を重ねた。優しく唇を食むように吸うと、龍聖もそれに応えるように唇を吸ってくる。

「んっ……」

しばらく口づけを楽しむように、互いに求め合った。浅く深く、愛撫するように唇を吸う。舌を絡め合い、口内をまさぐる。口づけの合間に、何度も甘い息を吐く。

龍聖の両手が、フェイワンの首に絡められ、もっと口づけをせがまれた。

「愛しているよ」

ようやく息が整って、フェイワンが囁いた。

「フェイワン」

龍聖が嬉しそうに名前を呼んだ。

「愛している」

フェイワンが答えるようにもう一度囁く。ちゅくりと音を立てて唇を吸うと、龍聖が幸せそうに微笑み口づけを返す。

ゆっくりとした動作で、フェイワンが腰を前後に動かす。入ったままの肉塊が、内壁をゆるゆると擦って、新たな刺激をじわじわと与えた。

「あっ……んっ……ふ……ふ……ぁ……」

口づけの合間に、龍聖が喉を鳴らした。みつめ合い、微笑み合う。時折、龍聖が大きく喘いで、身を捩ると、フェイワンが嬉しそうに、頬や首筋に口づける。

「ここが気持ち良いんだね」

「あっ……んっ……うん……いいっ……そこ……気持ちいい……」

フェイワンがゆっくりと腰を動かし、龍聖が身を捩らせる。龍聖の反応を見ながら、ゆるゆると浅く中を擦るように腰を動かす。

「あっ……ぁぁ……んっ……はぁっ……あぁっ……」

龍聖は頬を紅潮させて、せつない喘ぎを漏らし続けた。気持ち良すぎて声が止まらない。

「フェイワン……前も……前も弄って……」

龍聖が甘える声で懇願した。フェイワンが右手で龍聖の昂りをやんわりと握り、上下に擦ってやる。するとと身を震わせてよがるので、フェイワンは満足そうに愛撫を続けた。

「気持ちいいいか?」

「いい……気持ちいい……あぁっ……おかしくなる……あぁっ」

龍聖は恍惚とした表情で、身を捩らせて喘いだ。後孔が収縮して、フェイワンの男根を締め上げる。時折フェイワンが苦し気に顔を歪めるが、それも心地のいい苦しさで、腰の動きが止まらなくなる。

フェイワンは上体を起こし、絨毯の上に胡坐をかくようにして座ると、膝に重心をかけて少し尻を浮かした。大きく広かれた龍聖の細い足を抱えるように掴むと、ゆさゆさと先ほどよりも大きく速く腰を動かす。

「ああっ！　……んっんっ……ああっ……」

再び激しく突き上げられて、龍聖が泣くような喘ぎを漏らした。

「あっあっ……ん……ぁ……フェイワン……あぁ……フェイワン」

ふるふると首を振りながら、何度も愛しい唇が、フェイワンの名を呼ぶ。それに煽られるように、息を荒らげながら激しく何度も突き上げた。

「やぁっ……ああっ……いく……いくっ……あぁぁぁ……」

龍聖の腰が跳ねて、幾度目か分からない絶頂を迎えた。

フェイワンも、龍聖の中に精液を注ぎ込んだ。次第に腰の動きを緩め、ゆっくりと龍聖の体を解放する。

「大丈夫か？」

フェイワンが尋ねると、龍聖は言葉もなく、ただ荒く息を吐いている。ぐったりとした様子で、フェイワンの腕の中に身を委ねていた。

龍聖を懐に抱きかかえて、乱れた黒髪を丁寧に指で撫でて整えてやる。時々、額に口づけると、龍聖が微笑んだ。

「背中、痛くないか？」

フェイワンが心配そうに問うと、龍聖は首を振った。まだ息が乱れてしゃべれないようだ。フェイワンは愛しそうに、龍聖の髪を撫でたり、額や頬に口づけたりしながら、強く抱きしめた。

「すまなかったな」

さすがに悪かったと思って、フェイワンは困ったように苦笑する。居間の入口近くで、帰ってくるなり床に押し倒したのだ。寝室どころかソファにも辿り着けていない。床は毛足の長いふかふかの絨毯なので、そこに寝ても痛くはないが、龍聖の服はくしゃくしゃになり、二人の精液で濡れて染みが出来ている。フェイワンにいたっては、服も脱いでいない。

「我慢しなくても良いって言いましたけど……成人したての若者でもあるまいし……こんなにするなんて……」

ようやく落ち着いた龍聖が、恨み言のように呟いたので、フェイワンは顔をしかめて「すまない」とまた謝罪した。そんな様子まで子供のようだと、龍聖は吹き出して笑いだした。

「もう……仕方のない人……」

龍聖は気だるそうに溜息をついた。

「お前がかわいいのが悪い」

「オレのせいなんですか？」

「そうだ。お前がかわいすぎて、愛しすぎて、オレを夢中にさせるから悪い」

「結婚して何年になると思っているんです？　子供も三人いるのに……だからタンレン様からいつま

でも新婚みたいだと冷やかされるんですよ」

「オレは今でも毎日、お前と恋に落ちているのだから仕方ない」

龍聖がそれを聞いて幸せそうに笑ったので、またぎゅっと強く抱きしめた。

「ジンヨンも歌ってるし」

フェイワンの胸に顔を埋めながら、龍聖がそう呟くと、フェイワンも幸せそうに笑った。

「オレが幸せだからだよ」

＊

それから数日後、改めて龍聖はヘンリエッタ姫に面会を申し入れた。もちろん王妃からの申し出を、ヘンリエッタ側が断れるはずもない。

龍聖はシュレイを従えて、再びヘンリエッタの下を訪れた。

彼女はもう泣いていなかった。

王妃を迎えるために、綺麗に着飾り、化粧もして、前回会った時よりももっとかわいい姿になっていた。

「王妃様、わざわざお越しいただき、ありがとうございます」

恭しく礼をして龍聖を出迎える。

「ヘンリエッタ様、その後いかがですか？　不自由をなさっていませんか？」

挨拶に応えるように、龍聖がにこやかに話しかけた。ヘンリエッタはまだ少し緊張した面持ちで、深々と頭を下げている。

「皆様には大変よくしていただいております。身に余る待遇でございます」

そう形式ぶって答えるヘンリエッタに、龍聖は少しだけ苦笑した。

「まあ座りましょう」

龍聖が先にソファに腰かけて、ヘンリエッタに座るように促した。ヘンリエッタはもう一度深く頭を下げてから、おずおずと向かいに座る。それを合図に、侍女達がお茶の用意を始めた。

「先日は突然伺ってしまって、ヘンリエッタ様もさぞ驚かれたと思います。あれからとても反省しました。本当に申し訳ないことをしました。他意はなかったのです。あの時はこちらに向かう前に、ラウシャンに引き留められていたのです。それを押してこちらに参ったのですが……ラウシャンが引き留めたのも当然と、後になって自分の早まった行いをようやく理解しました」

龍聖の言葉に、ヘンリエッタは驚いたように目を丸くして聞き入っていた。

「お恥ずかしい話ですが、私は元々庶民の家柄の出自なものですから、王族というものに慣れておりませんで……正妃である私の立場とかを、今ひとつ分かっていないのです。それなのに貴女に会いたいなどと思うなんて、貴女からしてみたら、随分いじわるな王妃だと思われたのだろうなと……反省いたしました」

龍聖がそう言って、ニッコリと笑うと、驚いてじっと見ていたヘンリエッタが、少し頬を赤らめた。困ったように視線をうろうろとさせている。

「でもこの間の話は本当ですから……私は賓客である貴女と、色々な話をしたいだけです。話をしてもよろしいですか？」

「は、はい」

ヘンリエッタは、びくりと体を震わせて、背筋を正すと返事をした。また少し緊張させてしまったようで、龍聖は内心で苦笑する。

「私が王妃になってから、賓客としていらっしゃる他国の方々と話をしたりしますけど、王の代理でいらっしゃるのは、王子様で、お姫様が来訪されることはありません。だからお姫様にお会いするのはヘンリエッタ様が初めてなのです。やっぱりお姫様が外遊されることはないのですか？」

龍聖に問われて、ヘンリエッタは少し返事に困っているような顔をした。

「は……はい、少なくとも私の国では……王女が外交に出ることはありません。王女が国の外に出る時は、他国に嫁に出る時だけです」

「そうなんですね……私の生まれ育った国にも王族のような方々がいらっしゃいますが……姫君も外交に出られるので、それが当たり前だと思っていました。でもそうすると、ヘンリエッタ様はすごいですね。こうして無理矢理でも、他国に来てしまったのですから！　行動力がすごいと思います」

龍聖がそう言うと、ヘンリエッタは真っ赤になって首を激しく振った。

「あ、あの……そのことなのですけれど……誤解を解きたくて……これだけでも私に申し開きをさせていただけませんか？」

「何のことですか？」

龍聖は不思議そうに首を傾げた。ヘンリエッタは、赤い顔をして少し前のめりになっている。

「私、別にフェイワン王に会うために、押しかけてきたわけではないのです！　本当なんです！」

ヘンリエッタは、両手に拳を作って、力強くそう言った。頰が赤い。少し潤んだ大きな瞳には、力が込められていた。その迫力に、龍聖は一瞬圧倒される。

「それは……どういうことですか？」

「私、フェイワン王のことは、もうとっくに諦めているのです。以前の私は本当に何も知らない子供で……王女である私が嫁ぎたいと言えば、どの国の王も喜んで受け入れるだろうと思い込んでいました。元々国のために、どこかの国へ嫁がなければならないことは分かっていましたし……それならば素敵なフェイワン王のところが良いと……自分勝手な我が儘です。断られるなどとは、少しも考えていなかったので、政治的な思惑で先延ばしにされているだけだろうなんて……勝手にそう思っていて……本当にお恥ずかしいです」

ヘンリエッタは、顔から火が出そうな勢いで、耳まで赤くして微かに身を震わせながら、それでも懸命に話をしている。

龍聖はとても真面目な顔で、何度も頷きながら聞いていた。

「フェイワン王は断固として、私を拒絶されました。あ、もちろん私が直接、フェイワン王から何かを言われたわけではありません。でも父がひどく狼狽し、大臣達がただならぬ様子でいるのを見て、私はようやくそのことに気づいたのです。私は本当に拒絶されたのだということと、それは我が国にとって、由々しき事態なのだと。後悔してももうどうにもならないのですが……。それで父が私の縁談を、早急に決めてしまって……半年後には他国に嫁ぎます。でもその前に、どうしてもエルマーン王国に行ってみたくて……」

「我が国に？」

ヘンリエッタは、コクリと頷いた。

「私達……他国の女性にとっては、エルマーン王国は憧れの国なのです。私の国では貴族の娘達の間でも、フェイワン王を始めとしたエルマーン王国の殿方は、憧れの的なのです……こんなに麗しく素敵な殿方がたくさんいるというエルマーン王国に、一度は行ってみたい……それが乙女達の夢なのです」

赤い顔で必死になって話すヘンリエッタの言葉を、龍聖は目を丸くしてポカンとして聞いていた。

「乙女達の夢？」

思わずその言葉を口にした龍聖に、ヘンリエッタは頷いた。

「やっぱり他国の方から見ても、フェイワン達ってすごいイケメン……あ、いや、すごく美しい顔をしていますよね？」

「それはもちろん！」

ヘンリエッタは思わず興奮して頷いたが、すぐに我に返ると、真っ赤な顔で「申し訳ありません」と謝罪した。

「あ、いいですよ、そんなに謝らないで……貴女の本音を聞きたいから、言ってくれてかまわないです……いや、私もフェイワン達はすごく綺麗な顔だと思うんですけど、彼らの中ではそれが当たり前みたいで、自身の美しさについて我々と感覚が違うみたいなんですよ……だから他の人の意見を聞きたかったんです。そうですか。他国の乙女達は、フェイワン達に夢中なのですね」

「夢中です」

きっぱりとそう言い切ったヘンリエッタに、龍聖はなんだかおかしくなって笑いだした。ヘンリエッタが急に、とても身近な存在に思えたからだ。この世界の女の子達と、龍聖の世界の女の子達はあまり変わらないのだなと思った。妹の香奈のことをふと思い出していた。

「ラウシャン様も人気ありますか？」

「あります！」

「え？　じゃあ、みんなそれぞれ一番好きな人とかいるんですか？」

「はい、フェイワン王が一番人気ですけど、ラウシャン様を始め、他の家臣の方々もそれぞれ人気があります。ラウシャン様はダンスがとてもお上手なので、みんな一緒に踊りたいと機会を狙っていたりします」

「ラウシャン様がダンス！」

龍聖はとても驚いて思わず大きな声を出していた。

それをシュレイがそっと後ろから窘めたので、龍聖は慌てて両手で口を塞いだ。

「リューセー様」

「失礼しました……あまりにも驚いたので……」

龍聖は少し頬を染めて謝罪した。

「エルマーンの方々が、来訪されるのを皆がいつも心待ちにしています。いつも五、六人でいらっしゃいますが、時々顔ぶれが違う時があって、でもいつも皆様がお美しくて素敵で……美男がこんなにたくさんいるエルマーン王国とはどんなに素敵な国だろうって、いつも女性達で集まって話をしたりするのです」

「女子会かぁ……」

龍聖は感心したように頷いた。それならばとてもよく分かる気がした。

「でもまあ……それにしても、ヘンリエッタ様は、とても思い切りましたよね」

龍聖が感心しながらそう尋ねると、ヘンリエッタは少し視線を落として、悲し気に眉根を寄せた。

「嫁いだら、もう二度と外に出ることなど出来ませんから……これが本当に最後の機会だと思ったのです……だけどこれで縁談もなくなると思います」

「え？　なぜ？」

「こんなとんでもないことをする姫君など、嫁にはいらないと誰だって思うでしょう」

「そうですか？　私は好きですけどね」

龍聖はそう言ってクスクスと笑った。ヘンリエッタは驚いた顔をしている。

「私は行動力のある女性は好きですよ」

もう一度龍聖がそう言ったので、ヘンリエッタはさらに赤くなった。

「そうですか……でもそこまで決死の覚悟でいらしたのに、この部屋に閉じ込められて、誰にも会うことが出来ないなんて、残念ですね」

龍聖が少し眉根を寄せて気の毒そうに言うと、ヘンリエッタは苦笑してから首を振った。

「私はやってはいけないことをやってしまったのです。この国の皆様にも、父にも迷惑をかけてしまいました。我が国の恥だと思われてしまったでしょう。……本当は閉じ込められるだけでは済まされないものと思っています。父が私を置いていったのも、覚悟してのことだと思っています」

「それはどういうことですか？」

龍聖は、ヘンリエッタの言っている言葉の意味が分からずに首を傾げた。

「……私が……この国で処罰を受けても仕方ないということです」

「え!?　ちょ……ちょっと待ってください」

龍聖はとても驚いてしまった。思わずシュレイの方を振り返ると、シュレイは小さく首を振った。

「処罰なんてしませんよ!?」

龍聖は慌てた様子でそう言うと、ヘンリエッタは首を振り俯いた。

「王妃様のお優しいお言葉だけで十分でございます。こんな私でもサンペシャ王国の王女です。自分の犯した罪への謝罪の方法は知っています。私が処罰されることで、我が国との国交がこれからも変わらず保たれるのでしたら、本望です」

ヘンリエッタは、先ほどまでの高揚した様子は消えうせて、とても真剣な面持ちで語った。それはもうすでに覚悟が出来ているという顔だ。

「いやいや待って……絶対処罰なんてしません。国交も今まで通りです。フェイワンがそう言ったのだから、それ以上の意味はありません。マルセル王がどのように受け取られているかは分かりませんが、少なくとも私もフェイワンも、他意はまったくありません。貴女はお預かりしているだけです」

龍聖は必死になって弁明をした。まさかここまで深刻に受け取られているとは思っていなかった。

処罰？　たぶん彼女の言うそれは、処刑という意味だろう。そんなことはとんでもないと思った。

確かに龍聖が思っていた通り、彼女の行動は王族としてやってはならないことだっただろう。縁談がなくなるという話も、想像の範囲内だった。

フェイワンが許して、エルマーン王国としては、これからも変わりない関係を続けるつもりでも、サンペシャ王国側が、それでは済まされないと思っているだろうとも考えていた。

だからこそ、龍聖は何か自分が力になれないかと考えていたのだが、まさかそこまで深刻に考えていただなんて……ようやく前回彼女が泣いていた本当の意味を理解した。

覚悟している様子のヘンリエッタをみつめながら、どうしたらいいのだろうと、龍聖はぐるぐると色々なことを頭に浮かべながら考えていた。

「えっと……そ、そうだ。ヘンリエッタ様には姉妹はいらっしゃるのですか？」

咄嗟に話をそらした。

「え？　あ、はい、一人おります。私とは母親が違いますが、妹が一人おります」

「じゃあ、我が国のことは妹君も憧れているのですか？」

「はい、それはもちろん……妹は側室の娘なので、普段はあまり会うことはありませんが、茶会などの席で会うと、いつもエルマーン王国の方々について話をします」

ヘンリエッタの表情が解れた。

「そう……じゃあ、みんなフェイワンやラウシャン達と結婚したいなんて思っているんですね」

龍聖のその言葉に、ヘンリエッタは瞳を輝かせて頷きかけたが、躊躇して困ったような顔に変わる。それを見て龍聖はクスクスと笑った。

「いいんですよ、本当のことを教えてください。私が聞いたんだから……好きになるのは自由でしょう？」

龍聖に言われて、ヘンリエッタはもじもじとしながら頷いた。

「本気で結婚出来るなんて思ってはいません。ただ憧れているのです。……でも私達はいずれどこかの国へ嫁がなければなりません。ならばエルマーン王国の殿方であればいいなと……皆で思いを巡らせて、そういう話で盛り上がっているだけなのです」

龍聖はニコニコしながら何度も頷いた。イケメンの歌手や俳優に憧れる日本の女の子達と、何も変わりはないのだなと、龍聖は微笑ましく思って聞いていた。

そんな龍聖の様子を、ヘンリエッタは何度も瞬きをしながらみつめていたが、思いきった様子で口を開いた。

「王妃様……恐れながら……少し私が思うことをお話ししてもよろしいですか？」

龍聖は少し首を傾げながらも、快く頷いた。

「なんでも話してください。私はヘンリエッタ様と、色々な話がしたくて来たのですから」

龍聖はヘンリエッタが話をしやすいように、お茶を飲んで寛いでいるように見せた。

その龍聖の態度を、ヘンリエッタは何度も瞬きをしながらじっとみつめて、自分に何か言い聞かせるように深く頷いた。

「先日、王妃様が帰られた後に、こちらの侍女達から話を聞きました。皆が口を揃えて、リューセー様はとてもお優しい方で、決して私を咎めるようなことはなさらないのだから、心配はいらないと……みんな必死でそう言うのです。……私は、正直なところとても驚きました。使用人達がこれほどまでに慕う王妃様などいるのだろうかと……家臣達に敬われる王妃はいても、下々の……使用人達までが、心から慕う王妃なんて……それで私、王妃様を恐れなくてもいいのだと思えるようになりました。お優しいお心遣いをすべて信じていいのだと……最初に王妃様が突然いらした時は、本当に処罰されるのだと覚悟いたしました。でも今は王妃様のお心遣いに感謝しております」

ヘンリエッタは真面目な顔で改まると、深々と頭を下げた。

「だからこそ、私がフェイワン様の側室になりたいなどと、何度も我が儘を言ったり、こうして押しかけてきたりしたことを、心から恥だと思うのです……本当に浅はかで……恥ずかしいです」

ヘンリエッタはそう言うと、真っ直ぐに龍聖をみつめた。彼女はただの我が儘な姫君などではなかったのだと、龍聖は改めて理解した。

「ヘンリエッタ様……お尋ねしますが、貴女の国や他国の姫君達は、絶対外国に行ってはいけないのですか？　外遊などで……」

突然の質問に、ヘンリエッタはその意図を理解しきれず、戸惑いながら返事をした。

「え？　いえ……絶対いけないというわけではありません。隣国でしたら、国王の誕生祝賀や舞踏会などに招待されて赴くことがあります。そうたびたびのことではないですし、隣国と友好関係にないと出来ないことですが……」

「舞踏会かぁ……きっとたくさんのお姫様がいらしたら、華やかでしょうね」

「他国の姫君に負けないように、ドレスを競い合います。あの……この国では、そのような宴はないのですか？」

ヘンリエッタが首を傾げて尋ね返した。

「舞踏会はないですね。たまにご婦人方同士でお茶会などは開かれるようですけれど……私もたまにお茶会には参加します。でも考えてみたら、我が国のご婦人方が、ドレスを競い合うことなどはないですね。そうかぁ……私も男だから、女性達が着飾るのを見るのは楽しいですよ」

「ええっ!!」

ヘンリエッタが飛び上がるほど驚いたので、龍聖も釣られるように少し驚いた。

「どうなさいました？」

「え？　あの……今、王妃様が男だと……」

「ああ、ええ、そうですよ。あれ？　ご存じなかったのですか？　というか……男には見えませんか？」

　龍聖が苦笑しながらそう言うと、ヘンリエッタは、両手で頬を押さえながら、頬を赤らめて首を振って見せた。

「いえ、あの……お声が少し低いし、なんとなく男性っぽい感じはしていましたけど……とてもお綺麗だし……王妃様だし……お子様もいらっしゃると伺っていましたから……まさかと……」

　龍聖はクスクスと笑う。

「確かに、まさかと思いますよね……まあくわしい話は出来ないのですが……私は特別で……男ですけど子供も産めるのです。えっと……体質？　というか、そういう特別な体でして……別に王が同性を好んで愛しているというわけではないのですよ」

　龍聖はなんとか誤魔化しながら、説明をした。ヘンリエッタはただただ驚くばかりだった。でも落ち着いてくると、すべてを承知したというような顔になった。

「エルマーン王国には、とても不思議な秘密があるのだと、常々父から聞いておりました。とても長寿であるということだけではなく、本当に特別な……選ばれた民族なのですね。その美しさも納得出来ます。神に選ばれた方々なのだと……」

「それは……」

　龍聖はそれは違うと言いかけたが、言葉を飲み込んだ。神に選ばれたというよりも、神より罰を与えられたのだと言いかけたが、ヘンリエッタの言葉を聞いて、確かにある意味、神に選ばれた存在なのだとも思ったからだ。

罰は与えられても、滅ぼされることはなかった。厳しい罰を受けたが、乗り越えられないほどのものではなく、こうしてシーフォンは、二千年以上生き続けているのだ。

もしかしたら、彼女の言う通り、美しい容姿であることも、何か意味があるのかもしれない。案外、神に愛されていたのではないかとも思う。

「側室を持つこともなく、正妻だけを心から愛してくれる夫というのは、私達の理想です。本当に羨ましい限りです」

ヘンリエッタはそう言って、キラキラと瞳を輝かせた。

ようやくヘンリエッタの緊張もすっかりと解け、龍聖と何気ない会話も出来るようになっていた。

龍聖は、サンペシャ王国のことについて色々と尋ねたり、ヘンリエッタの交友関係などについても尋ねたりした。

「じゃあ、その隣国の姫君が唯一のお友達なんですね？」

「はい、リアーヌ姫とは、幼い頃から何度か会っていて、歳も一つ違いなので仲良くしています。今も手紙のやり取りなどをしています。彼女もエルマーン王国の殿方をお慕いしております」

「そうなんだ」

龍聖は楽しそうに笑って聞いていた。そんな龍聖に、ヘンリエッタは時々不思議そうな視線を向けてくる。その視線に気が付いて、龍聖が首を傾げた。

「どうかなさいましたか？」

「あ、いえ……王妃様は、フェイワン王が女性に人気があることをお喜びになるのですね」

「はい、嬉しいです。自分の夫が女性に人気があるのは嬉しくないですか？　鼻が高いです」

龍聖は自信満々で答えた。それを聞いてヘンリエッタは目を丸くする。

「そんな風にお考えになる方に会ったのは初めてです。普通はやきもちを焼くと思います」

「私も他の者からそう言われたことがあります。だけど私は本当に嫉妬しなくて……愛情が薄いのではないかと自分で思うことがあります……だから貴女に会って聞きたかったのです。どうしてそんなに夢中になれるのかと……だけどヘンリエッタ様の話を聞くと、また少し違うようなので……」

ヘンリエッタは首を傾げた。

「何か違いますか？」

「ヘンリエッタ様がフェイワンを好きなのは、憧れの方が強いように感じました。たぶんご自身でも無理だと分かっていて、フェイワンに憧れて夢中になっていたのですよね……恋に恋するみたいに……。それでも我が国まで押しかける勢いは素晴らしいと思いますけど……私が本当に聞きたかったのは、たとえば相手を命を懸けて好きだという人がいるでしょう？　嫉妬も含めて、すべてを相手に注ぎ込める人……そういう人の話を聞いてみたかったのです。私に何が足りないのかが分かる気がして……」

龍聖は困ったように微笑みながら言った。それをヘンリエッタは真剣な顔で聞いている。

「そうですね、確かに私の場合は、そういうのとは違うと思います。ただ無鉄砲なだけです。自分ではとても真剣に愛していたつもりだったのですけど、こんなことになって、冷静になったら、自分の愚かさに気づいたのですから、王妃様が言うように、私のこの想いは、愛情ではなく憧れですね。……もしも本気で愛していたら、叶わぬならば自害していたと思います」

「自害……ああ、そうか……そうなるのか……」

龍聖は少し眉根を寄せて唸るように呟いた。

「あの……でも……失礼ながら申し上げてもよろしいですか？」

ヘンリエッタが頬を上気させながら、少し前のめり気味になって言ったので、龍聖は押され気味にこくりと頷いた。

「嫉妬しないことは愛情が薄いわけではないと思います。私は王妃様のことをほとんど存じ上げませんが……王妃様がフェイワン王の話をしたり、フェイワン王の名前を呼んだりするだけでも、とても愛情に満ちたお顔をなさいます。本当に心から愛されていらっしゃることが分かります。それだけでも十分だし、私はそれを見て、もう全然敵(かな)わないし、無理だって思えました。すごく生意気を言って申し訳ありません」

ヘンリエッタは、最後には耳まで赤くなって、勢いよく頭を下げて謝罪した。龍聖は両手で頬を覆いながら、少し赤くなっている。

「え？　オレ……そんなに顔に出てる？　あ、オレって言っちゃった」

龍聖は動揺のあまり言葉が砕けてしまったので、苦笑しながら後ろにいるシュレイを振り返った。シュレイは微笑んでいる。

「ごめんね、でもオレが男だって分かったしいいかな……なんか堅苦しい言葉遣いが苦手なんですよ」

龍聖が笑いながら、少し砕けた話し方で言ったので、ヘンリエッタも笑って頷く。

「王妃様の方が目上の方なのですから、私へはどうぞ砕けた物言いでお話しください」

ヘンリエッタの言葉に、龍聖はホッと息を吐くと照れ隠しに笑った。

ヘンリエッタは、少し気持ちに余裕が出来たので、龍聖がたびたび視線を交わすシュレイの存在が気になった。

「あの……先日もいらっしゃいましたが、そちらの方は？」

「ああ、彼はオレの側近でシュレイと言います」

「申し遅れました。王妃様の側近をしておりますシュレイと申します」

シュレイが物腰柔らかくそう自己紹介をして、一礼をしたので、ヘンリエッタは瞳を輝かせて頬を上気させた。

「ああ……エルマーン王国では、側近の方までもがこんなにも麗しいのですね……」

ヘンリエッタがそう言って、ほうっと溜息をついたので、龍聖は笑いながらシュレイを見た。シュレイは困ったように微笑む。

「なんだか楽しくて長居してしまいました。今日はありがとうございました」

龍聖が礼を言って立ち上がったので、ヘンリエッタも慌てて立ち上がった。

「こちらこそ……本当に……本当にありがとうございました」

深々と頭を下げるヘンリエッタを、龍聖は微笑みながらみつめていた。

「また来てもいいですか？」

「もちろんでございます」

ヘンリエッタが嬉しそうに答えると、龍聖も嬉しそうに頷いて部屋を後にした。

「リューセー？」

「え？　何？」

フェイワンに耳元で名前を呼ばれて、はっとしたように慌てて答えると、フェイワンは苦笑しながら、龍聖の頰に口づけた。

「今日はずっとなんだか上の空だな」

「え？　そ……そうかな？」

「お前が何かそうやって、考えごとをしている時は、たぶん何かとんでもないことを考えている時じゃないかと思うんだが……」

夕食の後、いつものようにソファに並んで座り、いちゃいちゃしていたはずなのだが、夕食の時からずっと龍聖は、何かを考えるようにぼんやりとしていた。フェイワンが話しかけても、返事はするが半分上の空だ。

フェイワンは龍聖の腰を抱きしめて、クスクスと笑いながら耳たぶに口づける。

「べ、別に……そういうわけじゃないですよ」

龍聖はちょっと困ったような顔で反論したが、実は当たらずとも遠からずだった。

「フェイワン……ちょっと聞いてもいいですか？」

「なんだい？」

龍聖が少し甘えるような聞き方をした。これも何かとんでもないことを考えている時の癖なのだが、フェイワンは分かっていて、特に何も言わずにただ口の端を上げながら聞くことにした。

「下位のシーフォンが、他国の人間の女性を嫁に貰うことって出来るのですか？」

「は？」

それはフェイワンの想像の斜め上をいく質問だったので、思わず変な声を出してしまった。コホンと咳払いをして、大きく息を吸って、改めて龍聖に向き直る。

「それは一体どういう質問なんだ？」

「え、いや……だから……下位のシーフォンの中には、妻を迎えることが出来なくて、でも子供が欲しいから、侍女に手を出したりする者がいるって聞いていたから……だったら他国の女性とかはどうなんだろうって思って……アルピンとの間の子が、差別を受けることがあるって聞いたけど、それってやっぱりアルピンを下に見ているからでしょ？　他国の女性だったら、下位でもシーフォンの妻にと望むならば、きっとお姫様とかも嫁いできてくれるかもしれないし、そしたら国交のためにもなるし、人間の方も位の高いお姫様なら、子供も差別を受けないかもしれないって思って……」

龍聖が一生懸命話をするのを、フェイワンは黙って聞いていた。聞き終わると、しばらく何も言わずに、龍聖の背中を何度か撫でた。その態度に、何も言われずとも、ダメなのだと龍聖はすぐに察した。

「あ……あの……フェイワン……」

「リューセー、それはヘンリエッタ姫を誰かに嫁に貰わせようって話か？」

「違う！　違います！　それは大きな誤解です。彼女にはもう婚姻先が決まっているそうです。ただ彼女と話をしていて、ちょっと考えることがあって……」

「リューセー……お前には関係のない話だと思っていたから、今まで話をしなかったが、今回のように私の側室にという話だけではなく、ラウシャンや他の家臣達に対しても、うちの姫をという縁談話は、昔からそれはもう数えられないくらいあったんだ。だがすべてを断ってきた。なぜだか分かるか？」

「え……ごめんなさい。分かりません……」

フェイワンはとても優しい口調で言ったが、龍聖は困ったように眉根を寄せて謝っていた。フェイワンはそんな龍聖に微笑んで、優しく背中を撫でる。

「まずひとつ目は、他国の者に我らの秘密を知られてはならないからだ。シーフォンの男が竜と半身を分けてともに生まれるということを知られてはならない。他国ではあくまでも我らは『竜使い』だと思われている。長寿の不思議な力を持つ古い民族と思われている。我らの真の姿を知らない。それらを知られて、その上我らが神よりの罰として人間を殺せないことも知られてはならないからだ」

それを聞いて龍聖は顔色を変えた。息を呑んでしばらく考え込む。

「だ……だけど、もしも二人がすごく愛し合っていて、外交とか関係なく愛し合っていて結婚したくなったら？　姫君には愛する人のために、絶対他言無用にしてもらえるよ……きっと」

なんとか意見を言おうとする龍聖に、フェイワンは真面目な顔で首を振る。

「我らにとっては、国の存続がかかっている秘密だ。完全に信じられなければ、許すことは出来ない。でもどうやってそれを証明する？　その姫が絶対一生誰にも言わないと、どう証明する？　うっかり口が滑ったというのも許されないのだぞ？　それこそ外と手紙ひとつやり取りせぬように監視するのか？　オレだってその者達の愛を疑いたくはないが、情だけで片付けられる話ではないのだ。それに婚姻関係にあれば、当然ながら相手の国の王や兄弟達が面会に訪れることもあるだろう。それを断るわけにもいかず、厳重に監視でもするのか？　それこそ何かあると疑われるだろう」

龍聖は唇をきゅっと結んで、眉根を寄せて俯いた。フェイワンはその背中を撫でる。

「もうひとつ理由がある。どうしたって人間は寿命が短い。混血である子は人間の倍以上は生きられる。我が子の成長を見届けることなく、妻として迎えた姫君は先に亡くなってしまうだろう。それはかわいそうだと思わないか？　もちろんアルピンだとしてもかわいそうだ。それでもアルピンは我が国の国民だ。我々のことを十分理解し知った上で子を産んでくれるのだ。少し意味合いが違う、……出来れば、皆がシーフォン同士で結婚することが望ましいと思う。時間はかかるが少しずつ、子孫を増やしていくしかない」

フェイワンは最後まで、とても優しく語ってくれた。それを真摯に受け取め、龍聖は自分がまだ考えが足りないことを悟った。

「リューセーは、どうしてそうしたいと思ったんだい？　もちろん下位のシーフォン達を心配してくれたのは分かるが……」

「ヘンリエッタ様と話して……他国の姫君達が、エルマーン王国に憧れを抱いていると聞いて……美男がたくさんいるエルマーン王国は、乙女達の憧れなんですって……だからどうかなって思ったのもあるし……いえ、すみません。下位のシーフォンとの婚姻については、本当に何も考えずに、軽い思いつきで言っただけです。ごめんなさい」

龍聖はとても反省しているというように、表情を曇らせて頭を下げた。

「ただ……何か理由をつけて、姫君達を我が国に招待することが出来れば、それに乗じてヘンリエッタ様も、招待されて来ただけだという体で、体面上わだかまりなく、帰国させることが出来ると思ったんです。ヘンリエッタ様自身もそうだけど、マルセル王も、本当にこれで許されるとは思っていないようです。フェイワンが許しても、もうサンペシャ王国とエルマーン王国の間で、今まで通りの関係は続けられないって……だからヘンリエッタ姫を処罰されるのを覚悟で置いていったみたいなんです」

しょんぼりとしてしまった龍聖を宥めるように、フェイワンはニッと笑って肩を竦めた。

「オレは怒ってないし、許すと言ったら許すぞ？」

「うん、そうなんですけど……オレはよく分からないけれど、マルセル王にも体面とかあるだろうし、王女がこんなことをするなんて、許されないんでしょう？　今決まっている縁談も破棄されるかもしれないって言っていました。許すと言ってもダメなら、何かこちらで理由をつけて帰してあげないとなって思って……色々と考えたつもりだったんです。それで他の国の姫君も呼べたら、シーフォンの結婚出来ない者達とお見合いとかさせて、一石二鳥だしって……」

フェイワンは龍聖を両手で包み込むように胸に抱いた。龍聖はフェイワンの逞しい胸に頬を寄せて目を瞑ると考え込んだ。

「他国の姫君達を呼ぶなど……今までしたことがないからな……」

「他所の国では、舞踏会などを開いて、近隣国から姫君や王子達などを招待するようです」

「ああ、そうらしいな」

「ダメですか？」

「ん？」

ポツリと呟くように龍聖が言ったので、フェイワンは不思議そうに聞き返した。

「姫君達を招待したらダメですか？」

「ダメということはないが……いきなり舞踏会を開くのか？　我が国では今までそのようなことをしたことがない。第一、我が国は荒野のただなかに、ポツンとある国だ。隣国はない。一番近い国からでも、我が国に来るには馬車で三日以上かかってしまう。姫君が遠出するには、遠すぎるな」

フェイワンが可笑しそうに尋ねると、龍聖は黙って考え込んでいる。やがて、はっと閃いたような顔になった。身を起こして、フェイワンの腕の中から少し体を離すと、フェイワンの顔をみつめた。

「ねえ……もうすぐ皇太子が生まれるから……誕生祝いということで宴を開けませんか？」

「ん？　ああ……そう……そうだな。それなら出来そうだ」

「マルセル王が戻るまで、まだひと月以上はかかるでしょう？　ひと月もあれば、招待状を送るにも十分だし、こちらも準備が出来るし……ね？　いいでしょ？」

フェイワンは苦笑してから溜息をついた。

「だがシーフォンとの恋愛は禁止だぞ？」

「それはこちらの方で徹底すれば良いと思います。今まで外遊に連れていっていた家臣達と同様に、人間は相手にしないようにと、きつく言い渡してください。それから姫君だけではなく王子も呼んでは？　とりあえず近隣の国交のある国々に招待状を送って、来てくれれば……という感じで良いと思います」

「そうだな、姫君を国外に出さないという国もあるだろうし……分かった。お前には敵わないよ」

フェイワンはクククッと笑って、龍聖に口づけた。

それから数日後、待望の世継ぎが誕生した。

世継ぎは、シィンワンと名付けられた。

龍聖はシィンワンをみつめながら、その小さな手に指で触れた。何を一生懸命に摑んでいるのだろう？　というくらいに、強く拳を握っている小さな手。

ふわふわと柔らかな深紅の産毛に覆われた頭は、確かに竜王である証だ。安らかに眠る寝顔を、いつまでも飽きることなく龍聖はみつめていた。

「さっきの泣き声を聞いただろう？　とても元気な子だ」

フェイワンが後ろから覗き込むようにして囁いたので、龍聖も笑って頷いた。

「貴方にそっくりです。ほら見て？　赤い髪は竜王の証だから当然かもしれないけれど、頭の形とか、この額の形とか……眉の形までそっくり」

「そうか？　オレにはよく分からない」

「似ていますよ……あ～あ、すぐにヤンチャな男の子が二人になってしまうな」

龍聖はクククッと声を殺して笑いながら言った。

「ヤンチャな男の子二人とはなんだ？　一人だろう？」

「二人ですよ……貴方とシィンワンと二人」

「男の子？　ヤンチャな男の子だと？　オレが？」

「オレの前では、時々ひどく我が儘になったり、子供っぽくなったりするではないですか……貴方が二人になるのは、きっと大変だけど楽しそうです……そうだ。シィンワンにも合気道を教えよう」

眠るシィンワンの頰を指でプニプニと押しながら楽しそうに語る龍聖を、少し複雑そうな顔になってフェイワンはみつめていた。

「そんなにかわいいか？　王子が……姫達よりかわいいか？」

「え？　かわいいのは、どの子も同じですよ。ただ初めての男の子だから、色々と楽しそうだなってワクワクしているだけです。ほら、やっぱり同じ男同士だし……貴方に似ているのもかわいいし」

「オレはオレだ」

ポツリと呟いたフェイワンに驚いて、龍聖は振り返ってフェイワンの顔をみつめた。不機嫌そうな顔のフェイワンを、目を丸くしてしばらくみつめてから、思わず吹き出した。

それから大きな声で笑ってしまい、慌てて口を手で塞いで恐る恐るシィンワンに視線を送ると、シィンワンは安らかに眠っている。それを見届けてから、龍聖はフェイワンの体を少し押すようにしてベッドから離れて、また肩を震わせて笑いだした。ひとしきり笑ってから、目に浮かぶ涙を拭って一息ついた。

「息子にまでやきもちを焼くなんて、貴方のそういうところが、子供っぽいっていうんですよ……分かってます。貴方は貴方です」

龍聖は微笑みながら言って、フェイワンの服の胸元を少し引っ張って体を屈めさせて、チュッと唇を重ねた。


龍聖は十二日ぶりに、ヘンリエッタのところを訪れていた。

「しばらく色々とあって来ることが出来なくてごめんなさい。退屈していたでしょう？」

「いえ、あの……お世継ぎがお生まれになったと伺いました。おめでとうございます」

「ああ、ありがとうございます」

「まさか身重のお体でいらしたとは知らず……こちらまで来ていただいていて、本当に申し訳ありませんでした。もうお体は大丈夫なのですか？」

ヘンリエッタが本当に申し訳ないという顔で頭を下げたので、龍聖は一瞬慌てたが、彼女の言っている意味に気づいて、ポンッと心の中で手を打った。出産したというから、前回来た時にお腹が大きかったのだと思われたのだ。

「ああ、ええ、この服だと分かりづらいですよね。それにあまり目立たないみたいです。出産も軽いので、もう平気なんですよ」

竜王の子が卵生であることは言えないので、なんとか誤魔化した。

「それより今日は、娘を連れてきました」

龍聖は、後ろに隠れるようにしていたシェンファを、前に出るように促し、挨拶をするように耳元で囁いた。

シェンファは、他国の人間に会うのは初めてだったので、緊張しているのか、珍しくとても恥ずかしがっていた。

少しもじもじとしながらも、龍聖に促されて、優雅にお辞儀をしてみせると「シェンファと申します」と挨拶をした。

緩いウェーブのかかった漆黒の髪は、肩まで長さがあり、白い花の髪留めを付けていた。大きな黒い瞳の美しい少女だ。

「ああ……なんと愛らしい……」

ヘンリエッタは両手で叫びそうになる口を押さえながら、感嘆の声を漏らした。

「長女です。歳は……六歳になります」

龍聖は一瞬考えて、人間の年齢に当てはめてシェンファの年齢を言った。

「子供はお好きですか？」

「はい、好きです！　大好きです！　ああ……でもこんなに人形みたいに愛らしい姫君を見たことがありません……」

ヘンリエッタはうっとりとした様子で、シェンファをみつめながら呟いた、シェンファはじっと見られて恥ずかしそうに目を伏せる。

「少しは変化があった方が、ヘンリエッタ様も飽きないかと思って」

「そんなお心遣い……ありがとうございます」

二人は微笑み合うと向かい合ってソファに座った。シェンファは龍聖の隣に座る。

「実は今日は大事なお知らせがあるのです」

「なんでしょうか？」

「今度、世継ぎの誕生を祝う宴を開くことになり、それにヘンリエッタ様にもご出席いただけないかと思って」

「ええ！」

ヘンリエッタは飛び上がるほど驚いた。彼女の反応は想定していたので、龍聖はニコニコと笑って頷く。

「それで他にもお呼びしているんですよ」

「他にも？」

「初めてのことなんですけど、近隣の国交のある国々にも招待状をお送りしたんです。王子と姫君限定で」

「え！」

「貴女の妹君にも招待状をお送りしました」

ヘンリエッタは驚きすぎて声が出なくなっていた。ただ大きく口を開けて、目を丸くして、両手で口を押さえている。

「まあ……どれくらいの方々が来てくださるか分からないけど、たくさんの若い次の世代の方々に、我が国を知っていただく機会にしたいのです。いつまでも秘密のベールの中では、皆様との今後の付き合いが難しくなると考えました。すべてとはなかなかいきませんが、他国からの賓客をもっと招くことが出来るようになればと思っています」

龍聖が微笑みながらそう説明して、隣に座るシェンファの頭を撫でた。

「私達はとても長生きをします。たぶんこの子が大人になる頃は、ヘンリエッタ様の孫の時代ぐらいでしょう。それでもあなた方の世代が、一度でもエルマーン王国を訪れて、私達のことを少しでも知っていただければ、後世に伝えてくださることと信じています。特に女性は……母親が子供に伝えることはとても大きな意味合いを持ちますから……もちろんこの一度きりではなく、今後も続けたいとは思っています。申し訳ありませんが、我が国にも色々と制約があって、簡単ではないこともありますが……」

ヘンリエッタは聞きながら、頬を上気させてふるふると首を振っている。

「妹君が来てくださったら、姉妹で仲良く帰国されるといいでしょう。そうだ、縁組みのある相手の王子様もお呼びしましょう。王子様には私から説明しますから……ヘンリエッタ様と私は以前からの友人で、祝賀の宴を開くために、早くから我が国に手伝うために来ていただいたのだと……そうすれば、もしも誤った噂が王子の耳に入っていたとしても、誤解が解けるでしょう。ヘンリエッタ様も、婚姻を前に、王子と会えれば少しは安心出来ると思うし」

するとヘンリエッタの大きな瞳から、ポロポロと涙が溢れ出た。

「お母様……お姉様が泣いていらっしゃるわ」

シェンファが驚いてそう言ったので、龍聖はニッコリと笑ってハンカチを渡した。

「ではこれで涙を拭いておあげなさい」

するとシェンファは素直にこくりと頷き、とんっと勢いよくソファから降りると、とことこと歩いてヘンリエッタの下へと行った、ソファの上によじ登り、ヘンリエッタの頬をハンカチで拭いた。

その愛らしい仕草に、ヘンリエッタは思わず微笑んでいた。

「ありがとう」と礼を言うと、シェンファは頬を染めてもじもじとする。

「それでお願いがあるのです。よかったら、シェンファにダンスを教えてください。年齢的にはまだ早いけれど、こういう機会はあまりないから、舞踏会で踊らせようと思って」

「もちろんです。私でよければ」

ヘンリエッタは微笑みながら、シェンファから受け取ったハンカチで涙を拭うと、シェンファの手を取って立ち上がり、広いところへと移動した。

ヘンリエッタが優しくシェンファにダンスを教える様子を、龍聖はシュレイと微笑み合いながら見守っていた。

❦

龍聖は長く続く螺旋階段を、軽快な足取りで登っていた。

最上部まで登りきると、入口から入ってすぐのところに、大きな金色の鼻先が見えた。

「ジンヨン！　しばらく忙しくて来れなくてごめんね！」

龍聖は大きな声でそう言うと、少しだけ走って、すぐ側にいた大きな金色の鼻先に両手を広げて抱きついた。

ジンヨンは嬉しそうに、フンフンと鼻を鳴らして、尻尾でバンバンと床を叩いている。龍聖は笑いながら、鼻先を何度も撫でてやった。

「会いたかった？　オレもだよ」

それから龍聖はしばらく色々な話をジンヨンに聞かせた。ジンヨンは目を細めながら、時々喉を鳴らして相槌を打つように聞いている。

「それでね、シェンファも大分ダンスが踊れるようになったんだよ」

ジンヨンはグルルルルッと喉を鳴らした。

「シェンファが習うのをずっと見ていたら、なんかオレまで覚えちゃってさ……そうだ。ジンヨンにダンスを見せてあげるね！」

龍聖はそう言って、踊り始めたので、ジンヨンも尻尾で床を叩きながら嬉しそうに龍聖のダンスをみつめていた。


その日は朝から豪奢な馬車が何台もエルマーン王国に到着していた。

城下町には、家々の軒先にたくさんの花が飾られて、国全体がお祝いの色でにぎわっている。

龍聖はテラスに立ち、その美しい光景を嬉しそうにみつめていた。

「ああ、また馬車だ……あれはどこの国の馬車だろう……シィンワン、みんな君をお祝いしに来てくれたんだよ。すごいね」

龍聖はその腕に、シィンワンを抱いていた。大きな金色の瞳を開いて、じっと母の顔をみつめていた。

「楽しみだね」

龍聖はニッコリと笑うと、シィンワンの顔に頬を擦り寄せた。


近隣十四ヶ国から、王子や姫君達が三十五人も集まっていた。特に姫君の参加が多く、第二王女、第三王女までが訪れていた。

王子が招待されることは多くても、姫君が招待される機会は少ない。それも憧れのエルマーン王国

たのだ。

からの招待だ。多少遠方の国であっても、姫自らが「行きたい」と言って、王達を説得してやってきたのだ。

その中には、ヘンリエッタの妹姫マリエルの姿もあった。

「お姉様！」

「マリエル！」

二人は抱き合って喜んだ。

「ああ、お姉様……どうなさっているかと心配していました」

「私なら大丈夫……この国で本当によくしていただいているから……ほら見て、ドレスもこの日のために作ってくださったの……私が何も持ってきていなかったから、滞在中のドレスももちろん何着も作ってくださっだけど、これは舞踏会用に……エルマーンの布で作られたドレスよ？」

「ステキ！　羨ましいわ！」

エルマーン王国で織られた布は、最高級品質の布として、近隣ではとても高い値段で売買されていた。他国の王室でも、この布で作るドレスが一番人気がある。

「お姉様、それよりエルマーンの殿方はいかが？」

妹がわくわくとした様子で尋ねるので、ヘンリエッタは、シィッと右手の人差し指を立てて、静かにするように合図した。

「私がこの国でどういう立場でいたのか知っているでしょう？　それでも大切にもてなしていただけただけでもありがたいくらいです。そんなに自由に城の中を歩きまわれるはずがないでしょう？　本当に何人かとしか会っていません……だから今日、お会い出来るのがとても楽しみなの」

ヘンリエッタは小さな声で、妹に言って聞かせた。

「でもね、王妃様の側近のシュレイが、とても麗しいのよ」

「ええ！　どの方か教えて！」

マリエルは瞳を輝かせてそう言った。

「あ、そういえば、お姉様の婚約者のランベルト様もいらしているはずよ」

「そう……どんな方かしら……きっと私の噂を聞いているわよね」

ヘンリエッタが不安そうな顔をして言ったので、マリエルは笑顔で話をそらそうとした。

「王妃様にはお会いしたのでしょう？　どんな方？」

「それはとても素敵な方よ……手紙にも書いたでしょう？　私、王妃様に夢中なの」

「フェイワン様よりも？」

「ええ、もちろん！」

二人は顔を見合わせて嬉しそうに笑い合った。


エルマーン王城の大広間は、かつてないほどに華やいでいた。各国から招待された王子や姫君達と、シーフォンの若い男女が集まっていたからだ。

シーフォンの若者達には、事前にフェイワンより、厳しく申しつけをされていた。

「以前から何度も話をしているように、決して他国の姫君や王子達に想いを抱いてはならない。理由は知っている通りだ。特に男は、まだ伴侶を見つけられない者が多く、人間の女であってもかまわないと思っている者もいるだろう。しかし他国の姫君は、絶対に伴侶として迎えられない。我らの正体を他国に決して知られるわけにはいかない。シーフォンの誇りをもって、心を強く決して誘惑されぬように……これは王命である。心するように」

フェイワンが王の威厳をもってそう述べると、皆の顔つきが変わった。恭しく頭を下げる。

「ただし……せっかくの宴だ。楽しんでくれ」

フェイワンが少し表情を緩めてそう言うと、若者達も少し緊張が解れた。

「そうだな……誘惑されそうで自信がない者は、リューセーを思い浮かべよ。リューセーより美しい者がいれば仕方ないが、絶対にいないだろう？」

フェイワンがそう言うと、クスクスといたるところから笑いが起こった。


大広間に、フェイワンと、シィンワンを抱いた龍聖が現れると、皆がその場にひざまずいて迎えた。二人が玉座に座るのを合図に、舞踏会は華やかに開催された。

姫達の視線は、たくさんの若いシーフォン達へと注がれている。みながひそひそと囁き合い、時折小さな感嘆の声まで上がる。

招待された王子や姫君達は、順番にフェイワン達の前に進み出て、祝いの言葉を述べた。それが一通り済む頃、広間に音楽が流れる。

誰からともなく、数人が踊り始めたが、みんな遠慮してか、様子を窺ってか控えめで、特に姫君達は誰かにダンスの申し込みをされるのを待つしかない。

その様子に、フェイワンが側に立つラウシャンに合図を送った。ラウシャンは、小さく溜息をつくと、近くにいた姫君にダンスを申し込んだ。申し込まれた姫君は、頬を染めてとても嬉しそうに誘いを受けると、ラウシャンのエスコートで、広間の中央で踊り始めた。

「わあ……ラウシャン様、すっごい上手!! これは乙女達もときめくなぁ」

龍聖が感心しながらそう言ったので、フェイワンは苦笑して見せた。

「外務大臣だからな、社交界では相当な経験を持っているよ……オレなんて足元にも及ばん」

それを聞いて龍聖は楽しそうに笑う。

「タンレン、お前も行ってこい、そうすればお前の部下達も続くだろう」

「はいはい」

タンレンは仕方ないというように首を竦めると、ヘンリエッタの下へ行きダンスを申し込んだ。ヘンリエッタは、頬を赤く染めながら、申し込みに応じると、側にいた妹のマリエルと視線を交わして、嬉しそうに踊りに行った。そのタンレンの後に続いたタンレンの弟のシェンレンがマリエルをダンスに誘った。マリエルも舞い上がるような気持ちで、誘いに応じた。

次々と若者達が、広間で踊り始めると、しばらく楽しそうにフェイワンと龍聖は眺めていた。

「フェイワン、そろそろシィンワンを奥に預けてきますね」

龍聖はフェイワンにそう告げて、シュレイに付き添われながら、一旦王宮の中へ姿を消した。それから音楽が三曲ほど変わった頃に、龍聖がシェンファを連れて戻ってきた。

シェンファはとても綺麗に着飾っていた。フェイワンの下まで来ると、嬉しそうにくるりと回って、ドレスを見せたので、フェイワンが嬉しそうに笑って「綺麗だよ」と言うと、少し赤くなって恥じらった。

「ではオレがダンスを申し込もうかな？」

「だめだよ。シェンファと最初に踊るのはオレだから」

龍聖はそう言って、シェンファを連れて広間へと進み出た。皆が場所を空ける。

龍聖は恭しくシェンファに一礼すると、シェンファの手を取り踊りだした。小さなシェンファが踊りやすいように、動きに気を付けながら、相手を務める。くるくると回してやると、特に喜んでキャアと声を上げて笑った。

皆がとても微笑ましくそれを見守る。

やがて一曲が終わる頃、ラウシャンと踊っていたヘンリエッタの下に龍聖は自然な形で移動して、ラウシャンからヘンリエッタを引き継いだ。ラウシャンは、代わりにシェンファの相手を務める。

身長差があるため、ラウシャンは少し屈みながら、シェンファを上手に踊らせている。それを笑いながら見守ってから、龍聖がヘンリエッタをエスコートして踊った。

「王妃様……本当に……なんとお礼を言えばいいのか……」

「お礼はまだだよ」

龍聖はそう言って笑いながらウィンクをする。ヘンリエッタは驚いて、赤くなった。

二人は楽しそうに踊りながら、龍聖が上手に場所を移動し、気が付くとヘンリエッタの婚約者であるランベルトの下へと連れてきていた。

「ランベルト殿下、このたびは貴方の婚約者を長くお借りしてしまい申し訳ありませんでした」

龍聖がそう言うと、ランベルトは少し赤くなりながら驚いたように首を傾げる。

「あ、あの……なんのことでしょうか？」

「私と彼女とは以前からの友人で、皇太子の誕生に際し、祝いの宴を開きたいと思ったのですが、何分、我が国でこのような舞踏会を開くことは初めてで……ヘンリエッタの父君に相談して、父君が外遊される機会に、ヘンリエッタを我が国まで連れてきてもらったのです。でもすでに婚約なさっていたとは知らず……大事な結婚前の姫君を、他国に外遊させるなど、本来であればあるまじきこと……知らぬこととはいえ、私はランベルト様にどう謝罪したらいいのか……」

龍聖が少しオーバーに、肩を落としながらそう言うと、ランベルトは赤くなって慌てたように首も両手も振って否定した。

「とんでもありません！　我が婚約者がお役に立ちましたこと、とても誇りに思います。私もぜひ貴国のよき友人として、お役に立ちたいと願っております」

龍聖は彼の返事に、満足そうに微笑んで頷いた。

「それではヘンリエッタはお返しいたしますね」

そう言って、ヘンリエッタの左手を、ランベルトに渡すと、ヘンリエッタの耳元で「とても優しそうな方じゃないですか」と囁いた。

ランベルトは、決して美形ではないが、とても男らしい顔立ちをしていて、背も高く、誠実そうな風貌をしていた。

「はい」

ヘンリエッタは頬を染めて嬉しそうに頷いた。

「王妃様、本当にありがとうございました」

「お幸せにね」

龍聖は二人を送り出すと、辺りをキョロキョロと見回した。

そこへちょうど一曲踊り終わったタンレンがいたので、龍聖からダンスを申し込んだ。

タンレンは少し驚いてから、ニヤリと笑って「光栄です」と恭しく礼をすると龍聖をエスコートして踊りだした。

「タンレン様もダンスが上手いんですね」

「ははは……まあ……嗜む程度ですが……ラウシャン様にはとても敵いませんけどね」

二人は笑い合いながら楽しく踊った。一曲が終わると、いつの間に来ていたのか、すぐ側にラウシャンがいて、恭しく礼をした。タンレンからバトンタッチして、龍聖はラウシャンの手を取って踊りだした。

「あれ？　シェンファは？」

「残念ですが、姫君を奪われてしまいました」

「え？」

ラウシャンに言われた方を見ると、フェイワンがシェンファと踊っているところだった。思わず龍聖は吹き出した。

「踊りたがっていたからね」

クスクスと笑っていると、ラウシャンからクルリと軽く回されて、綺麗に腰をホールドされたので、少しびっくりしたような顔でラウシャンを見てしまった。

「ラウシャン様……本当にダンスの相手が上手ですね」

「それほどでもありません」

ラウシャンは澄ました顔で答えた。

やがて曲が終わると、ラウシャンは一礼をして、後ろ向きに龍聖から離れた。気が付くと、辺りが広く場所が空けられている。龍聖が「あれ？」と思いながら振り返ると、フェイワンが立っていた。

「リューセー、オレと踊ってくれるかい？」

「喜んで」

龍聖は嬉しそうに笑って、差し出されたフェイワンの手を取った。

優雅な仕草で龍聖をエスコートしながら、フェイワンが踊り始めた。

「フェイワンもダンスが上手だね」

「……お前がオレ以外の者と踊るたびにイライラとしていたんだぞ」

フェイワンが少しムッとした顔で言ったので、龍聖はクスクスと笑う。

「本当に貴方は嫉妬深いですね……他の者って言っても、シェンファとヘンリエッタ姫は別にいいでしょ？」

「ヘンリエッタ姫は、もうオレよりもお前の方を好きになっている……けしからん」

「え？　それはどっちに対して？」

「もちろん彼女だ。リューセーはオレのものだと分かっているのに……」

「もう……」

龍聖は呆れたように笑った。

「タンレンと踊っている時、楽しそうだったし、ラウシャンからはクルリと回されて、少しときめいていただろう」

「そんなことないよ～」

「一番許せないのは、お前が最初に踊ったのがジンヨンというところだ」

「え～～！　あれも入るの？」

龍聖は驚いて呆れたが、フェイワンは本気でやきもちを焼いているようだ。

「フェイワン……すべては、貴方とこうして踊るための練習台なんだよ？」

龍聖がそう言うと、フェイワンはたちまち機嫌を直して、ニヤリと笑い、曲の終わりと同時に、龍聖を抱きしめて口づけた。

「おお……」と周囲から歓声が上がる。

「愛しているよ」

唇が離れてフェイワンが囁くと、龍聖も微笑んで「愛しています」と答えた。

すると一斉に拍手が沸き起こり、舞踏会は最高の盛り上がりとなった。


エルマーン王国にはいつもの日常が戻っていた。

舞踏会の後、ヘンリエッタ姫は、妹とともにランベルト王子が、国まで送り届けると言って連れて帰った。

それから十日の後にマルセル王が、エルマーン王国に立ち寄ったので、すべてを説明すると、平伏するほどの勢いで感謝の意を示し、途中で仕入れたであろうたくさんの贈り物を置いて、国へと帰っていった。


龍聖は窓辺に長椅子を置き、窓を少し開けて心地よい風を受けながら、腕にシィンワンを抱いてあやしていた。その足元では、シェンファとインファが仲良く人形遊びをしている。

二人は時折龍聖に何か話しかけては、龍聖の答えを聞いて嬉しそうに笑い合っていた。

そんな幸せそうな光景を、フェイワンが入口の扉にもたれかかりながら、目を細めて眺めていた。

シュレイはすぐに気づいたが、何も言わずに一礼をすると、書斎へと身を隠した。邪魔をしないようにと配慮したのだ。

龍聖はしばらくして、シュレイの姿がないことに気づき、辺りをきょろきょろと窺った。するとフェイワンが、入口に立ってこちらを見ていることに気が付いた。ニッコリと微笑むと、フェイワンも微笑んで龍聖達の下へゆっくり歩いてきた。

「あ、お父さま！」

「お父さま！　どうなさったの？」

シェンファとインファが嬉しそうに声を上げて立ち上がり、こちらに向かってくるフェイワンの下へ駆け寄った。

「ん？　ちょっと休憩をしに来たんだよ……お父様は少し休んでも良いかい？」

「はい、もちろんです」

二人は素直に頷いて、また元の場所に戻って遊び始めた。

フェイワンは龍聖の隣に腰を下ろし、龍聖の頬に口づけた。

「何を見ていたの？」

「幸せを見ていた」

「気障だな……」

龍聖はクスクスと笑う。フェイワンは、龍聖の腕の中で、安らかに眠るシィンワンを覗き込む。

「オレが見る時はいつも寝ている」

「今はまだ、一日のほとんど寝ていますよ。それが仕事ですから」

「リューセーは、随分母親らしくなったね」

「それ褒めているんですよね？」

「もちろんだ」

二人は微笑み合った。

「あれから大丈夫そうですか？　シーフォンの皆さんは」

「ああ、みんな自制心を強く持ってよくがんばってくれたよ」

「よかった……でも、それじゃあ、心から楽しめなかったでしょうね？」

「いや、みんなとても楽しかったと言っていた。普段城勤めで、外国に出ることのない者などは、他国の王子達と話をして、自分達と同じくらいの若者達との交流を楽しんだようだ」

「そう……それならよかった」

二人は口づけを交わすと、微笑み合う。

「お前は……いつもオレを驚かせてばかりだな」

「そんなことはありませんよ……今回のことは、随分フェイワンに助けてもらったし、本当にたくさん学ばせてもらいました……だから貴方は本当にすごい人だなって……つくづく思い知らされました」

「惚れ直した？」

「はい」

龍聖は笑って頷く。

「いつも落ち着いていて、視野が広くて、頼りになって……そうかと思うと、とてもやきもち焼きだったり、たまに尻の青い青年のように、性欲むき出しでオレを襲ったり……そういうすべてが、大好きです」

「それは褒めているのか？」

「もちろんですよ」

二人は思わず声を出して笑ったが、龍聖の腕の中のシィンワンがビクリと反応したので、慌てて口を手で塞いだ。シェンファ達も驚いてこちらを見ている。

二人は視線を交わすと、微笑み合った。

「なんか色々とあって忙しなかったな」

フェイワンが小さく溜息をついて言うと、龍聖が微笑みながら首を振った。

「まだまだ……きっとこれからですよ、色んなことがあるのは……。シェンファ達は大きくなって綺麗な姫君となり、たくさんの殿方から求婚されるかもしれないし、シィンワンも大きくなって、貴方にそっくりな青年になって、いずれ竜王となるのだし……オレはもっとたくさんあなたの子を産むかもしれないし……」

「もっとたくさん産んでくれ」

フェイワンは龍聖の腰を抱き寄せて、耳元で甘く囁いた。

「はい、もっとオレを愛してくださいね」

「ああ、愛しているよ」

二人は幸せそうに微笑んで熱い口づけを交わした。

END

嵐の竜
レイワン×十一代目龍聖

エルマーン王国王城の最上階にある王の私室。広い居間では、龍聖が頭を抱えて勉強をしていた。

「一、二、三、四、五、六、七、八、九、十」

「数は綺麗な発音で言えるようになりましたね」

ジアがニッコリと笑って褒めたが、龍聖は眉間にしわを寄せながら、何度も繰り返し数を数えている。

「この国の言葉って、発音が難しい」

「でもリューセー様はお上手ですよ」

「そんなに褒めたって、ようやく数を十まで数えられるようになっただけだし、あとはおはようとかさよならとか簡単な挨拶だけだよ」

「それでも他の勉強に比べましたら、リューセー様も率先して勉強してくださっていますし、とてもいい傾向だと思いますよ」

「だって早く言葉を話せるようにならないと、誰とも仲良くなれないし、侍女達とも上手く意思の疎通が出来ないからさ……いつもいちいち、ジアやレイワンに通訳してもらうのも大変でしょ」

龍聖はテーブルに頬杖をつきながら、エルマーン語の会話教本をみつめていた。そこにはエルマーン語と日本語が対になって書かれている。

簡単な会話文がたくさん書かれていた。それとは別に辞書もある。

「これ全部手書きだよね。あれ？　この世界には印刷技術ってないの？」

「印刷はありますよ。版に墨を塗って、紙に複写します」

「機械なの？」

「機械……ではないと思います。印刷の機械がどのようなものか分かりませんが……板に文字を彫って版を作り、手作業で複写します」

「わあ、すごいね……そっかあ、活字とかはないんだ」

龍聖は納得したのか、独り言を呟きながら何度も頷いた。

「でもこの本も辞書も手書きだよね？　印刷じゃないよね？」

龍聖は教本をマジマジとみつめながら言った。

「そうですね。これはリューセー様の勉強に使うだけのものですから、何冊も複写する必要はありませんし……古くなったものは、写本して新しくするくらいです。大和（やまと）の国でも時代が変わっているようですから、降臨されるたびにリューセー様が、新しい言葉を付け加えたりなさいますね」

ジアが丁寧に説明をしてくれた。

「じゃあ、この本はオレの前の龍聖版ってことなのか……レイワンのお母さんだよね」

「はい、そのようになります」

龍聖は「ふう～ん」と言いながら、教本をパラパラとめくって眺めた。

「日本語が話せるのは、ジアとレイワンと二人の弟の四人だけ？」

「そうですね……シィンレイ様とシュウヤン様のお子様方も、簡単な挨拶程度ならば、大和の言葉を話せると言っておいでした。他のシーフォン達もおはようございますくらいは知っているはずですよ」

「今のオレと同じレベルだ」

龍聖は苦笑した。

「まあ、仕方ないよね。本来、この世界では必要のない言語なんだし……むしろオレのためだけに、レイワン達も日本語を覚えさせられたんだよね。オレがこの世界で暮らしていくためには、がんばってこの国の言葉を覚えるしかないよね」

龍聖はそう言ってニッと笑った。ジアは、前向きな龍聖の言葉に、少しばかり安堵した。

確かに他の勉強に比べると、言語に関してはかなり関心があるように思った。勉強以外の自由な時間に、時折龍聖が真剣な表情で、働いている侍女達を観察していることがあった。

何をしているのかと見守っていると、どうやら侍女達の会話を、真剣に聞いているようだ。

ジアは龍聖の側に仕えながら、最初は風変わりで破天荒なリューセーだと思っていたが、意外と根は真面目なのかもしれないと思い始めていた。

「レイワン達もこんな風に勉強したの？　それともお母さんから教えてもらったの？」

「小さな頃から、リューセー様が教えられていたようですよ」

「そうかあ、じゃあ、オレがもしも子供を産んだら、教えてあげないといけないんだよね？　じゃあますますがんばって、オレがこの国の言葉を話せるようにならないといけないよね」

龍聖が張り切ってそう言ったので、ジアはクスクスと笑った。

「まだご結婚されてひと月ほどしか経っていないのですよ？　そんなに慌てずとも大丈夫ですよ」

「だけどすぐに妊娠しちゃうかもしれないだろう？　なにしろレイワンは毎日がんばってるんだから

さ」

龍聖はそう言って、少し赤くなった。昨夜のことでも思い出してしまったようだ。

「あ〜あ、こんなことなら、もっと外国語の勉強を真剣にやってたら良かった。英語とかフランス語とかペラペラだったら、案外エルマーン語も覚えやすかったかもしれないのになぁ……オレ英語もあんまり得意じゃなかったし……あ、オレのいた世界の外国語のことね。オレの兄さんと姉さんは、とても優秀だったから、外国語は得意なんだよね。兄さんは英語と中国語とドイツ語が話せたし、姉さんは英語とフランス語とイタリア語が話せたんだ」

「ご自慢のお兄様とお姉様だったのですね？」

「うん……そうだね……」

龍聖が急に言葉を濁して、それ以上何も言わなくなったので、ジアはどうしたのかと少し心配になった。

「あはは、脱線しちゃった。ダメだね。オレ、すぐ関係ないことでおしゃべりしちゃって、今、勉強がんばるって言ったばかりなのにね！　ジアが甘やかすからだぞ！」

すぐに龍聖が、いつもの明るい表情に戻ったので、ジアは安堵して微笑んだ。


「おかえりなさいませ！　お仕事……おちゅかれ……お疲れ様でした！」

レイワンが部屋に戻ってくると、龍聖が元気にエルマーン語でそう言って出迎えたので、とても驚いた。一瞬目を丸くした後、すぐに嬉しそうに笑って、龍聖を抱きしめる。

「すごいねリューセー、今日習ったのかい？」

「うん、焦ってちょっと発音を間違えちゃった」

「いや、ちゃんと言えていたよ。とても綺麗な発音だった」

「レイワンはそうやってオレをすぐ甘やかすんだよね」

龍聖はそう言いながらも嬉しそうだ。二人は何度か軽く口づけを交わした。

その後、レイワンが着替えると、龍聖の夕食に付き合って、向かいに座りお茶を飲みながら、龍聖の話し相手をした。食事の後は、二人でカードゲームを楽しんだり、いちゃいちゃしながらたわいもない会話を楽しんだりして過ごした。

「ねえ、レイワンは弟達との会話で、日本語は使わないの？　普段はエルマーン語？」

ソファに寛いで座るレイワンの膝の上に、龍聖は寝転がるように頭を載せていた。レイワンは話をしながら、龍聖の頭を優しく何度も撫でる。

「そうだね、普段はエルマーン語で話しているよ。なんでだい？」

「ん、この世界で日本語が話せるのは、レイワンと二人の弟とジアの四人だけだって話を昼間にしたからさ……レイワン達はお母さんから日本語を習ったんでしょ？　でも普段は使わないんだね」

「子供の頃は日本語ばかり使っていたよ。逆に、母からエルマーン語で話しなさいと注意されるくらいだった」

「どうして？　どうして日本語ばかり使っていたの？」

「特別な気分になれるからだよ」

レイワンがニッコリと笑って答えた。龍聖はレイワンの顔を仰ぎ見ながら、まだ不思議そうな表情をしている。

「侍女や他のシーフォンは分からないだろう？　内緒話を堂々と出来たし、秘密の暗号みたいだし……何より大好きな母の国の言葉だと思うと、特別だったたよね」

レイワンがそう言ってウィンクしてみせたので、龍聖もクスクスと笑う。

「まあ、もっとも父は兄弟が八人もいたから、大和の言葉が分かる人が今よりも多かったけどね」

「それいいな……なんか竜王の兄弟って仲良しなイメージがあるからさ、すごくいいなって思っちゃう。レイワンと弟二人が仲良しなせいもあると思うけど、レイワンのお父さん達兄弟も仲良しだった？」

「ああ、仲良しだったよ」

「やっぱり！　いいね！」

龍聖が嬉しそうに笑うので、レイワンも釣られて笑った。

「仲良しの兄弟が好きなのかい？」

「うん、兄弟は仲良しな方がよくない？　頼りになるし」

「リューセーも兄弟とは仲良しだったの？」

「仲良しだったよ……たぶん」

「たぶん？」

レイワンが首を傾げたので、龍聖は苦笑した。

「オレ、兄さん達と少し歳が離れていたから、仲良しと言っても、一緒に遊んだ記憶はないんだよね。そりゃあ、遊んでもらってはいたと思うけど……兄さんとは十二歳離れていたし、姉さんとは九歳離れていて……オレが小学生の頃には、二人とも割と大人になっていたから……」

龍聖が懐かしむように話すのを、レイワンは優しく見守っていた。

「あ、そうか、シーフォンとは年齢の感覚が違うんだっけ？　えっと……つまり、オレと兄さん達の間って、オレがこれくらいの子供だった頃に、兄さんが成人を迎えるくらい歳の差があったんだよ」

龍聖が身振り手振りを交えて説明すると、レイワンはニコニコと笑いながら何度も頷いた。

「そうか……じゃあちょうど私とシュウヤンくらいの歳の差だったんだね」

レイワンがそう言ってくれたが、龍聖にはあまりよく分からなかった。龍聖が首を傾げるので、レイワンは思わず声を上げて笑った。

「そうか、今はシュウヤンがおじさんだから、龍聖にはよく分からない例えだったな。すまない」

レイワンがそう言ってさらにハハハと楽しそうに笑うので、龍聖もエヘヘへと一緒に笑った。


白い廊下、白い壁、白い天井……。龍聖は気が付くとそこを一生懸命に走っていた。

なぜ走っているのかは分からなかった。気づいたらとにかく走っていた。ひどく不安で、何かに急かされるような気持ちだった。

走りながらこの場所には見覚えがあると思った。やがて両側の壁に、いくつもの扉が並んでいることに気が付いた。目の前の風景が、次第にはっきりと具体的なものへと変化していく。

ただの白い廊下だと思っていたその場所は、見覚えのある病院の廊下だ。

龍聖は息を乱しながら走っていた。そしてひとつの扉の前で足を止めた。扉の横にある名前の表示された小さなディスプレイには、『守屋明里』とある。龍聖の母親の名前だ。

扉にそっと手を触れると、シュッと静かに自動ドアが開く。白い部屋、ベッドがひとつだけ置かれた病室には、誰の姿もなかった。

ベッドにも誰もいない。寝具が取り除かれて、そのベッドの主がいたという形跡さえも残されていなかった。

龍聖は大きく肩で息を吐きながら、目を見開いて、その片付けられたベッドを茫然とみつめていた。

「え？　母さんは……？」

脳裏にはフラッシュバックのように、たくさんのチューブに繋がれて、そのベッドで瀕死の様子で横たわる母の姿が浮かび上がる。

龍聖は身を翻して、向かいの病室へ駆け込んだ。そこも同じように、すべてが片付けられて、無人のベッドがあるだけだ。そこは父の病室だった。

龍聖は嫌な予感がして、変な汗が出てきた。

「まさか……」

それに続く言葉は飲み込んだ。冗談でも言いたくない。

「兄さん？　姉さん？」

龍聖は辺りを見回して、兄達の姿を探した。

再び走り始める。

「兄さん！　姉さん！　誰か？　誰かいないの？」

龍聖は必死になって廊下を走りながら探した。遠くに看護師の姿を発見して、必死にそこに向かって駆けていった。

「あの！　あの！　すみません！　あそこの部屋にいた患者はどうしたんですか？」

ようやく看護師の側に辿り着いて、必死になって尋ねた。

「あの部屋の患者です！　守屋です！　守屋康忠（やすただ）と守屋明里です！」

だが看護師は、戸惑った様子で何も答えてくれなかった。

龍聖は今にも泣きそうになったが、その時名前を呼ばれた。

「龍聖！」

「龍聖！　こっちよ」

聞き覚えのある声だ。優しい、温かい、懐かしい声だ。そう思って振り返ると、そこには笑顔で手を振る両親の姿があった。二人とも元気そうに見える。いや、元気だ。龍聖が知っている元気な時の両親の姿だ。

「父さん！　母さん！」

龍聖は思わず駆け寄ると、二人に抱きついた。すると父が、わははと笑って龍聖の頭を撫でる。顔を上げてみると、父はとても血色の良い、少しふっくらとした顔をしていた。母も柔らかな面立ちで、綺麗に化粧をしている。龍聖の良く知っている元気な二人の顔だ。

「病気は？　父さんも母さんも病気は治ったの？」

「ああ、治ったよ。見ての通りすっかり元気だ」

「龍聖、貴方（あなた）のおかげよ」

「龍聖、お前が儀式をしてくれたおかげで、二人とも元気になったんだよ」

いつの間にか隣に兄が立っていて、龍聖にそう優しく語りかける。

「そうよ、龍聖のおかげよ。もう大丈夫よ」

姉もそう言って龍聖の頭を撫でた。

「そうか！　良かった……本当に良かった！」

龍聖は心から安心して、笑いながら泣いていた。嬉しくて嬉しくて、笑いが込み上げるのだが、涙が溢(あふ)れて止まらない。

「泣く奴があるか」

父が笑ってそう言った。

「龍聖、もう帰っていらっしゃい」

母が優しくそう言った。

「え？　でも帰れないよ。オレがレイワンの側にいないとだめなんだよ」

「どうして？　もういいでしょ？　帰っていらっしゃい」

姉までもがそう言った。

「か、帰れないよ。そもそも帰り方なんて分からないし……オレは龍神様に尽くさないといけないんだ。それが昔からの約束だろう？　オレはレイワンの伴侶なんだよ。オレがレイワンに魂精(こんせい)をあげないと、レイワンが死んじゃうんだ。オレが儀式をしないで逃げていたから、レイワンは衰弱して大変なことになっていたし、そのせいで父さん達だって……」

「でももういいんじゃないか？　父さん達はこうして元気になったんだ。龍神様も許してくださったんだろう？」

「そうだよ、帰ってきなさい。お前がいないと寂しいだろう」

「龍聖、母さんの側にいてちょうだい」

「龍聖、帰っておいで」

皆が口々にそう言うので、龍聖は泣きながら何度も首を振った。

「だめだよ……だって……だって……レイワンが……」


「リューセー！」

肩を揺すぶられて目が覚めた。目の前には真っ赤な髪が目に眩しい。

「レ……レイワン……」

龍聖は何度も瞬きをした。だが視界がぼやけて良く見えない。レイワンの大きな手が、龍聖の顔に触れたので、龍聖は思わず目を閉じた。龍聖の両目を、優しく拭（ぬぐ）ってくれた。そこでようやく泣いていたということに気が付いた。

夢の中ではない。

「大丈夫かい？」

レイワンの低く柔らかな声がそう尋ねる。

目を開けると、心配そうなレイワンの顔が目の前にあった。今度ははっきりと見えた。

「え？　オレ……」

「何か悲しい夢を見ていたのかい？　ひどくうなされて泣いていたよ？」

「え……あっ……」

龍聖は一瞬、先ほどの夢を思い出していた。両親と兄と姉がいた。優しい、懐かしい家族達……まだこの世界に来てひと月余りしか経っていないのに、もう何十年も会っていないような……ひどく懐かしい思いが胸に込み上げてくる。するとじわりとまた涙が滲(にじ)んできた。

「リューセー、どうしたんだい？」

龍聖の黒い瞳が涙に濡れるのを、レイワンはひどく慌てた様子でみつめていた。

「な、なんでもない。大丈夫」

龍聖は急いで両目の涙を拭うと笑顔を作った。

「悲しい夢を見たのかい？」

「わ、分かんない！　忘れちゃった！」

龍聖は笑いながら明るい声でそう答えた。

「リューセー……」

まだ心配そうな顔のレイワンを見て、龍聖は笑いながらチュッと口づけた。

「レイワン、おはよう！　ごめん、ごめん、あ～もう、こんな泣くなんて、一体何の夢を見たのって感じだよね！　あはは……ほら、寝ながら泣くとさ、目の周りがごわごわして痛くならない？」

明るく振る舞う龍聖を見て、レイワンは困ったように薄く笑みを浮かべた。

「無理してない？　本当に大丈夫？」

「やだなぁ！　レイワン、何言ってんの？　本当に大丈夫だよ！　それよりオレの目、腫(は)れてない？」

「少し……腫れているかな」

「やっぱり？　やだなぁ……美人が台無しだと思わない？」

空元気のようにも見えるが、いつもの明るい龍聖だった。レイワンが優しく髪を撫でる。

「台無しじゃないよ。とても美人だ」

レイワンはそう言って、龍聖に口づけた。


「今日のリューセーに、どこか様子のおかしなところはなかったかい？」

その日の夕方、仕事から戻ってきたレイワンが、隙を見てそっとジアに尋ねた。

「おかしなところ……ですか？　いえ、いつものリューセー様でしたが……何か問題でもございましたか？」

ジアが顔色を変えたので、レイワンは慌てて首を振った。

「いや、なんでもない。大丈夫ならそれでいいんだ」

レイワンは穏やかに微笑んで、ジアを宥めるように誤魔化(ごまか)した。

その後はいつものように二人でゲームをしたり、会話を楽しんだりして寛いだ。


「レイワン、今日はオレがサービスしてあげるからね」

「さあびす？　リューセー、何をする気だい？」

ベッドに仰向けに横たわるレイワンの上に跨がるように座ると、龍聖が自分で服を脱ぎ始めたので、レイワンは不思議そうに首を傾げた。

「オレがレイワンを襲っちゃうってこと」

龍聖はそう言って、ニヤリと笑うと、あっという間に全裸になってしまい、レイワンの胸元を開いて、逞しい胸筋の形をなぞるように、両方の掌で撫で回した。

「お手柔らかに頼むよ」

レイワンが苦笑すると、龍聖はニヤニヤと楽しそうに笑った。

「こうすると気持ち良くない？」

龍聖は腰をゆるゆると揺らした。尻の下にはレイワンの股間があり、ズボンの布地越しに、確かな塊を感じた。それを柔らかな龍聖の双丘で挟むように扱くものだから、レイワンはびくりと体を震わせた。

「気持ちいいよ」

レイワンが困ったように返事をする。

龍聖は腰を揺らし続けた。

「ふふ……もう硬くなってる……レイワン、反応が早いよ」

「君がそうやって誘惑するからだよ」

二人とも興奮してきたのか、頰に赤みが差し、少し息が乱れ始めていた。

「私は……何もしてはいけないのかい？　君の体を触りたいのだけど」

「だめだめ、まだだめだよ。我慢して」

龍聖に叱られて、レイワンは仕方なくされるがままに、ただ横たわっていた。

龍聖の両手がレイワンの胸を撫で回し、柔らかな双丘が股間を刺激する。

レイワンはなす術もなく、自分の上で妖艶な姿を見せる龍聖をみつめていた。

「レイワンのすごく大きくなってる」

龍聖が息を荒らげて、頬を上気させてうっとりと呟いた。

「リューセー……生き地獄のようだよ。お願いだから触らせてくれないか？」

「待って……入れるから、それまで待って」

龍聖はそう言うと、少し腰を浮かせた。右手を後ろに回し、自分の後孔に指を入れて解し始めた。

「あっ……んっんんっ……あぁ……」

龍聖がレイワンの上に跨がり、自分で後孔を弄りながら、甘い声を上げ始めたので、レイワンはひどく興奮して、股間に血が集まるのを感じた。今にも爆発しそうなほど、男根が怒張する。こんな仕置きは初めてだと、レイワンは戸惑いを隠せない。

「リューセー、頼む……本当にもう限界なんだ。君の体を抱きたい。もういいだろう？」

「待って……ああっ……もうちょっと解すから……」

「私が解してあげるよ。リューセー、いいだろう？」

「だめ！　我慢してよ！　その方が燃え上がるんだから……」

龍聖はそう言いながら、クチュクチュと音を立てて、自分の後孔を弄り続けた。その淫猥な音に刺激されて、レイワンの怒張した昂りが、龍聖の股の間にそそり立ち、びくびくと痙攣している。

龍聖はそれを熱い眼差しでみつめた。

「本当に大きい……入るかな……」

龍聖は膝立ちになり、そそり立つ男根の先を、自分の後孔に宛がった。ゆっくりと腰を下ろすと、ぐっと抵抗があり、硬いものが中に押し入ってくるのを感じた。

「あっああぁぁっあっ」

龍聖は体を震わせながら喘いだ。亀頭が中に収まると、あとは難なく入ってくる。だがそれでも、レイワンの肉塊の大きさに、体が裂かれるような衝撃を感じた。痛みはないが、熱くて体の中が焼けてしまいそうだ。

「あっ……んっんんっ……ああっあぁぁっ……レイワン……だめ……これ以上入らない……」

朱に染まった龍聖の白い体が震えていた。レイワンの大きな両の手が、龍聖の細い腰を摑んだ。ゆさゆさと腰を上下に揺らしながら、龍聖の体をゆっくりと下へと押しつけるように下ろしていく。

「あぁぁぁっ……やあ……だめ……あっあんっあっあぁぁっ」

深い所までレイワンの昂りが入ってきた。体を貫かれるようで、その快感に喘ぎが止まらない。ゆさゆさとレイワンの腰が動くたびに、体の中を乱暴に愛撫されているようだ。肉塊が龍聖の体の中をまさぐり、柔らかな部分を擦って刺激する。電流が走るような快楽の波に、頭の中が真っ白になるようだ。

「あぁぁっ……いくぅ……いく……ああっんんっんっ」

龍聖は体を反らせると、びくびくと小刻みに震えて、絶頂を迎えた。

レイワンの腰の動きが速くなり、龍聖の中に勢いよく精を吐き出した。

意識が飛んでぐったりとしている龍聖の体を、何度か突き上げるように腰を揺さぶって、残滓まで残さず射精し終わると、レイワンは上体を起こして龍聖の体を抱きしめた。

唇を重ねて、深く何度も吸った。やがて龍聖がそれに応えると、もっとと求めるように口づけを交わす。

やがて体勢を逆転させるように、龍聖の体をベッドにそのまま押し倒すと、繋がったままの腰を揺さぶり始めた。


朝目覚めて、隣に眠る愛しい人の顔を覗き込むと、その黒く長い睫毛が濡れていた。

レイワンは起こさないように、そっと服の袖で涙に濡れた龍聖の目元を拭ってやる。

もう四日になる。

朝、龍聖が眠りながら涙を流す。悲しい夢を見ているのか、怖い夢を見ているのか、なんで夢を見ながら泣いているのか分からない。

ただ最初の日ほど、うなされることはなくなった。

でもその両目は涙に濡れる。

龍聖に尋ねても「なんでもない」と言い、夢のことは覚えていないと笑う。

日中の様子は、いつもと変わりなく、龍聖はとても元気に過ごしているようだ。夜、レイワンと二人きりで過ごす寛ぎのひと時も、毎夜の愛の交わりも、特にいつもと変わりないようにも感じる。

だが日を追うごとに、龍聖は激しい性交を求めるようになった。気を失いそうになるまで、もっともっとと求めてくる。

まるで夢を見ないで眠りたいと思っているようだ。

そしてジアも、心配そうにレイワンに相談してきた。

「何がおかしいというわけではないのです。でもだからこそおかしく感じるのです。リューセー様はとても明るく振る舞って、いたずらもするし、笑っています。でも大人しいのです。なんというか……大人しいのです。いつものリューセー様なら、もっと私や周りを驚かせると思うのですが、いたずらも、我が儘も、少しも驚かないくらいに大人しいのです。すみません。おかしなことを言っているかもしれませんが……」

「いや、言いたいことは分かるよ」

困惑している様子のジアに、レイワンは頷いてみせた。

「それになんだか、エルマーン語の勉強にひどく執着しているのです。一刻も早くしゃべれるようになりたいと、焦っているように見えて……言葉はゆっくりでもいいですよと宥めるのですが……」

「リューセーは、何か悩んでいるのだろうか？　私達に言えないようなことなのだろうか？　ひどく悩んでいて、それを隠しているようにしか見えないんだよ」

レイワンはそう言って眉根を寄せた。

様子がおかしいことと、毎日夢を見て泣いていることが、関連しているように思えた。そしてそれを懸命に隠そうとしているのも気になる。

なんでも思ったことはすぐ態度や言葉に出す龍聖。良いことも悪いことも、素直にすぐ出てしまう。そのせいで、周りも色々と巻き込まれてしまう。迷惑に感じる者も多いだろうが、レイワンはそんなところも愛しいと思っていた。

自分に対して、それだけ隠し事もなく接してくれるのは嬉しい。

龍聖が降臨してひと月余り。慣例とは違う形で結ばれて、それでも習わしに従って婚姻の儀式を行い夫婦になった。

竜王と龍聖の縁は、十一代二千年以上続いている。

普通の人間は、出会って、互いのことを知り、思いを温め募らせ、恋をして、愛し合い結ばれるのだろう。

竜王と龍聖の縁は生まれた時から決められている。出会った時が契りを交わす時。愛を育むのはその後のことだ。すべてが逆で、一目惚れしているとしても、出会ってひと月ならば、ようやく互いを分かり合い始めた頃だ。

レイワンは龍聖のことを知れば知るほど惹かれていた。彼の持っているものは、すべてレイワンにはないものだ。だから惹かれる。

龍聖がすべてを曝け出して、真っ直ぐにぶつかってきてくれるから、より一層龍聖に惹かれていた。だからそんな龍聖が、懸命に隠そうとすることは何だろうと気になる。あの明るい龍聖が、毎日泣くなんて……さすがにこれはジアには言えない。

「陛下……陛下は何かご存じなのですか？」

ジアがひどく心配そうに顔を曇らせている。

「私は陛下に言われるまで気づきませんでした。確かに多少いつもと違う様子はあっても、元々リューセー様の言動に一貫性はないので、おかしなことさえいつものことと思ってしまっていたのです。側近でありながら、リューセー様の心の機微に気づけないなんて……」

ジアが項垂れたので、レイワンは優しく宥めた。

「私もそなたも、リューセーとはまだひと月しかともに過ごしていないのだ。分からないことがあるのは当然だよ。だが私もそなたも、リューセーのことが好きだから、こうして彼の異変に気づき、心配することが出来るんだ。互いを分かり合うためには、互いに知ろうとすることが必要だ。私はリューセーが、何かを懸命に隠そうとしていると思って、聞き出せずにいたんだ。理由は分からないが、隠そうとするからには、知られたくないのだろうと思った。特にリューセーは……そういう人ではないと、私が勝手に思ってしまっていたんだ。隠し事などせず、周囲のことも気にせず、すべてを吐き出す性格だと……良いも悪いも含めて、そういう素直な人なんだと……ある意味、見誤っていたのだろうね。リューセーに失礼なことを思っていたんだ。私は……」

「陛下……」

二人は複雑な思いで考え込んだ。

「陛下、ですがやはりリューセー様が知られたくないと思っているのでしたら、無理に聞き出すことは、良くないのではないでしょうか？」

ジアが思いつめた様子でそう呟いた。

「でもこのまま知らぬふりをして放っておくことも出来ない。そもそもリューセーは悩みを抱え込まない強い人だと、私が勝手に思い込み見誤っていたせいで、どんどん悪い方向に行っている気がするんだ。少なくとも、リューセーがそうなってから今日で四日になる。リューセーが自分で解決出来るのならば、とうに解決しているはずだ。むしろ最初よりも悪くなっているように思う」

「四日⁉　ではあの時、陛下が私に様子に変わりないかと聞かれた時からなのですか？」

ジアはとても驚いた。それと同時に、顔面蒼白になった。

「そんなに気づかずにいたなんて……私はなんと愚かな……」

「ジア！　反省は後だ。どうすればリューセーを楽にしてやれるか、まずはそれを考えることが先だ」

レイワンに叱咤されて、ジアはなんとか気を取り直した。これ以上、龍聖を苦しめてはならないと思って、自分自身を諫めた。

「分かりました。ではまずはリューセー様のおかしいと思う行動などを整理いたしましょう。私がおかしいと気づいた部分は、空元気に見えることと、今まで以上にエルマーン語の習得に焦っていることです。ご自身で言語を習得するのは苦手だとおっしゃっていました。だから少しずつマイペースでいきましょうと言っていたのに、この数日……陛下がおっしゃる通りならば、この四日、焦り方がひどく感じます」

「私の方は……」

レイワンは言い淀んだ。泣いていることを言っても良いか迷ったのだ。

「陛下？」

「実は……リューセーは、毎夜、何か良くない夢を見ているのか、夢のせいで寝ながら涙を流すんだ。本人に聞くとどんな夢だったか覚えていないと、明るく笑い飛ばすのだが……たぶんそれは嘘だと思う。最初に泣いたのが四日前で……それ以来ずっとなんだ。だから明らかに夢が原因だと思う。そのことは何度かリューセーに尋ねたが、どうしても教えてくれなくて分からないままだ」

「泣く？　リューセー様が泣いていらっしゃるのですか!?」

「シィー……声が大きいよ」

ジアがとても驚いて大きな声を上げたので、レイワンが慌てて咎めた。辺りを見回して、誰も聞いていないのを確認する。

「リューセー様が泣くなんて……それはよほどのことではないのですか？」

「そうかもしれないが……夢だから……夢を見て泣いているのだから、普通に泣くのとは少し違うだろう？」

「ですが……」

ジアは眉根を寄せて考え込んだ。何か思い当たる節があるように見えたので、レイワンはジアの言葉を待った。

「それはもしかしたら、大和の国のご家族の夢でもご覧になったのではないでしょうか？」

「え？」

「きっとそうです……里心がついて、帰りたいと思われて泣いているのかもしれません」

「それは本当かい？」

今度はレイワンがひどく驚いた。思ってもみなかったことで、とても動揺してしまっていた。

「真実は分かりませんが……リューセー様は降臨された時、病に倒れたご両親の身をとても案じておいででした。それで早く陛下に会って謝罪したいと騒いだのですから……。色々ありましたが、落ち着いてこの世界の生活に慣れてこられて、気が緩んだせいでそんな夢を見たのではないでしょうか？ひと月ならば、ちょうど里心がついてもおかしくない時期です。それならば、リューセー様が懸命に隠そうとされているのも分かります。帰りたいなどと言ったら、陛下を心配させ傷つけるかもしれないと、思っていらっしゃるのではないでしょうか？」

レイワンはそれを聞いて、腕組みをして考え込んだ。それが本当ならば、龍聖が不憫でならなかった。

「別に……家族との夢を見て帰りたくなって泣いたなんてことなら、隠さずとも言ってくれればいいのに……そしたら私だって慰めようもある。てっきりリューセーは、そういう時は『帰りたい』と駄々を捏ねて甘えるものだと思っていた。それも私の見誤りだというのだろうか……結局私は、リューセーのことをまったく分かっていなかったのだな」

レイワンの呟きに、ジアも深く考え込んだ。

「私もまだまだリューセー様のことを分かっていません。でも今ふと思ったのですが……リューセー様は疑問を素直に口にしていることに、無自覚なのではないでしょうか？　無自覚なので、周りのことも見えていなくて、時には周りを巻き込んで迷惑をかけることになっても分からない。ですから逆に、自分で分かっていることは、それを言うことで周りがどう思うか、どう言われるかが分かるから、言えなくなるのではないでしょうか？」

「それはつまり……里心がついたことを言えば、私が心配すると思ったから言えなかったというのかい？」

ジアは頷いた。

「もちろんこれは私の推測です。もしかしたら、もっと別の……リューセー様ですから、私などが思いもよらない理由があるのかもしれません……でももしもそうだとしたら、私がおかしいと思ったことも腑に落ちるのです」

「どういうことだい？」

ジアは一度自分の中で考えを整理するかのように、目を閉じて考え込んだ。レイワンは静かに待っている。

「リューセー様は以前から、早くエルマーン語をしゃべれるようになりたいと言ってました。侍女達ともっと意思の疎通が出来るようになりたいし、他のシーフォンやアルピン達とも仲良くなりたいと言っていらしたのです。里心がついたことで、それを隠しながら懸命にエルマーン語を勉強し始めたのは、そういうことではないのでしょうか？　つまり……リューセー様も、もう二度と大和の国に帰れないことは承知なさっています。その寂しさを紛らわすためには、一刻も早くこの国に馴染んで、言葉も覚えて、たくさんの人と仲良くなることだと……自分で解決の道を模索されているのではないでしょうか？」

レイワンはジアの話を聞いて、驚いたように目を大きく見開いた。そしてすぐに目を閉じて考え込むと、みるみる明るい表情へと変わっていった。それは良い意味で驚いているという表情だった。

「真実は分からないが……もしもそうだとしたら……リューセーは、なんと前向きな人なのだろう……落ち込んだままではなく、自分でなんとか解決の道を探るなんて……私に甘えればいいのに……強い人なんだね」

レイワンは感心したように何度も頷きながら呟いた。

「元々社交的な人だから、本当はもっと早くたくさんの友達が作れるだろうに……話し相手は私とジアだけだ。でもそれを不満のように言えば、私とそなたを傷つけると思ったのだろうか？　私はこれでも、このひと月で、どんなリューセーの我が儘も受け止める覚悟をしているんだけどね」

「それは私もです」

二人は顔を見合わせて苦笑した。

「では、どうしたらいいかな?」

二人は再び考え込んだ。

「要は……リューセーが寂しく思わないようにしてあげればいいように思うんだけど……私がどんなに甘やかしてあげても、政務で一日いないことが多いからね。日中はそなたと一緒にいるけれど、そなたには色々と教えるという仕事があるから、遊び相手というわけにはいかない……シィンレイとシュウヤンでは無理だろうし……」

「言葉は通じなくても、皆にリューセー様の気持ちは通じているということを、分かるようにして差し上げればいいのではないでしょうか?」

「どういうことだい?」

「リューセー様付きの侍女や兵士達は、皆、リューセー様を慕っております。リューセー様は、アルピンにも分け隔てなく優しく、いつも笑顔で接してくださるからです。でもリューセー様は、言葉が通じないから、侍女達と意志が通じ合っていないと思っていらっしゃるので……その誤解を解けば上手くいくのではないかと……」

「それはすぐに出来ることなのかい?」

「はい、侍女達と話してみます」

「ジア……本当に助かるよ。ありがとう」

「とんでもありません……私はリューセー様の側近です。リューセー様のためならなんでもやります」

ジアが力強く言ったので、レイワンは嬉しそうに微笑んだ。

ジアは、早速龍聖付きの四人の侍女を集めた。

「皆に改まって聞くことではないのですが……大切なことなので、正直に答えてほしいのです。別に遠慮はいりません。嘘をついて嫌々ながら仕事をされてはお互いのためにもならないので、不満があればなんでも正直に言ってください。それで貴女方を咎めるようなことは絶対にありません……リューセー様のお世話をしていて、困ったことや不満に思うことはありませんか？」

突然の質問に、四人は動揺したように顔を見合わせた。

「なんでもいいのです。小さなことでもかまいません。正直に教えてください」

ジアがもう一度言うと、侍女達は戸惑ったように一斉にジアをみつめた。

「あの……不満はないのですが……最近、私達の間でよく話していることを言っても良いでしょうか？」

一人がそう口を開いたので、ジアは大きく頷いた。

「なんですか？　どうぞ遠慮なく言いなさい」

「その……リューセー様が最近とても元気がないように思うのです。何か心配事があるのならば、私達では何もお役に立てませんが……ただ日々の生活でお困りになっていることがあるのでしたら、私達に遠慮なく申し付けてほしいと思って……リューセー様は、私達のような者にもとても気を遣ってくださるので、本当にいつも申し訳なく思っているのです。でも私達は大和の言葉が分からないので、リューセー様に直接聞くことが出来なくて……きっとご不便に思われているのではないかと……」

「実は、私達でリューセー様を元気づけられないかと、色々と作っているものがあるんです」

「ジア様、リューセー様は大丈夫でしょうか？　どうにか元気になっていただきたいのですが、私達は何をすればよいでしょうか？」

侍女達が、次々とそう述べるので、ジアは思わず両手で顔を覆っていた。

「ジア様？」

侍女達は、突然のジアの行動にとても驚いた。ジアはしばらく両手で顔を覆ったまま、俯いていたが、やがて顔を上げると大きく息を吐いた。両手を外して、侍女達を一人一人みつめると、ニッコリと微笑んだ。

「皆さんありがとう……実はそのことで貴女方に聞きたいと思っていたことを、今、皆さんが先に言ってくださいました。ありがとうございます」

ジアは一度頭を下げた。侍女達はまだ戸惑っている。

「皆さんはリューセー様のことが好きですか？」

「もちろんです！」

侍女達は即答した。

「リューセー様はよく思いつきで行動なさったり、色々な注文をしたりしますが、迷惑ではないですか？」

ジアの問いに、侍女達は顔を見合わせてクスクスと笑った。

「正直に申し上げると、私達にはあまり迷惑にならないことが多いというか……ジア様や陛下を気の毒に思うことはありますが……」

ジアはそれを聞いて苦笑した。

「それではこれからもずっとリューセー様のお世話をしてくれますか?」

「もちろんです!」

侍女達が笑顔で答えたので、ジアは安堵した。

「それで先ほど、貴女達が言っていたリューセー様を元気づけるために作っているものとは何ですか?」

「ひとつは匂い袋です。花と香草で作ったものです。すっきりと明るい気分になれる匂い袋です。リューセー様は綺麗なものがお好きなので、袋に全部刺繡を入れてたくさん作っています。家族みんなに手伝ってもらって……部屋中に置けたらと思って……」

「私は兄が工房で働いているので、櫛を……特製の櫛を作ってもらいました。リューセー様がいつも髪をこう……丸く巻かれるのに拘っていらっしゃるので、丸く巻ける櫛を作りました。リューセー様が独り言でカールを巻く櫛があるといいのにって言っていらしたので……最初、言葉が分からなかったのですが、いつも同じことを言われているなって気づいて……その時のリューセー様の仕草などを見ながら、きっとこんなものが必要だろうと思って作りました」

「私の兄も工房にいるので、リューセー様がたくさんお持ちの櫛などを入れて持ち運べる化粧箱を作ってもらいました。花や竜の彫刻をたくさん彫ってもらったのです。リューセー様は綺麗なものがお好きだから……」

「私は抱き枕を作りました」

「抱き枕?」

ジアが不思議そうに首を傾げた。初めて聞く言葉だったからだ。

「リューセー様がそんな風に言っていらして……リューセー様がよく窓際のソファでお昼寝をなさる時に、クッションを抱くように抱えて眠ることがあって……そうすると安眠出来るみたいなのですが、リューセー様が気に入る大きさのものがないみたいで、いつも色んな枕やクッションを抱いて試しておいでなのです。本当はこう……懐に抱き込めるように細長くて丸い……円柱のようなものが欲しいようで……それを作ってみたんです」

ジアは侍女達の話を聞きながら、涙が出るほど嬉しいと思っていた。言葉が通じないなんて問題ではなかった。みんなちゃんとリューセーの思いを受け取っているではないか。これならば、リューセーにも、彼女達が言葉が通じなくても、ちゃんとリューセーのことを分かっているということが、通じるだろうと思った。

「そういえばもう王妃の部屋の模様替えは終わりましたよね？」

「はい、ほぼ完成しています」

「それではちょうどいいですね。王妃の部屋のお披露目も兼ねて、リューセー様を慰める宴を開きましょう」

「宴ですか？」

侍女達が驚いたので、ジアはクスクスと笑った。

「本当の宴ではありません。気持ち的にそういう言い方をしただけです。要はみんなでリューセー様を慰めて、元気になってもらうのが目的です」

ジアの提案に、侍女達も嬉しそうに頷いた。

「部屋を花などで綺麗に飾って、貴女方の用意した贈り物を差し上げて、美味しいお菓子とお茶で、寛いでいただいて、沈んだ気持ちを取り払ってもらいましょう」

「はい」

早速ジアと侍女達は交代で準備を始めた。


「リューセー様、王妃の部屋を今日からお使いいただけるようになりました」

翌日、昼食をとった後、ジアが龍聖にそう報告をした。

「え？　模様替えしているって言っていたのが終わったの？」

「はい、長らくお待たせをして申し訳ありません」

ジアが丁重にお辞儀(じぎ)をしながら言ったので、龍聖はおかしそうにクスクスと笑った。

「まあ、今はこっちの部屋があるから、特に不便はなかったけど、でもやっぱり自分の部屋があると、また違うよね。何かを作ったりする時、作業が途中でもそのままに出来るしね。こっちの部屋だとレイワンが戻ってくるから、それまでに片付けないといけないし」

「以前の部屋と様変わりしましたよ。以前お使いになっていた頃は、まだリューセー様が来たばかりでしたから、天井も壁も床も白くて簡素に感じられたと思いますが、リューセー様のお好きな色やお好みの模様などに、天井や壁紙などをすべて取り替えましたので、きっと気に入っていただけると思います」

「本当？　ねえ、今から行っても良いの？」

「もちろんです。これからはいつでもお好きな時に行っていただいてかまいません」

「やった！」

龍聖はとても嬉しそうに飛び上がって喜んだ。それは久しぶりに見る本当に嬉しそうな笑顔だった。空元気ではない。

「では参りましょうか？」

「行く行く！」

龍聖は喜んで王妃の部屋へと向かった。ジアは兵士と侍女とともに後ろからついていく。

扉の前で、龍聖は足を止めると、ジアの方を振り返った。

「なんかドキドキする」

「ではお開けいたしますね」

ジアがそう言って扉を開いた。

「わあ!! すごく綺麗！ 紫だ！ オレの好きな紫……それもとても上品な色だね。菫色(すみれいろ)みたい……絨毯もすごく綺麗……薄い藤色だね……わあ、細かい模様まで入ってる……壁も綺麗……天井も……わあ！ 全然前と印象が変わるね！ すっごく綺麗だし、豪華だよ！ ザ・王妃の部屋って感じ！ ありがとう！ それにたくさん花を飾ってくれたんだね……あれ？ どうしたの？ テーブルの上にたくさんのお菓子がある！ ケーキも！」

「今日はこの部屋のお披露目ですから、午後の勉強はなしで、好きなだけ寛いでください」

「本当に？ 嬉しい！ でもこんなに一人で食べられないや」

「リューセー様、他に何かお気づきになりませんか？ 部屋の中を探検してみてください」

ジアが微笑みながらそう言ったので、龍聖はわくわくとした様子で瞳を輝かせると、辺りを見回した。

「とても良い香りがする……あ！　これかな？　何これ？　すっごく綺麗！　ポプリみたいなものかな？」

龍聖はソファに置かれた掌くらいの小さなクッションのようなものを見つけた。顔を寄せるととてもいい香りがする。布で作られたそれには、細かい花の刺繍が施されていた。

「それはこちらの侍女のサフィが作った物です。他にもたくさん部屋中にあるんですよ」

ジアがお茶の用意をしていた侍女を紹介して言った。サフィは恥ずかしそうに会釈をした。

「え？　すごい！　本当に？　ありがとう！　とても嬉しいよ！　えっとありがとうって……シュク……ラシールだっけ？　サシャ、シュクラシール」

龍聖が満面の笑顔で礼を述べると、侍女は赤くなって微笑んだ。

「それに……これ！　もしかして抱き枕じゃない？　これは？」

「それはこちらの侍女のルシィが作った物です。リューセー様がお昼寝の時にちょうどいいのを欲しがっていたと言って……」

「え！　本当に？　わあ……嬉しい……ええ……オレ、独り言を言っていただけなのに……ありがとう……ルシィ、シュクラシール」

龍聖はとても感動している様子で礼を述べた。

「まだ他にもありますよ。そこの木箱をご覧ください」

ジアが近くの棚の上に置かれた綺麗な木箱を指して言った。龍聖は近づいて木箱を眺めた。

「すごく綺麗な彫刻だね、これも作ってくれたの？　何を入れるんだろ……わあ！　ヘアセット用品が綺麗にまとめられてる！　え？　これ何？　巻き巻きするようなブラシじゃん！　すごい！　これも？」

「はい、その化粧箱は、こちらの侍女のハティから、その櫛はこちらのリムルからの贈り物です」

「ええ！　なんでなんで？　別にオレの誕生日でもないのに、こんなにたくさん貰っても良いの？　ありがとう！　シュクラシール！　シュクラシール！　本当にありがとう！」

龍聖は満面の笑顔で何度も礼を述べた。

「じゃあさ！　みんなでお菓子を食べようよ！　ジアも、サフィもルシィもハティとリムルも！　ね！」

ジアがその言葉を侍女達に通訳すると、侍女達は赤くなって首を振った。

「遠慮しないで！　どうせ一人ではこんなに食べられないし、みんなで食べた方が楽しいから！　ここは王妃の部屋だよ？　オレの言うことを聞いて！　あ！　そうだ。外に立っている見張りの兵士にも食べてもらおうよ」

「リューセー様、それでは彼らの仕事になりません」

ジアが呆れたように言ったので、龍聖は苦笑した。

「じゃあ、せめて見張りしながらでも食べてもらって……ほら、これ……渡してあげて」

龍聖は皿にお菓子をいくつか載せると、ジアに渡した。

あまりにも龍聖がはしゃいでいるので、ジアは仕方ないと溜息をつくと、廊下で見張りに立つ兵士達の下へ持っていった。

「リューセー様、兵士達が礼を述べたいそうです」

ジアが扉を開けて、廊下に立つ兵士達が、赤い顔をして何度も頭を下げるので、楽しそうに笑った。

「いつもご苦労様」

龍聖も兵士達に声をかけた。

その後みんなでお茶会を楽しんで、龍聖はいつにもまして、とてもはしゃいで、一人でペラペラと話をした。ジアがそれを通訳すると、侍女達の間から笑い声が上がる。

楽しいひと時を過ごし、龍聖は「疲れた」と言って、抱き枕を抱いてソファで昼寝を始めた。

侍女達は微笑み合いながら、音を立てないように後片付けを始めた。

ひそひそと小声で楽しそうに話をする侍女達の声を、遠くに聞きながら、龍聖はとても安らかな眠りについた。


龍聖はハッと目を覚ました。広いお花畑で、レイワンやジアや侍女達と遊んでいる夢を見ていたようだ。楽しくて笑いながら目を覚ましたような気がする。

こんなに良い気持ちで寝たのは久しぶりかもしれない。

起き上がり、寝ぼけた様子で辺りを見回した。とてもいい香りがする。この香りのせいで、お花畑の夢を見たのかと思った。

「お目覚めですか？　お茶をお淹れしますね」

側のテーブルで、書き物をしていたジアが声をかけて立ち上がった。

「ジア……あれ？　みんなは？」

「侍女達は王の私室で仕事をしています」

「そうか……すごく眠っていた気がするけど……まだ明るいね」

「はい、あれからまだふた刻ほどしか経っていません。もうしばらくしたら、日が落ち始めるでしょう。よく眠れたのでしたら良かったですね。笑っておいででしたよ」

「え？　本当に？」

龍聖は真っ赤になって、頬を包むように両手を添えたので、ジアがクスクスと笑う。

「声は出していませんが、口元がずっと笑っていましたよ」

「見てたの？　恥ずかしいな……でもとても楽しい夢だった。こんな夢、すごく久しぶりで……あっ……」

龍聖は言いかけた言葉を慌てて飲み込んだ。ジアは微笑みながら、お茶の入ったカップを龍聖に差し出した。龍聖はそれを受け取ると、ふうっと息を吹きかける。

「リューセー様、実は今日、侍女達がリューセー様に贈り物を差し上げたのは、誰の命令でもなく、彼女達が勝手にしたものなんですよ」

「え!?」

ジアの言葉に、龍聖はとても驚いた。

「最近、リューセー様の元気がないのを侍女達がとても心配して、リューセー様に元気になってもらおうと、自分達で考えて用意していたんです」

「なんで……そんな……」

龍聖は目を丸くしている。

「それはもちろん侍女達がリューセー様のことをお慕いしているからですよ」

ジアはニッコリと笑った。

「みんな言っていました。リューセー様はとても優しくしてくださるから好きだと……自分達のような者にも気遣いをしてくださる方だと……とても恐縮していました。リューセー様の元気がないことがとても心配で、何かして差し上げたいけど、言葉が通じないから、どうすれば良いのか分からず、それで贈り物をしようと思ったようなんです」

「そんな……」

龍聖は信じられない気持ちでいた。侍女達がそんな風に思っていてくれたなんて……。

「リューセー様、言葉は通じなくても、気持ちは通じるものですよ。リューセー様のお側に仕えて、いつも一緒にいれば、リューセー様がどんなことを思っているか、ちゃんと通じるのです。現に、彼女達からの贈り物は、リューセー様が欲しかったものでしょう?」

「うん……抱き枕も、ブラシも、化粧箱も、みんな欲しいと思っていたものだし……この匂い袋は、すごく安眠出来て、嫌なこともすっかり忘れられる……本当に嬉しい」

龍聖はそう言って、泣きそうになるのを我慢するように、唇を噛んで俯いた。しばらくして、ゆっくりと一口お茶を飲むと顔を上げた。

「ジアももちろん気づいていたんだよね? オレが元気がないこと」

「はい、レイワン様も心配なさっていました」

「そう……オレね、家族の夢を見ちゃって……夢の中でみんなが帰っておいでって言うんだ。オレ、帰りたいってちょっと思うけど、やっぱり帰れないって思って家族と別れるんだ。毎晩、家族と別れるところで泣いちゃって……帰れないって思うのは、自分のやるべきことがエルマーンにあるからって思うからなんだけど……オレが悲しいのは、あんな夢を見ちゃうのは、自分にそういう願望があるからなのかなって思って……レイワンもジアも、みんなオレを愛してくれているのに……オレってひどいなって思って……そしたら悲しくなっちゃってたんだ」

「リューセー様」

ジアは龍聖の手からカップを取るとテーブルの上に置いた。そして龍聖の前にひざまずくと、龍聖の手を優しく握った。

「ちょっと寂しかったんだと思う。ここにはまだ友達がいないし……オレにはレイワンとジアの二人だけだって思って……だから早く言葉を覚えて、みんなと仲良くなりたいって……。だけど侍女達はみんな分かってくれていたんだね……良かった。嬉しいよ。今夜からはもう悲しい夢は見なくなると思う。ありがとう」

龍聖は照れくさそうに笑って、ジアの手を握り返した。

「でも言葉はがんばって覚えるけどね」

改めてそう言った龍聖の顔には、もう迷いはなくなっていた。ジアは心から安堵した。

「言葉と言えば……ひとつ聞いても良い？」

「なんでしょうか？」

「キュラキュラってどういう意味？　辞書に載っていないんだよね。でも侍女達が時々そんな言葉を言っていて……今日も、お菓子を侍女達に渡した時に、お礼の言葉……シュクラシールの後に言っていたんだよね」

「ありがとうのような言葉ですよ」

ジアが言ったので、龍聖は少し目を丸くした。

「そうなの？　シュクラシールとどう違うの？　なんで辞書に載ってないの？」

「アルピン達の言葉です。アルピン達も私達と同じ言葉を話しますが、アルピンだけが使うもっと崩した俗語のような言葉がいくつかあるのです。キュラキュラもそのひとつで、意味としてはありがとうなのですが、もっと深い意味合いを込めたものなのです。どう説明すれば良いのか……最高級の感謝なのですが、かしこまったものではなく、家族とか仲の良い友人とか、親密な相手に対して愛情を込めて送る『ありがとう』なんです」

龍聖はそれを聞いて、みるみる瞳を輝かせた。

「さっき彼女達、オレに向かって言ったよ？　それってオレがそれだけ近しい関係だと思ってくれているってこと？」

龍聖の言葉に、ジアは困ったように苦笑した。

「申し訳ありません。本来目上の方に対して使うのは失礼に当たりますし、ましてや主に対して使うなど非礼なことなのですが……」

「そんなことないよ！　オレすごく嬉しい！　だって最高級の感謝だろ？　言葉がさ、すごくかわいくて、ずっと気になってたんだ。キュラキュラ……オレもこれから使おうかな」

「少し下品な言葉ですよ？　俗語ですから、王妃様のような位の高い方が使う言葉ではありません」

「いいじゃん、スラング好きだよ」

「すらんぐ?」

ジアは首を傾げたが、龍聖はニコニコと笑っている。

「親しみを込めて言う言葉でしょ? 音感もかわいいし、キュラキュラっていう時、自然と笑顔にならない? オレ好き。今度から侍女達に言っても大丈夫だよね?」

「まあ……リューセー様が下の者に向かって使う分には何も問題ないかと……」

「ジア! キュラキュラ!」

ジアは仕方ないというように溜息をついて笑みを浮かべた。


「レイワン、心配かけてごめんね」

「いや、私は君が笑ってくれるならばそれでいいんだ」

「キュラキュラ」

龍聖がそう言って、笑顔でレイワンに口づけたので、レイワンも幸せそうに微笑みながら口づけを返した。

第2章　最高のデートをしよう

王の寝室。

大きなベッドに横たわる深紅の髪の青年は、先ほどからずっと飽きることなく隣に眠る愛しい伴侶の寝顔をみつめていた。

このまま一日中でもみつめていたいところだが、そろそろ起きなければならない時間だと感じて、小さな溜息をひとつつくと、閉じられている瞼に何度か口づけをした。

「ん……」

瞼や頬や額に何度も口づけていると、ようやく眠りから覚めて目を開けた。

「リューセー、おはよう」

「レイワン……もう朝？」

龍聖（りゅうせい）はまだ寝ぼけた様子で、欠伸（あくび）をしながら尋ねた。

「ああ、残念ながらもう起きる時間だよ」

レイワンは優しく囁きながら口づけをした。龍聖はそれに応（こた）えながら、両手をレイワンの首に回した。啄（ついば）むような口づけを何度も交わして、龍聖が幸せそうに笑うと、完全に目が覚めたのだという合図で、レイワンは龍聖とともに起きる。それが二人の日常だった。

「レイワン、今日も仕事？」

「ああ、もちろん仕事だよ」

「王様業に休みはないの？」

「王様業？　まあ休みはないよ。国政は日々のことだからね」

龍聖は時々不思議なことを言う……とレイワンは思いながら答えた。

「え？　休みなしなんてブラックじゃん……たまには休んでもいいんじゃない？　ねえ、今日は休みにしない？」

「え？」

突然の言葉に、レイワンは驚いたような顔で龍聖をみつめた。

「なんだい？　何かあるのかい？」

「オレ、レイワンとデートしたい」

「でーと？」

レイワンは知らない言葉だったので首を傾げた。

「ほら、オレ達会ってすぐにエッチしちゃって、その後婚姻の儀式しちゃって、すぐに夫婦になっただろう？　恋人みたいなこと何もしてないからさぁ……交際期間が全然なかったから、そういうのしたいんだよ」

レイワンは真面目な顔で龍聖の話を聞いた。それがとてもかわいい提案だと分かると、レイワンは嬉しそうに微笑んだ。

「いいよ、それならば今日は仕事を休んで君と一緒にいよう……そのでーとというのはどんなことをするんだい？」

「二人で出かけたり、散歩したり、遊んだりするんだよ」

「二人で」

「そう、二人で」

「……それはいつも、私が仕事から戻ってきてから、二人で話をして過ごす時間とは違うのかい？」

レイワンが不思議そうな顔で尋ねたので、龍聖は激しく首を振った。

「違う違う！　ここはオレ達の家だろう？　家の中で一緒に過ごすのはデートじゃないよ……どっかに出かけたいんだ……あ、城の外に出たらダメなら、別に城の中でも良いんだ。手を繋いで散歩したりしたいんだ」

龍聖の望みを聞いて、レイワンは思わず微笑んで頷いた。

「散歩だね……いいよ。じゃあ起きて、朝食を食べたら散歩しよう。城の中ならどこでも連れていくよ。中庭に出ても良いし」

「やった！」

龍聖が喜んだので、レイワンも嬉しそうに笑った。


「で？　なんでこんなにぞろぞろと兵士がついてくるの？」

レイワンと手を繋いで歩きながら、龍聖がとても不満そうに眉間にしわを寄せて呟いた。二人の後ろには護衛の兵士が十人ついてきているし、その中にはジアの姿もあった。

「仕方ないよ。それが彼らの仕事なんだから」

レイワンが苦笑して答えたが、龍聖は納得出来ない様子だ。

「城の中は安全なんだろう？」

「まあそうなんだけど、絶対ということはないからね。用心のためだよ」

「二人っきりでデートしたいのに……」

龍聖は口をへの字に曲げながら呟いた。

「レイワン！　走ろう！」

急に龍聖がそう言って、レイワンの手を引っ張って駆けだしたので、レイワンも驚いたが、後ろにいたジアと兵士達も驚いた。

しばらく走って、近くにあった階段を駆け下りて、また廊下を走って、必死に兵士を撒こうとした。

「リュ……リューセー！　待って……どこに行くんだい？」

「二人っきりになりたいの！」

「リューセー……」

レイワンは手を引かれながら、一生懸命に走る龍聖を驚いたようにみつめていたが、みるみる嬉しそうな表情に変わると、「こっちだ」と言って、レイワンが龍聖の手を引くように走り出した。

着いた先は、塔の上のウェイフォンの部屋だった。

「結局……ここ？」

龍聖は息を乱しながら、部屋の主の大きな金色の竜を見上げて、少しがっかりした顔をした。

「ここだとすぐに見つかっちゃうよ」

「いや、大丈夫だよ……ウェイフォン！　分かるね？」

レイワンがウェイフォンに向かって言うと、ウェイフォンはグルルッと鳴いて頭を下げた。レイワンは龍聖を抱き上げて、ウェイフォンの頭の上によじ登る。

レイワンは龍聖を抱いたまま、ウェイフォンの頭の上で腰を屈(かが)めた。するとウェイフォンはゆっくりと頭を上げて、さらに体を起こし、首を天井へ向けて伸ばした。

「リューセー、高い所は大丈夫かい？」

腕の中の龍聖をみつめながら、レイワンがそう尋ねた。

「へ、平気」

龍聖は何をしているのか分からなくて、目を丸くしながら、レイワンの首に両手を絡めて抱きついた。

「リューセー、そのまま私にしっかりと掴まっていてくれ。私は手を離すから、私にぶら下がっているんだよ」

レイワンは龍聖にそう告げると、ウェイフォンの頭の上に立ち上がった。レイワンは両手を伸ばして、天井に造られている小さな足場のような場所の柵に手をかけると、そこに乗り移った。

足場は大人が一人立てるくらいの幅しかなく、ドーム状の円形の天井部分の内部に、ぐるりと取り付けられていた。恐らく明かり取りの窓を開けるための足場なのだろう。

レイワンは龍聖を足場に降ろした。

「ちょっとここで待ってて」

レイワンはそう言って、上部にある窓を開けた。窓枠に手をかけてひょいっと体を持ち上げ、窓の外へよじ登っていってしまった。

「レ、レイワン!?」

龍聖が驚きながらおろおろしていると、レイワンが窓から顔を覗かせて、龍聖に手を差し出した。

「リューセー、おいで」

レイワンはそう言って、龍聖の腕を掴むと、上へと引き上げて、窓の外へと連れ出した。

「わあ！」

そこは塔の屋根の上だった。見晴らしが良いなんてものではない。エルマーン王国を取り囲む険しい岩山のさらに向こうの景色まで一望することが出来た。

エルマーン王国の外の世界。荒野とさらに遠くに、微かに山影が見える。

「怖くない？」

レイワンが龍聖の腰を抱き寄せながら尋ねた。

「怖くない……っていうかすごい！　何ここ！　最高の眺めじゃん！」

「ここなら誰も来ないよ。二人きりだ」

レイワンが笑って言ったので、龍聖も頬を紅潮させて頷いた。

その場にゆっくりと腰を下ろした。二人並んで屋根の上に座り、辺りの景色を眺めた。

「気に入った？」

「もちろん！」

龍聖はレイワンにぎゅっと抱きついてそう言った。

「あんまり動くと落ちるよ」

「レイワンと一緒だから大丈夫」

満面の笑顔でそう言った龍聖に、レイワンは目を細めて幸せそうに微笑みながら唇を重ねた。

「レイワンは何度もここに来てるの？　なんかすごく来慣れている感じがしたけど……」

「最近は来ていなかったけれど、一人になりたい時に何度か来ていたんだよ」

レイワンの言葉に、龍聖は目を丸くした。

「レイワンでも一人になりたいと思う時があるんだ」

「そりゃああるよ……子供の頃、弟達に振り回されてね……実はこの場所を教えてくれたのは、父の竜ジンフォンなんだ」

レイワンがそう言って、懐かしむような表情で微笑んだ。

「へえ！　お父さんの竜も素敵じゃん！」

龍聖は笑いながらそう言って、再び雄大な景色を眺めた。

「じゃあ、ここはレイワンの秘密の場所なんだ」

「そうだよ。誰にも教えたことがないんだ。ここに連れてきたのは君だけだよ。だから秘密を守ってくれると嬉しい」

「もちろんだよ。誰にも言わない」

龍聖はいたずらっ子のように瞳を輝かせて、ニッと笑った。

「こんなデートでも良かったのかな？」

「うん、最高のデートだよ」

龍聖がそう言ってレイワンに口づけたので、レイワンは満足そうに頷いた。

「じゃあ、また来よう」

レイワンが囁いて、龍聖に口づけを返した。

第3章　花舞う空

龍聖は螺旋（らせん）状の階段を一気に駆け上がり、最上階の部屋へと飛び込んだ。

「ウェイフォン！　ちょっと聞いて聞いて！」

開口一番大きな声でそう言いながら、部屋の主である巨大な金色の竜の下へ駆け寄る。ウェイフォンは頭を床近くまで下げて、駆け寄ってくる龍聖に挨拶（あいさつ）をするようにググッと喉を鳴らした。

「お祭りのことは知ってる？」

龍聖が頬を上気させて、目を輝かせてそう尋ねると、答えるようにまたググッと喉を鳴らした。その返事に、龍聖は気を良くしたようにニンマリと笑う。言葉はまったく分からないのだが、通じていると思って龍聖は会話を続けた。

「オレが主幹事をすることになったんだけどさ、なんか面白いことしたいんだ！　それで協力してほしいんだけど！　あ、もちろんこれ、レイワンには内緒にしてね！」

要点がよく分からないまま、勢いで約束させられるのはいつものことで、すべてを承知しているようにウェイフォンは穏やかな表情でゆっくりと瞬きをした。金色の大きな目がそんな風に瞬くのは「YES」の合図だと龍聖は承知しているので、みるみる顔を紅潮させて笑った。

龍聖の言う『祭り』とはエルマーン王国に伝わる年の初めを祝う国事の祭りで、九代目龍聖が提案し開催したことが始まりだ。そのため、祭りの実行責任者は龍聖と決められていた。

その日は関所を閉ざし、他国の者はすべて入れず、完全にエルマーンの国民だけで祝う祭りだ。

「ジアから色々と説明を受けて、毎年どんなことをやっているのかは聞いたんだ。まったく同じにする必要はなくてオレの好きなようにして良いって言われたんだよ。だけど話を聞くと全員参加のゲームとか歌とか踊りとか、楽しそうだから変える必要はないと思うんだけどね、でも祭りなんだからもっと派手なこともしたいっていうか……花火とか打ち上げたいって思ったんだけど、この世界には花火ってなさそうだし、それでどうしようかと色々考えてて、あることに気づいちゃったんだよね」

ウェイフォンの前脚の上に腰かけて、一人でペラペラと話す龍聖の言葉を、ウェイフォンは静かに聞きながら見守っていた。

「全員参加なのに、竜達が参加してないなんてひどくない？」

パッと勢いよく顔を上げて、ウェイフォンを真剣な表情でみつめながらそう言うと、さすがのウェイフォンも少しばかり驚いたのか、ビクリと顔を引いて目を大きく見開いた。

「ウェイフォンも参加したいだろ？」

龍聖が小鼻を膨らませてそう言うと、ウェイフォンは微笑むように目を細めて、グルルッと小さく喉を鳴らした。

「ね？　そうだよね！　参加したいよね！」

ウェイフォンの返事を勝手に解釈して、龍聖が腕組みをしながら何度も頷いた。

「そこでオレいいこと考えちゃった！　あのね」

龍聖は両手で口の周りに輪っかを作り、内緒話でもするような仕草(しぐさ)で『いい考え』をウェイフォンに話した。

「どうよ？　面白そうじゃない？」

一通り説明し終わって、ドヤ顔で腰に手を当てながら龍聖が言うと、ウェイフォンはグッググッと鳴いた。その返事も勝手に解釈して、龍聖は満面の笑顔になるとウェイフォンの鼻先をポンポンと叩いた。

「みんなを驚かせようぜ！」

祭りまでの準備期間である一ヶ月は、本当にあっという間に過ぎてしまった。

龍聖は初めての祭りに、とても熱心に準備を手伝い、ジアの心配をよそに、責任者としての仕事をこなした。

祭り当日。

シーフォンもアルピンも、様々な競技や出し物に参加し、祭りを楽しんだ。

「ジア、リューセーを見なかったかい？」

レイワンが尋ねると、ジアは辺りを見回した。

「先ほどまで、そこで相撲を見ながら元気に歓声を上げていらしたんですけど……」

ジアも龍聖の姿を見失い不安そうな顔をした。

「みんな！　注目！」

すると広場に造られた舞台の上に、龍聖が立っていた。紙を丸めたメガホンを手に、大きな声で何度も皆に向かって叫んでいる。人々は何事かと少しざわめいたが、舞台上の龍聖に注目し静かになった。

「みんな！　空を見て！」

龍聖がそう叫ぶと、皆も言われた通りに空を見た。人々が空を見上げている様子を、舞台上から確認すると、龍聖はニヤリと笑って大きく息を吸い込んだ。

「ウェイフォン〜！」

龍聖が空に向かって叫んだ。それに呼応するように、オオォォォッとウェイフォンが咆哮を上げる。するとと何もない空に、四方から竜が飛んできた。最初に四頭が一ヶ所に集まり輪を作って飛ぶと、そこを目指すように次々と竜が飛んできて、ぐるぐると輪を作って舞い始めた。輪は二重三重と増えていき、それぞれの輪が内回りと外回りというように隣り合う輪と逆回りをしているので、まるで踊っているかのように見えた。

「あれは……一体……」

レイワンはとても驚いた様子で空を見上げている。レイワンだけではなく、竜を半身に持つシーフォンの男性達皆がとても驚いていた。

幾重もの竜の輪は、大きくなったり小さくなったりを繰り返し、時折火竜が火を噴いて、それは明らかに演出された群舞(ぐんぶ)のようだった。

アルピン達は、感嘆の声を上げながら、時折手を叩いて喜んでいる。

やがて金色の巨大な竜が静かに現れると、竜の輪は一度飛散し、しばらくして再び集まってきた。竜達は次々とウェイフォンの背の上に、何かを運んできて乗せているように見える。

そしてウェイフォンが再びオオオォォォォッと咆哮を上げると大きく羽ばたいて、空中でぐるりと縦に体を回転させた。するとウェイフォンの背中に乗っていた何かがバッと空中に拡散し、地上に雪のように降ってきた。

それはたくさんの花びらだった。

わあっ！　と大きな歓声が上がった。人々の上に降り注ぐ色とりどりの花びらに、皆が歓喜の声を上げ、竜達に盛大な拍手が送られた。

「何かウェイフォンと二人で企（たくら）んでいると思ったら……こんなことを考えていたなんて驚いたよ」

舞台の龍聖の下へレイワンがいつの間にかやってきて、笑いながらそう告げたので、龍聖はとても満足そうな顔でニッと笑った。

「竜達も祭りに参加させてくれたんだね……さすが竜の聖人だ。今日の祭りの優勝者は君だよ」

レイワンはそういうと、龍聖を抱きしめた。

エルマーン王国は、人々の笑い声と竜の歌声に包まれていた。

第4章　幸せの継承

「レイワン！　朝だよ！　早く起きて！」

大きな声と眩しい光で、レイワンは叩き起こされた。

「リューセー……早いね」

レイワンがまだ眠そうな顔で体を起こすと、龍聖は窓辺に立ちカーテンを思いっきり開けているところだった。まだ昇ったばかりの朝日が、窓の向こうに輝いて見える。

いつもは逆で、レイワンが龍聖を起こすのだが、今日の龍聖はすでに服まで着替えている。その上テンションも最高潮に高かった。

「ほら！　着替えて！　オレ、もう朝ご飯を食べるんだから……あ！　子供達を起こしてこなきゃ！」

そう言って閃いたとばかりにパンッと手を叩いて、寝室を飛び出そうとしたので、レイワンが慌ててベッドから降りて龍聖を引き留めた。

「待って待って、まだ早いよ。子供達がかわいそうだ。リューセー、気持ちは分かるけど、どちらにしても出発まではまだ時間があるよ。ちょっと落ち着こう」

レイワンは無理矢理抱きしめて、宥めるようにそう言った。

「ええ！　早く行こうよ！」

龍聖は子供のように頬を膨らませた。

龍聖が興奮しているのも無理はない。今日は家族で初めてピクニックに行くのだ。数日前にその話をレイワンが提案してからというもの、龍聖はワクワクしすぎてずっとこんな状態だ。子供達よりも興奮している。

ジアと二人がかりでなんとか宥めて、いつもと同じ時間に子供達を起こし、皆で朝食をとってから出かけることになった。

「さあ！　出発だよ！　みんな準備は良い？」

「おお！」

龍聖のかけ声に、ラオワンとヨウレンが元気に答えて、ウェイフォンが咆哮を上げた。

「ほら、みんな私に摑まっていないと振り落とされるよ」

レイワンが笑いながら優しく言うと、龍聖と四人の子供達がキャアと楽しそうな声を上げて、レイワンに抱きついた。

ウェイフォンがふわりと空に舞い上がると歓声が上がる。

「ジアは？」

「先に出て馬で向かっているよ」

ラオワンの問いかけに龍聖が答えた。

「シィンレイ叔父様達も来るの？」

「いや、彼らは仕事があるから来ないよ」

メイリンの問いかけにレイワンがそう答えると、龍聖がクスクスと笑った。

「二人とも来たがったんじゃない？」

「ああ、とても残念がっていたよ」

レイワンが笑いながら答えたので、龍聖は残念がるシィンレイとシュウヤンの様子を想像して吹き出した。

「ほら。もう着いたよ」

ウェイフォンが地上にゆっくりと降り始めたのでレイワンがそう言うと、子供達が不満の声を上げた。

「もう!? あっという間!」

「そりゃあ国内だからね。これでも結構サービスして、上をぐるぐる飛んでくれてたんだよ? みんなウェイフォンにお礼を言って」

龍聖が子供達を促すと、子供達が声を揃えて「ありがとう!」とウェイフォンに言った。地上に降りたウェイフォンが、顔を子供達の方へ向けて、目を細めながらググッと鳴いて応えた。

「さあ、降りよう」

レイワンが両腕にラオワンとションシアを抱き、背中にヨウレンを背負って立ち上がったので、龍聖もメイリンを抱いて、レイワンの腕を掴みながらウェイフォンの背から降りた。

「ほら、丘の上の大きな木の所にジアが待っているよ」

レイワンがそう言って指さしたので、龍聖と子供達が歓声を上げて駆けだした。それをレイワンは嬉しそうに微笑みながらみつめる。

「じゃあ、見張りを頼んだよ」

ウェイフォンにそう声をかけると、レイワンは後を追って歩きだした。

「ジア!!」

龍聖が一番に息せき切って到着すると、ジアは呆れたような顔で溜息を吐いた。

「子供達を置いて本気で走ってくるなんていけませんよ？　ションシア様が一番遅れて泣かれているのではないですか？」

ジアがそう言って心配そうな顔で、後から駆けてくる子供達を探した。

「大丈夫だよ、後ろからはレイワンが来てるから……ジアは甘やかしすぎ！」

「リューセー様が放任しすぎるのですよ」

ジアが眉根を寄せながら窘めるように言ったが、龍聖はまったく気にする様子もなく、大きな木の下に敷かれている絨毯の上にゴロンと寝転んだ。

「着いた～！」

そこへラオワンとヨウレンが次々と駆け込んできて、寝転んでいる龍聖の上に、笑いながらぴょーんと飛び乗った。

「ぐえっ！　こら！　痛いだろう！」

龍聖が笑いながら二人の頭をコツンと小突いたので、二人はキャアキャアと悲鳴を上げながら笑っている。

「置いてくなんてひどいよ」

少し遅れて、メイリンとションシアを抱いたレイワンが到着した。

「よし！　せっかく外に出たんだから、思いっきり遊ばないともったいないよ！　ジア、あれを持ってきてくれた？」

「はい、こちらですね？」

龍聖がガバッと勢いよく起き上がったので、上に乗っていたラオワンとヨウレンが転がり落ちて、げらげらと笑っている。ジアは龍聖に言われたものを渡した。

「リューセー、それはなんだい？」

「ソリだよ！　ほら、ラオワン、ションシア、メイリン、ヨウレン！　おいで！」

龍聖は木製のソリを抱えて、子供達を連れて走りだした。レイワンは子供達と楽しそうに遊ぶ龍聖をしばらく眺めていたが、やがて側に生えている大木を嬉しそうに見上げた。「立派になったなぁ」

レイワンがしみじみと呟いた。

「昔からここがご家族のピクニックの場所なのですよね？」

ジアがお茶を淹れたので、レイワンは頷きながら絨毯の上に座った。

「父上が子供の頃からこの大きな木の下だったそうなんだけど、私が小さな頃にここにあった大木が枯れてしまってね……その後私が五十歳くらいの頃に、この木をみんなでここに植えたんだよ。それがすっかり立派になって、昔の風景に戻ったみたいだ」

レイワンがそう言って、再び龍聖と子供達へと視線を向けた。

「またピクニックに来ることが出来て嬉しいよ。私にも子供が出来たら、絶対にこの行事は受け継ぎたいと思っていたんだ。子供達も三十歳近くなって、走れるようになったからね。そろそろ良いだろうって思った。リューセーもあんなに喜んでくれて、本当に良かったよ。君にはまた余計な仕事を増やしてしまって申し訳なかったけどね」

レイワンが苦笑しながら言うと、ジアは微笑みながら首を振った。

「嬉しい仕事です。でも九代目リューセー様が、このピクニックを提案した時、前代未聞のことだったので、皆が驚いて実現するのも大変だったと伺っています。私もその話を初めて聞いた時は本当に驚きました。私達国民は、まさか竜王のご家族が、このように外にお出かけになっているなんて知らなかったのですから」

「そうだね。シーフォン達の間でも周知されていないんだよ。言わばこれは王家の秘密なんだ」

レイワンがいたずらっぽく言ったので、ジアは目を丸くして驚いたが、すぐにクスリと笑った。

「九代目リューセー様は、随分革新的なお方だったようで、いつもみんなを驚かせていたようですが、今のリューセー様は、その何倍も革新的な気がいたします」

「確かに……リューセーは後の世でなんて言われるだろうね」

レイワンはジアと顔を見合わせて笑った。

「この最高に素敵な王家の秘密は、ラオワンの世も、その次の世も受け継いでいってほしいと思うよ」

「あんなに喜んでいらっしゃるのですから、きっとラオワン様も受け継がれると思います。陛下もこれがご家族との大切な思い出だから、ご自分の子供達とも行きたいと思われたのでございますよね？」

「そうだね。とても幸せな思い出だよ」

レイワンはしみじみと言って頷いた。

「さてと……もうひとつ大事なことを継承しなくてはならないな」

レイワンは立ち上がると、龍聖達の下へと向かった。

「リューセー！　花冠の作り方を知っているかい？」

「え？　何それ！　教えて！」

幸せそうな家族の光景を、ジアは幸せそうな顔でみつめていた。

聖幻の竜

スウワン×三代目龍聖

「母上、ファーレンを見ませんでしたか？」

スウワンが尋ねると、龍聖は困ったような顔で微笑んだ。

「スウワン、ちょっといいですか？」

龍聖はスウワンの問いには答えずに手招きをした。スウワンは小首を傾げながらも龍聖の側まで歩み寄った。

「これを着てみてください」

差し出された服を広げて羽織ると、龍聖は袖の長さや肩幅などを確かめている。

「大丈夫そうですね。貴方はどんどん背が伸びるものだから……大きめに作ったのですけど、ちょうどいいですね」

「母上これは」

「北の城へ行く時に着てもらえればと思って作りました。眠るのだから楽な服装が良いだろうと思って背面に装飾は付けていません。その代わり胸元などにはたくさん刺繍を入れて豪華にしたのですよ？　次期竜王ですからね。たとえ寝着でも相応しいものでないと」

「母上……」

寂しげな表情で微笑む龍聖に、スウワンは眉根を寄せた。別れの日は刻々と近づいている。ずっと先だと思っていたのに、百年の年月はあっという間に感じられた。

「ファーレンは拗(す)ねてしまってどこかに隠れてしまいました」

「拗ねて？」

龍聖が困ったように微笑んだ。

「もしかしてオレが北の城で眠るという話をしたからですか？」

「ええ……あの子には今までずっと言わずにいましたけど、今日私とルイワンで話して聞かせたのです。もう分かってくれる歳だと思ったのですけど……あんなにあの子が怒る姿を見るのは初めてで驚きました」

「ファーレンが怒ったのですか？」

「ええ、それはもうカンカンに」

龍聖はそう言ってクスクスと笑ったが、無理に明るく振る舞っているように見える。スウワンは胸が痛くなった。

「オレが探してきます……母上、これ、ありがとうございます。大切にします」

スウワンは羽織っていた服を脱いで微笑みながらそう言った。


スウワンは階段を上っていた。一番上まで辿り着くと、そこは広い部屋になっていて、たくさんの小さな子竜が歩きまわっていた。

部屋の隅で、数匹の子竜に囲まれながら蹲(うずくま)っているファーレンの姿を見つけた。

「ファーレン」

スウワンは近づいて声をかけた。するとファーレンは俯いたまま、両手で目をごしごしと擦っている。涙を一生懸命拭いているようだ。スウワンは小さな溜息をついた。

「ファーレン」

スウワンがもう一度名前を呼ぶと、俯いたままで「なんですか？」とファーレンが答えた。涙声だ。子竜達がファーレンを心配しているかのように、顔を覗き込んでチイチイと鳴いている。ファーレンはそれを手でそっと払うが、子竜達は何度払われてもチイチイと鳴きながらファーレンの顔を覗き込もうとしていた。

その様子を眺めながらスウワンがクスクスと笑う。

「お前は人気者だな。次期竜王のオレよりも人気者じゃないか」

「別にそんなんじゃない……」

ファーレンはまだ俯いたままでいる。

スウワンがズボンの裾を引かれたので下を見ると、一際大きな子竜がスウワンのズボンの裾を口にくわえて引っ張っていた。体は子牛ほどの大きさがあり、長い首と尻尾を合わせれば、もっと大きく見える。

「やあ、マオエン、大きくなったな。ちょっともう抱けそうにないよ」

スウワンが笑いながらマオエンの頭を撫でると、マオエンが嬉しそうにキュイキュイと鳴いた。マオエンはファーレンの半身だ。

「ファーレン、お前、怒ったんだって？　父上と母上に怒ったのかい？」

スウワンがマオエンの頭を撫でながら、ファーレンに向かって尋ねた。しかしファーレンは拗ねている様子で俯いたまま答えなかった。

「父上と母上に怒るのは筋違いだ。母上が心配していたぞ？　ちゃんと謝らないと駄目だろう」

「だって……こんな大事なこと……今までオレに内緒にしていたなんて……ひどいよ」

「お前のことを思って言わなかったんだよ。こんな風に怒って拗ねるだろう？」

「怒って拗ねるとかそういう問題じゃないでしょう!?　これから兄上はずっと眠りについてしまうんですよ？　会えないいんですよ!?」

「会えるだろう。馬鹿、お前、縁起でもない言い方をするなよ。別に死ぬわけじゃないんだ。ずっと先だけど会えるんだから良いじゃないか」

「だけどずっとずっと先ですよ？　いつになるかも分からない。それなのにひどいよ」

ファーレンが顔を上げて必死な様子で訴えた。両目は赤く腫れている。今も文句を言いながら、また両目に涙が溢れ出していた。

「お前、それを父上と母上に言ったのか？」

「言いました。だって……痛っ」

さらに文句を言いかけたファーレンの頭を、スウワンが拳骨でゴツンと殴った。手加減なしに強く殴られて、ファーレンは驚いたように目を丸くして頭を擦った。

「痛いなぁ……兄上、ひどいよ……今まで殴ったことないのに……」

「ひどいのはお前だ。父上と母上がどんな気持ちか考えられないのか？　ファーレン、お前はオレと違って人に気遣いが出来る優しい子のはずだろう？　癇癪を起こすのはオレの専門だ。お前にそんな行いは似合わない。やめろ」

スウワンの言い分を、ファーレンは涙目で聞いている。口をへの字に曲げて不満そうだった。

「駄々捏ねて拗ねたいのはオレの方だ！　オレはもう二度と父上や母上に会えないんだぞ！　父上達もそうだ。オレにもう二度と会えない。だけどお前はいつかオレに会えるじゃないか！　それなのになんだ！　お前がきっと分かってくれると思って父上達はお前に話したんだぞ？　そして今まで隠していたのだって、お前がこんな風に傷ついて悲しむと思ったからだ。そういうことも分からないお前じゃないだろう!?」

スウワンは怒鳴った。だがその顔は怒っているというよりも今にも泣きそうだったので、ファーレンは目を見開いて慌てて立ち上がった。

「兄上……ごめんなさい。ごめんなさい……」

「オレが眠りにつくまであと一年もないんだ。それまでの間家族四人で仲良く暮らしたい。涙は嫌いだ。もう泣くな。お前と喧嘩したくないし、父上達にも心配をかけたくない。だからオレは我が儘も癇癪も封印しているんだ。お前も協力してくれよ」

スウワンはファーレンを優しく抱きしめてそう言った。

「ごめんなさい、兄上」

「謝るなら父上と母上に謝れ……じゃないとまた殴るぞ」

スウワンはそう言ったが、言葉とは裏腹に明るく優しい口調だったので、ファーレンはまた泣いてしまいそうで、スウワンの胸に顔を押しつけた。

「兄上……好きだよ」

ファーレンはとても小さな声で呟いた。スウワンには聞こえないほど小さな声だった。だが彼らの足元にいたマオエンが、スウワンを見上げながらクルルルッと鳴いたので、それを聞いたスウワンはニヤニヤと笑った。

王城の中央塔へと続く階段の手前で、ファーレンが一人佇んでいた。階段の先へ視線を向けては迷っているような表情で視線を外すと、しばらく考え込んでまた視線を向ける。同じ動作を何度繰り返したか分からないが、やがて意を決したような表情で階段を上り始めた。

上まで登ると天井の高い広い部屋に辿り着く。部屋の中央には黄金の竜が座っていた。現れたファーレンに、竜は首をゆっくりと持ち上げた。

「シオン様、お邪魔して申し訳ないが、オレが来たことは兄上には内緒にしてください」

ファーレンは挨拶よりも先にそう言った。黄金の竜シオンは、大きな金色の瞳を何度か瞬かせて、ファーレンをじっとみつめていたが、グルルッと小さく喉を鳴らして頷いた。ファーレンは、ほっと息を吐いて改めて頭を下げる。

「シオン様、実は折り入ってご相談したいことがあるのです」

ファーレンはそう言うと、ゆっくりと歩いてシオンに近づいた。シオンも上げていた頭を少し下ろした。

「昨日は兄上が北の城にいることを教えていただきありがとうございました。それで頼みというのは、それに関係することなのです」

ファーレンは真面目な顔で話を続けた。ファーレンには、シオンの言葉を理解することは出来ない。だがこちらの言葉はシオンには通じるはずなので、一方的ではあるがひたすら言いたいことを言うしかなかった。

「兄上がなぜ北の城に行ったのかは、オレが言わずともシオン様はお分かりでしょう？　それでオレは兄上に、これからもオレに一言言ってくれれば、北の城へ行ってもかまわないと承諾しました。それで兄上が癒やされるのならばと思ったからです。ですが……兄上のことなので何も言わずに思いつきでふらりといなくなるかもしれません。その時はまたオレにお教えいただきたいのです。そしてオレが探しに行くことを兄上には伝えないでいただきたい。また逃げられては困りますので……というお願いなのですが、聞いていただけないでしょうか？」

ファーレンは一気に願い事を述べると、両手を合わせて祈るようにシオンをみつめた。するとシオンはしばらくファーレンを無言でみつめていたが、やがて笑っているかのように目を細めると、ググッググッと喉を鳴らし二度頷いた。

「承知いただけますか？　本当ですか？　ああ……ありがたい！」

ファーレンは自分の思い違いではないことを確認するように、二度尋ねて、そのたびにシオンが軽く頷く動作をしたので、間違いないと心から安堵した。笑顔で大きな溜息をついて、ファーレンはやれやれというように頭をかいた。

シオンはスウワンの半身であり、彼もまた竜王だ。ファーレンにとっては、スウワンに接するよりも気を遣う存在だった。なぜなら第一に、シオンの言葉が分からない。そしてシオンとスウワンは遠く離れていても、意志を伝え合うことが出来る。

ファーレンの言葉で、シオンが機嫌を損ねてしまったとしても、何を言っているか分からないし、ましてやそれがスウワンに筒抜けでは、ファーレンの立場もない。

だからこの願い事をするのに、とても躊躇して階段の前で佇んでいたのだ。

「シオン様は兄上と違って、穏やかな方なので、きっとオレの話を聞いてくださると思っていました。あ、これも内緒ですが……」

ファーレンが頭をかきながら苦笑したので、シオンもググッと喉を鳴らす。そのやり取りで、自分の話を好意的に聞いてくれていると感じたファーレンは、心から安堵の息を漏らした。緊張が解れる。

「シオン様は兄上と喧嘩はなさらないのですか？」

ファーレンの問いに、シオンはゆっくりと首を振った。

「そうですか、仲がよろしいのですね。良かった。まあご自身の半身でもあるわけですからね。それならばシオン様からも、あまり兄上が仕事をがんばりすぎないように言ってやってください。オレの言うことは全然聞いてくれないのです」

ファーレンがそう言うと、シオンはグルルッと鳴いた。たぶん何か言葉をかけてくれたのだろうが、もちろんファーレンには何を言っているのか分からない。ファーレンはシオンをじっとみつめた。

「兄上は自分の竜だけではなく、すべての竜の言葉が分かる。それだけは本当に羨ましいと思います。オレは自分の竜の言葉も分かりません。まあ意思の疎通は出来るので、互いの喜怒哀楽は通じるんですけどね。普通に会話出来たら良いだろうなって思いますよ。そうすればもっと兄上の手助けが出来るだろうにって……」

するとシオンがゆっくりとファーレンの目の前まで頭を下げた。大きな金色の目が目の前にある。それはとても優しい眼差しでファーレンをみつめていた。

グルルルッと囁くように鳴いて、何度か瞬きをした。

それはまるでファーレンを励ましているように感じたので、ファーレンは思わず赤面してしまった。

「あ、いや、申し訳ありません。なんか愚痴を言いに来たみたいだ。大丈夫です！　私は兄上の片腕としてがんばります。シオン様、話を聞いてくださってありがとうございました」

ファーレンは焦ったように謝罪すると、深々と頭を下げた。

「それではこれで失礼いたします」

ファーレンは何度も礼をして、急いで扉へ向かった。部屋を出ようとした時、背後からググッと鳴き声がしたので、はっとしたように振り返ると、頭を高く上げたシオンがファーレンをみつめていた。そして大きく頷いたので、ファーレンは思わず笑みを浮かべて、深く一礼をした。

『シオン様が味方に付いてくださった』

ファーレンは、ほくほくとした面持ちで仕事へと戻っていった。

「リューセー、今から中庭で剣術の稽古をするのだが、お前も一緒にどうだ？」

午前の接見を終えたスウワンが、昼食をとる龍聖の下へ戻ってきて、お茶を飲みながらそう言った。

「私はかまいませんが……私などが行って邪魔になりませんか？」

「ならない、ならない。前からお前を誘いたかったんだ。お前はいつも一人でこっそり稽古をしていて、皆と一緒は嫌なのかと思っていたんだ」

「嫌というわけではありません。スウワンや他の皆様は、国の防衛のため、自身の防御のため、真剣に稽古をなさっています。でも私の場合は、自身の体力を付けるため……いわば遊びのようなものです。ですから皆様の稽古に加わるなど、邪魔になるだけだと思っていました」

「お前が来れば皆の士気が上がる。オレの士気も上がる。お前が嫌ではないのならば行こう！」

スウワンがご機嫌な様子で言うので、龍聖も微笑みながら頷いた。


中庭では若いシーフォンが六人対になって剣合わせをしていた。そこへ龍聖を伴ってスウワンが現れると、皆が手を止めて色めき立った。

「やはりお邪魔ではありませんか？」

「そんなことはないと言っているだろう？　見ろ、皆いつにもまして張り切っている。リューセー、早速だが少し素振りをして体を温めよう」

「はい」

龍聖は頷いて、持ってきた銀の剣を構えた。それは以前、スウワンとファーレンの兄弟から贈られた剣だった。

スウワンも自分の剣を構えてしばらく真剣に素振りをしていたが、ふと龍聖に視線を送った。少し厳しめに硬くした表情は、凛(りん)として美しかった。

スウワンが手を止めて、ぼんやりと見惚れていると、龍聖が気づいて手を止めた。

「スウワン、どうかなさいましたか？」

「あ、いや、お前の素振りを見ていたんだ。えっと……つまり、構えが我々とは違うのだなと思って、研究になると思って見ていたんだ。だから気にせず続けろ」

スウワンが苦し紛れの言い訳をすると、龍聖は少しばかり不思議に思いながらも、言われた通り素振りを再開した。

細身の銀の剣が、空気を裂くように上下するたびに、日の光を受けてキラリと輝いた。その光が龍聖の顔を照らし、まるで龍聖自身がキラキラと輝いているように見える。

頭のてっぺんからつま先まで、芯が通っているように真っ直ぐで、どんなに激しく剣を振るっても、びくとも軸がぶれることがない。

しばらくして龍聖が何かに気づいたように素振りの手を止めてしまった。

少し息が弾み、紅潮して汗が浮かぶ顔が困ったように歪んでいる。

「どうした？」

スウワンも我に返り、慌てて声をかけると、龍聖は首を傾げた。

「皆様が手を止めてずっとこちらをご覧になっているのですが……そんなに私の構えが珍しいのでしょうか？」

龍聖の言葉にスウワンが振り返ると、若者達が、皆呆けたように剣を下ろして龍聖をみつめていた。

それは龍聖の剣技を真剣にみつめているというそれではなく、明らかに「見惚れている」という顔で、一様に少し頬が赤い。

スウワンは一瞬にしてそれを悟ると、カッとして叫んでいた。

「こらぁ〜！　リューセーに見惚れるとは何事だ〜！」

スウワンに怒られて、皆は一斉に「申し訳ありません」と言いながら、慌てて剣を構えた。

「稽古は中止だ」

スウワンはそう言って、龍聖を抱き上げると、一目散に駆けだした。

「ス、スウワン？」

龍聖は何が起こったのか分からずに狼狽したが、スウワンは完全に無視して城内に駆け込むと、そのままの勢いで廊下を走りだした。

すれ違う侍女や兵士達が、とても驚いている。

「ス、スウワン、降ろしてください。自分で歩きます！」

皆に見られていることが恥ずかしくて、龍聖は真っ赤になって訴えたが、スウワンはそれも完全に無視して、王の私室まで一気に駆けていった。

「スウワン、急にどうしたのですか？」

ようやく降ろされた龍聖が尋ねた。

「どうもこうもない！　皆がお前に見惚れていて、剣の手も止まっていた。けしからん！」

「も、申し訳ありません。やはり私が行って邪魔になってしまいましたね」

「違う違う！　お前は悪くない！　あいつらがけしからんのだ！」

スウワンが赤くなって怒っているので、只事（ただごと）ではないと勘違いした龍聖は、顔色を変えて狼狽（うろた）えた。

「スウワン、スウワン、ごめんなさい。もう私は皆様の稽古の邪魔はいたしませんから……二度と参りませんから……どうかお怒りにならないでください。すべては私が悪いのです」

懸命に謝罪して、スウワンを宥めようとする龍聖に、スウワンは眉根を寄せた。

「お前のせいではないと言っているだろう」

スウワンは龍聖を抱きしめた。優しく耳元で囁きながら、頬や瞼に何度も口づける。

「いや……だがお前が美しすぎるのがけしからんな」

「え？」

「剣を振るうお前の姿が美しすぎるのだ。目が潰れてしまうほどに美しい。この世のものではないようだった。それをオレが軽んじていたのだ。うかつにお前の美しさをさらしてしまったのはオレの罪だ。つまりオレが悪い。許せ」

「スウワン」

龍聖はスウワンの言っていることがよく分からなくて戸惑ったが、優しく何度も口づけられて、少なくともスウワンの怒りが収まったのならばと、安堵していた。

浅く深く唇が重ねられる。龍聖は応えるように、スウワンの背中に腕を回した。

「陛下……恐れ入りますが、ファーレン様が火急の用だとお越しになっています」

侍女が申し訳なさそうに告げたので、スウワンは一瞬眉根を寄せた。

「分かった。通せ」

スウワンが答えると、少ししてファーレンが部屋に入ってきた。

龍聖を抱きしめたままで出迎えたスウワンの様子に、ファーレンは呆れたように肩を竦めた。

「兄上……ちょっとよろしいですか？」

「よろしくないがなんだ？」

「兄上！　ちょっと……」

ファーレンが眉間にしわを寄せながら、もう一度強く言うと、スウワンはチッと舌打ちをして龍聖を離した。龍聖は赤い顔でファーレンに頭を下げる。

ファーレンは、龍聖を気遣うように、微笑みながら会釈すると、スウワンに目くばせをして部屋を出た。スウワンは憮然とした様子で後に続く。

廊下に出たところでファーレンが腕組みをして待っていた。

「なんだ。邪魔をするな」

「兄上、お分かりだと思いますが、今すぐ中庭に戻り誤解を解いてください」

「は？」

スウワンは分からないというように、怪訝そうな顔をした。

「剣術の稽古をしていた若者達が、陛下を怒らせてしまったと死にそうな顔で震えております」

「あ～……だがあれはっ……」

「兄上？　リューセー様と仲睦まじいのは良いことですが、勝手に皆を巻き込まないでください。若者達がリューセー様に見惚れるのは罪ですか？　そもそも貴方は、リューセー様が剣を振るうところを見せびらかしたかっただけでしょう？　ほら！　早く行ってください！　貴方は良き竜王でしょう？」

ファーレンに窘められて、スウワンは不服そうにしながらも、黙って中庭へと戻っていった。

ファーレンはそれを見送り、王の私室の中へ戻った。

「リューセー様、申し訳ありませんが、少し頼まれていただけませんか？」

ファーレンがにこやかにそう言ったので、龍聖は不思議そうに首を傾げた。

「だから、別にオレは怒っていないから……ほら、気にせず稽古を続けろ」

中庭に戻ったスウワンは、委縮して頭を下げたままの若者達を宥めていた。

「皆様お疲れ様です」

そこへファーレンとともに来た龍聖が声をかけたので、若者達もスウワンも驚いたように振り返った。

「皆様の稽古を見学させていただいてもよろしいですか？」

龍聖がスウワンにそう言って、若者達に微笑みかけたので、スウワンは一瞬目を丸くしてファーレンへ視線を送った。

ファーレンはニッと笑って頷いた。

「もちろんだ。皆、リューセーが見ているぞ！　日頃の鍛錬の成果を見せてみろ！」

「は、はい！」

若者達は慌てて稽古を始めた。

「素晴らしいですね！　その構えは良いですね！」

龍聖は一人一人に声をかけ褒めたたえたので、若者達の士気は上がりまくった。


その後週に一度、龍聖が稽古の見学に来てくれる日は、龍聖に褒められたいとたくさんの若者が率先して剣術の稽古に励むようになり、中庭全部が参加者で埋まるようになった。

スウワンはファーレンの企みを苦々しく思ったが、龍聖が楽しそうなので文句を言えなかった。

ただ龍聖の素振りの稽古は、二人だけでやろうとこっそり約束をさせたのだった。

第4章　隠れ鬼

「リューセー、今日の午後は休みになった」

　王の私室の扉が開き、スウワンがそう言いながらご機嫌な様子で入ってきた。

「スウワン……休みになったって……ファーレン様も承知なのですよね？」

　龍聖が慌てて駆け寄り、スウワンのマントを外すのを手伝いながら尋ねた。

「もちろんだ。むしろ休みにすると言ったのはファーレンだぞ？　なんだ？　リューセー、オレがサボったと思ったのか？」

「いいえ、そういうつもりでは……でも貴方が勝手に休みにすることは、絶対にないとは言えないでしょう？」

　龍聖がニッコリと笑って言ったので、後ろで控えていた侍女達が思わずクスクスと笑った。スウワンは少し赤くなって、ばつが悪そうに顔を歪めた。

「午後に予定していた北の関所での改築状況視察が、作業の遅れで中止になったんだ。ファーレンはそのまま現場に行ってしまって、オレはすることがなくなったから、ファーレンが休みにしましょうって言って……」

「スウワン、スウワン、ごめんなさい。別にいじわるを言ったつもりはないのです。貴方は働きすぎですから、たまには休んだ方が良いです。私も嬉しいし、子供達も喜びます。ほら、最近貴方が帰る頃はいつもシュウエンは寝てしまっているでしょう？　遊んであげてください」

拗ねたようにぶつぶつと言い訳を始めたスウワンの様子に、龍聖は驚いて慌てて宥めた。スウワンの手を引いて、窓辺にいる子供達の下へ連れていくと、ロウワンは弟シュウエンの相手をして遊んでいた。小さな布で出来た毬を転がしている。

「ロウワン、シュウエン、父上が遊んでくださるそうですよ」

龍聖が子供達にそう言うと、シュウエンは満面の笑顔で、スウワンが帰ってきたことを喜び、ロウワンも少し嬉しそうに微笑んだ。

ロウワンは三十二歳（外見年齢六歳）、シュウエンは十七歳（外見年齢三歳）だ。もちろん二人とも父のことが大好きだ。

嬉しそうな二人の様子に、スウワンは機嫌を直した。

「よし、父と遊ぼう。何をして遊ぼうか？」

「せっかくですから四人で遊べるものにしましょう。そうですね……『隠れ鬼』はいかがですか？私も弟達とよく遊びました」

「隠れ鬼？　それはどういう遊びだ？」

スウワンが興味深いという様子で尋ねた。

「一人が鬼になって、鬼が目隠しして十を数えている間に、他の者達は鬼に見つからないように隠れる遊びです。鬼は十数えた後『もういいかい？』と尋ねます。隠れている者達は、隠れる場所をまだ見つけていなければ『まだだよ』と返し、終わっていれば『もういいよ』と返します。みんなが『もういい』と答えたら、鬼はみんなを探しに行きます。鬼が全員を見つけたら最初に見つかった者が次の鬼になり、一人でも見つけられなかったらもう一度鬼になります」

スウワンは真面目な顔で話を聞いていた。

「リューセー、その『オニ』というのはなんだ？」

「私達の世界で、怖い魔物のようなものです。頭に角が生えていて、体も大きく、恐ろしい顔をしていて、子供を食べてしまうのです。もしも鬼が来たら隠れるんだよというような遊びです。だから夕方以降は、本物の鬼が来るからこの遊びはしてはいけないと親に言われたものです」

「大和の国にはそんな恐ろしい魔物がいるのか!?」

スウワンがとても驚いたので、龍聖は苦笑した。

「私は見たことがないし、周りでも鬼が出たという話を聞いたことはありません。昔、京の都に鬼が出たというお伽噺（とぎばなし）は聞いたことがありますが……でも龍神様は本当にいらしたのですから、鬼もいるかもしれませんね」

龍聖の答えに、スウワンはニッと笑った。

「なるほど面白そうだ。つまり鬼になるというのは例えだということだな？　鬼の役をやればいいのだろう？」

「はい、その通りです」

「じゃあ、まずはオレが鬼をやるからみんな隠れろ！」

スウワンが楽しそうに言ったので、龍聖はシュウエンを抱き上げた。

「さあ、隠れましょう。ロウワンも行きますよ？」

「父上」

龍聖がロウワンの手を引こうとしたが、ロウワンはとても真面目な顔でスウワンを見上げた。

「父上が鬼になるのですか？」

「そうだよ」

「父上の頭から角が生えて、恐ろしい顔になって、僕達を食べるのですか？」

ロウワンが真剣に質問をするので、スウワンは優しく笑った。

「ロウワン、これは遊びだ。オレは本当の鬼にはならないが、鬼になりきってお前達を探すから、見つからないように隠れるんだぞ」

「では父上は鬼になるわけではないのですね？」

「ああ、鬼にはならないよ」

「じゃあ隠れなくても良いのですね？」

「いや、お前達が隠れて、それをオレが見つけるから……そういう遊びなんだぞ」

「でも父上は鬼にならないし、僕達を食べるわけじゃないから、隠れなくても良いんですよね？」

「いや、でもオレは鬼になるから、お前達はオレに見つからないように隠れるんだ」

「じゃあ、父上はやっぱり鬼になるんですか？」

「いや……え？　何？　ええ？」

スウワンは混乱してしまって、助けを求めるように龍聖を見た。龍聖は苦笑しながら、ロウワンの前に膝をついた。

「ロウワン、これは遊びなのです。遊びは架空のことを想像しながら楽しむものなのです。父上は本当の鬼にはならないけど、もしも本当の鬼が来たらどうしよう？　と想像して隠れるのです。見つからないように隠れるのが楽しいのですよ？」

「ですが母上、もしも本当の鬼が来たら、父上はきっと僕達を守るために戦ってくれると思うのです。そして僕も母上とシュウエンを守るために戦います」

「ロウワン、それはそうなのですが……」

ロウワンが真剣な顔で論破するので、龍聖は困ってしまい言葉をなくした。そんなやり取りを見ていたスウワンは、思わず叫んでいた。

「もういい！　ロウワン！　鬼のことは忘れろ！　これからオレがお前達を探すから、父に見つからないように隠れるんだ！　いいな？」

「父上、それでは『隠れ鬼』の遊びとは違うことになってしまいます」

「真面目か!?」

スウワンが堪らずそう呟き、龍聖は驚いたように目を丸くしていたが、思わず噴き出していた。ツボに入ったように笑う龍聖に、腕の中のシュウエンも嬉しそうにキャアッと声を上げて笑った。スウワンも溜息をつきつつ、釣られるように笑い出した。

そんな中で一人ロウワンは、きょとんとした顔でスウワンと龍聖を交互にみつめている。

侍女達は、そんな幸せそうな家族の団欒を嬉しそうに眺めていた。

紅蓮の竜は幸福に笑む

エルマーン王国王城の一室で、カタカタと軽やかに規則正しい音を立てて、機織り機が動いていた。緯糸棒を持った右手を左右に滑らせては、くしをもった左手でタンタンッと、くぐらせた緯糸（よこいと）を綺麗に整える。色味の違う複数の緯糸を、器用に使い分けてはくしで整えて、足で踏み板を踏んで綜絖（そうこう）を変える。それはとても繊細で気が遠くなるような作業だった。

機織り機を操作しているのは、この国の王女シェンファだ。普段は下ろしていることの多い長い黒髪は、綺麗にひとつにまとめて結い上げている。機織りの作業に邪魔だからだ。

シェンファは手を止めて、糸の始末をした。経糸（たていと）を切って、手前に巻いてある完成した布を取り外す。頬をうっすらと染めて、とても満足そうに微笑んだ。


「リューセー」

居間で本を読んでいた龍聖の下に、シェンファが息せき切って駆け込んできた。

「シェンファ、どうしたんだい？」

龍聖は読んでいた本をテーブルの上に置いて、目を丸くしてシェンファを迎えた。次女のインファならばともかく、シェンファが息せき切って駆け込んでくるなど珍しいからだ。

「見て！　完成したの！」

シェンファは弾むような足取りで、龍聖の目の前に来て、抱えていた反物を差し出して見せた。

「出来たって……あれ？　もしかしてこれって、シェンファが一年かけて織っていた布なの？」

「ええ、そうよ」

シェンファは鼻高々というように、顎を上げて、頬をほんのりと朱に染めながら頷いた。

「わあ！　見せて、見せて！」

龍聖はシェンファから反物を受け取ると、少しばかり広げてみた。真っ白な布だった。だがただの白い布ではない。光沢のある絹のような白い生地を主にして、そこに銀糸と金糸が織り込まれて、細かい模様が織り出されている。

「すごい……もうこれって一体どうなっているのかさえも分からないよ……本当に見事だ」

龍聖は感嘆の息を漏らしながら、布を斜めにして光の加減を変えて見ている。

シェンファは褒められて、照れたように笑っている。

「これでドレスを作るんだね」

「ええ、そのために織ったのですもの」

龍聖は反物を元に戻して、シェンファに返した。そして首を竦めながら、大きな溜息をついた。

「ああ、だめだなぁ……本当ならこういうのは、母親であるオレが娘のために織ってあげないといけないんだよね……ごめんね、自分で織らせてしまって……」

「何を言っているの？　私は自分で自分の花嫁衣装の布を織るんだって、元々の目標にして織物を習い始めたのよ？　別にリューセーには、はじめからこういうことを求めていないわ」

シェンファが反物を抱え直して、きょとんとした顔でそう言った。それを聞いて、龍聖は少しばかり残念そうな顔をする。

「いやあ……そうは言っても、まったく当てにされないというのも、なんとなく寂しいなぁ」

「あら、私はちゃんとリューセーを当てにしているのよ？」

「オレを?」

シェンファが、ふふっと笑って頷いた。

「婚礼衣装の形や装飾を考えてほしいの。えっと大和の言葉で何というのかしら? でざいん?」

「え! オレが婚礼衣装をデザインするの? 服のデザインとかやったこと……あるけど……自分の服だからさ、出来ただけだよ。ドレスなんて出来ないよ」

やったことない! と言って断りたいところだが、割と自分の衣装についてはデザイン画を描いて、注文していたりするので言えなくなって、龍聖は困ったように口ごもった。

「まあ、かわいい娘のお願いを聞いてくださらないの?」

シェンファが目を丸くして抗議したので、龍聖は益々困った顔をした。

「かわいい娘のお願いだから断りたいよ。婚礼衣装なんて人生の中でとても重要なものじゃないか……それにシェンファが一年もかけて織ったその布を使うんでしょ? 無理だよ!」

龍聖はふるふると首を振った。するとシェンファは悲しそうに眉根を寄せる。

「リューセーは、私を愛していないのね……」

「シェンファ〜〜!」

龍聖はシェンファに縋りついて泣きまねをしたが、シェンファに恨めしそうにみつめられてあえなく観念した。

「分かったよ……分かりました。だけどシェンファの希望は細かく教えてね? それと気になるところは細かく指摘してね? 本当に大事なことなんだから、オレに遠慮はしないでね? 気に入らなかったらはっきり言ってね?」

とても気にする様子の龍聖を見て、シェンファは思わず吹き出していた。

「そんなに心配しなくても大丈夫ですよ。リューセーにしては珍しいわ。そんな弱気な態度なんて」

「弱気になるよ！　娘の一世一代の大事だよ？　失敗は許されないんだよ？」

「リューセー、分かっていないのね。私は別に最高に美しいドレスを期待しているわけじゃないのよ。リューセーが私のために考えてくれたドレスを着たいだけなの」

シェンファがニッコリと笑って言った。

「君は最高の女性だよ」

龍聖は感嘆の息を漏らして微笑み返した。

「とは言ったものの……」

龍聖は王妃の部屋にこもって、う〜んと頭を抱えて唸っている。誰にも邪魔されたくないので、誰も入らないようにと言ってあった。

「ドレスのデザインなんて初めてだよ……というか、本格的に服のデザインを描くのも初めてなのに……シェンファはオレが自分の服のデザインをしているって思っているけど、デザインってほどではないんだよね。基本的にはこの国の民族衣装の形はそのままだし、ただ襟とか袖とかに注文を付けるだけで……それもこれも華美な装飾が苦手だから、お願いしているだけなんだけど……」

ぶつぶつと文句を言いながら、紙の上になんとなくドレスの形を描いてみる。

「いや、なんか無理……誰か助けて……」

龍聖は思わず机に突っ伏していた。

「考えてみたら……オレの周りは男ばかりで女性がいないよね……ドレスとか全然分からないんだけど……ラウシャン様はともかく、タンレン様は男兄弟だし、フェイワンには兄弟がいないし……結婚している身内もいない……ええ～っと……あ！　メイファン！」

龍聖はポンッと手を叩いた。立ち上がって扉まで駆けていく。扉を開けてヒョコッと顔を出すと、側に立っていた見張りの兵士が、驚いたように姿勢を正して一礼をした。

「悪いけどマウリを呼んできてもらえない？」

「か、かしこまりました」

龍聖は扉を閉めて部屋の中で待つことにした。と言っても、それほど待つこともなく、すぐに扉が叩かれた。龍聖はまだ椅子に座っていない状態だ。

「本当に早いな……どうぞ」

扉に向かって返事をすると、カチャリと開いて側近のマウリが入ってきた。

「リューセー様、お呼びでしょうか？」

「うん、来てもらって早々に悪いんだけど、メイファンと話がしたいんだ。少し時間を貰えないか、メイファンの都合を聞いておいてほしいんだけど」

「お急ぎですか？」

「うん……オレ的には急ぎなんだけど……オレが急いでいるって言っちゃったら、たぶんメイファンは無理をしてすぐに時間を作りそうだから、急ぎとは言わないでほしいんだ。ただあまりにも先になりそうだったら、できるだけ近い日にちで少しの時間でもいいから、なんとか都合をつけてもらえるように……そのう……難しいお願いだけど良いかな？」

龍聖が申し訳なさそうに言うと、マウリは微笑んで頷いた。

「承知いたしました。リューセー様のお気持ちは分かっているつもりです。上手くやります」

マウリはそう言って、早速部屋を出ていった。龍聖はそれを見送って、ほっと息を吐く。

「リューセーの側近って、本当にみんなすごく教育されているよね。まあ、今さらだけど……」

龍聖はポツリと呟いた。マウリが龍聖の側近になってから、もう十年以上が経っている。だから龍聖自身が言うように、感心するなんて『今さら』なのだが、思わずそんな言葉が出てしまうのは、マウリがもう何十年も龍聖の側近をしているような錯覚を覚えてしまうことが、度々あるからなのだ。

「シュレイ以外の側近なんて考えられないと思ったこともあったけど……」

龍聖は窓辺に立ち、ぼんやりと外の景色を眺めながら呟いた。青空をたくさんの竜達が、飛び交っているのが見える。龍聖が初めてこの世界に来た時から、この景色は何も変わりなく見える。でも龍聖が産んだ最初の子であるシェンファは、もうすぐ嫁に行くという年齢になった。龍聖がこの世界に来て百年以上の年月が過ぎたということだ。

「百年かぁ……」

自分もフェイワンも子供達も、普通に年齢を重ねているように感じてしまうから、ついつい忘れがちなのだけれど、自分達と人間達では月日の流れが違うのだ。

フェイワンと龍聖の世話をするお付きの侍女達も、どんどん入れ替わってしまった。別に寿退社とかいうものではない。みんな長い年月仕えてくれて、それなりの年齢を迎えて去っていったのだ。

シーフォン達だけなら、きっとそういうことを忘れていただろう。アルピンが国民としていてくれるから、自分達が特殊であり、この世界の常識とは異なる存在なのだと、思い出させてくれる。

「なんか……シェンファの結婚で、オレの人生にも一区切りがつきそうな感じだなぁ」

龍聖はしみじみと呟いた。


「一区切りね……」

フェイワンがソファで寛ぎ、少しお酒を垂らしたお茶を飲んで、口の端を上げながら言った。

「おかしいですか？」

「いや……別におかしくはないが……そういうのは、なんかこれを機に隠居する者の言いようじゃないのか？　だがシェンファはあくまでも最初だ。まだまだ子供達はたくさんいるし、一番下のアイファはまだ赤子も同然だ。オレもお前もまだ若い。これからだろう？」

フェイワンはクッと喉を鳴らして笑った。それを聞いて、龍聖は少しばかり眉根を寄せて、唇を尖らせた。

「それはそうなんですけど……母親としての心境は……まあ、自分で言うのもなんですが、母親だなんて意識したことはあまりないんですけどね」

龍聖は言い返そうとしたのだが、話しながら自分でおかしくなったのか、少し笑いを嚙み殺しての言い訳になっていた。

フェイワンはニヤニヤと笑って聞いている。

「母親とか父親とか、あんまりそういう区別では考えたことがなくて、ほら、オレはやっぱり男だし……だからまあ『親』というひとくくりで、自分では納得していたんですけど、不思議なもので娘が嫁に行くってことになると、心境がね……どっちかというと母親なんですよ」

「へえ」

「もう！　フェイワン！　真面目に聞いてください！」

ニヤニヤ顔を隠さないフェイワンに、龍聖は頬を上気させながら怒って肘でツンと小突いてみる。

「真面目に聞いているじゃないか」

フェイワンは、持っていたカップのお茶がこぼれそうになって、慌ててテーブルの上に置いた。

「そんなにニヤニヤ笑って……」

龍聖はなおもご立腹といった様子で、眉根を寄せている。

「お前があんまりかわいいから、思わず顔が緩んでしまっただけだ。オレがニヤニヤ笑ったらだめだというのならば、お前がかわいいのもだめだろう」

「なんですか、その屁理屈……」

龍聖は失笑してしまい怒るのも吹き飛んでしまった。そんな笑っている龍聖を見て、フェイワンは安堵の息を漏らして、そっと腰を抱き寄せた。

「機嫌が直ったようだな」

フェイワンが囁きながら頬と首筋に口づけた。

「別に機嫌は直っていません。この程度では誤魔化されませんよ？　何をしてかわいいと思ったのですか？」

「だってかわいいだろう？　オレのリューセーは、娘の結婚を前に珍しくそわそわと動揺しているんだ。オレよりもずっと上手く娘達に対しては立ち回っていたのに……」

「フェイワンこそ、なんだか他人事みたいですね。もっと娘を嫁に出したくないと、不機嫌になるかと思っていましたが……」

龍聖がじっとフェイワンの顔を覗き込むようにして言うので、フェイワンはその唇を口づけで塞いだ。やんわりと軽く口づけて、唇を離すとクスリと笑う。

「お前はいつもその話をするな。なぜそんなにオレを不機嫌にさせたいんだ？」

「世の父親というものは、かわいい娘を他の男に渡したくないと思うものなんですよ？」

フェイワンはそう言われて、視線を上に向けて考え込む素振りをした。

「そんなものかなぁ？」

「フェイワンは昔から人一倍子煩悩でしたし、娘達を溺愛していましたから、きっとそうなるとオレは思っていたんですけど……」

龍聖が苦笑しながら言った。フェイワンはまだ首を捻って考えている。

「リューセーは……オレが不機嫌になった方が良いのか？」

「別にそういうつもりはないですよ。もちろんフェイワンがまったく気にしていないというのならば、それに越したことはないです。平和が一番だし……そうなるとオレだけが色々と焦ったり、気に病んだり、一人で混乱してしまっていますよね」

龍聖は困ったようにそう言って溜息をついた。

「さっきも言ったように、お前が狼狽えたり落ち着きがなかったりというのは、なんだか新鮮でかわいいから、オレはまったくかまわないよ。だが……リューセーからそう度々オレの態度について指摘されると気になるな。父親とは……本当にみんなそういうものなのか……」

フェイワンは腕組みをして「ふむ」と唸った。

「ごめんなさい、フェイワン……オレの言ったことは気にしないでください。フェイワンみたいな父親もいると思いますよ。オレはそれよりも、シェンファから重大任務を受けたので、それが一番の狼狽える出来事ですよ」

龍聖は大きな溜息をついた。

「なんだ？　重大任務って」

「婚礼衣装をオレに作ってほしいって……あ、裁縫の方ではなくて、図案を考えてほしいって言われたんですよ」

「それは良いな。シェンファのためにがんばらないといけないじゃないか」

「そうなんですよ……責任重大ですよ……」

龍聖は何度も溜息をついている。フェイワンは不思議そうに龍聖をしばらく眺めていた。

「一生に一度の大切な時に着る衣装ですよ？　変な衣装になっちゃったらどうしようって……」

龍聖の呟きを聞いて、フェイワンは「なんだ」と言って笑いだした。

「この世の終わりのような顔をするから不思議に思っていたが、そういうことで悩んでいたのか……別に良いじゃないか、どんな衣装になったって……たとえ袋を被ったみたいなものになったとしても、シェンファは喜ぶと思うよ」

「さすがに袋を被ったような衣装だと怒ると思いますが……」

龍聖が呆れ顔で突っ込みを入れたので、フェイワンはなおも笑いながら首を竦めた。

「いや、もちろんひどい例えだが……実際にそうなったとしても、きっとシェンファは笑って喜ぶと思うよ。シェンファがリューセーに頼んだのは、別に素敵な衣装を期待してのものではない。リューセーからの贈り物が欲しいんだよ」

　龍聖は少し唇を尖らせた。

「それは……もちろん分かっているつもりですけど……でもそれならオレだって、他に何か贈るものを考えようと思っていたし……何も婚礼衣装でなくても……」

「シェンファは、婚礼衣装のために布を織っていたのだろう？　シェンファが織った布で、リューセーが衣装を作る。親子で一緒に作る思い出の品が欲しかったのではないか？」

「それは分かっています……シェンファの気持ちが分かるから、なおさらプレッシャーが……」

　龍聖はそう言って、眉間にしわを寄せながら額に手を当てる。

「ぷれっしゃあ？　なんだそれは？」

　フェイワンは初めて聞く言葉に、怪訝そうに眉根を寄せた。

「いえ、なんでもありません。フェイワン、励ましてくれてありがとうございます。なんとかがんばります」

　龍聖は両手でフェイワンの顔を挟んで、正面から覗き込みながら、気合いを入れた表情でそう言った。フェイワンは戸惑った様子で目を瞬かせながら「お、おう」と答える。

「しばらくオレの頭の中が、衣装の図案のことでいっぱいになって、気もそぞろになるかもしれませんが、許してくださいね」

「そんなにか？　オレはしばらく放置されるのか？」

フェイワンが少し焦ったように尋ねると、龍聖はクスクスと笑った。

「シェンファのためにがんばれと言ったのはフェイワンでしょ？」

「リューセー、わざといじわるを言っているな？　ずるいぞ？」

「ずるくはないですよ。僅かな間です。娘のためなのですから我慢してください。そういうわけでフェイワン、明日から集中力を高めるためにも、今日は早く寝ます」

龍聖はフェイワンの唇に軽く口づけて立ち上がり、さっさと寝室へ行ってしまった。

「おいおい……オレはもっといちゃいちゃしたいぞ？」

フェイワンは、少しばかり悲しそうな顔をして呟いた。


翌日の午前中に、メイファンとの面談が叶った。

「メイファン、忙しいのにごめんね」

貴賓室にやってきたメイファンに、龍聖は申し訳ない気持ちで謝っていた。

昨日、側近のマウリを通じてメイファンと話がしたいと伝えたが、あまり急ぎと言わないでと言ったおかげか、昨日のうちにメイファンが飛んでくるということはなくて、安堵していた。でも翌日の午前中に会いに来てくれたのだ。早すぎず遅すぎず……いや、十分に早すぎるという範囲だと思うけれど、マウリの手腕かなぁ……当日ではないだけっていう微妙な早さが気になると思いつつ、龍聖は何度もメイファンに謝った。

「いいえ、リューセー様に会いたいと言われて、飛んでこないものなどいませんよ。仕事よりも大事ですから」

　メイファンは笑顔でそう言った。

「いや、いや、仕事の方が大事だよ？　でもありがとう。助かります」

　龍聖が両手を合わせて拝むように言うので、メイファンは困ったように笑った。

「それで……私に何か聞きたいことがあるのですか？」

「そう、そうなんです。聞きたいことというか、お願いしたいことというか……」

「なんなりとお申し付けください。とても光栄です」

　昔と変わらないキラキラとした真っ直ぐな眼差しで、期待に満ちた笑顔で言われて、龍聖はこんなお願いで申し訳ないと思いつつも頼みを口にした。

「メイファンには若くてかわいい奥様がいるよね？　それと若くてかわいい妹さんもいるよね？」

「え？　ええ……はい……かわいいかどうかはともかく……いますが……」

　龍聖の口から出た言葉は、メイファンがまったく想像もしなかったものだったので、返事に困りながらも頷いた。

「かわいいじゃないか！　会ったことあるし……いや、今はそういう話ではなくて……実は、奥様と妹様を少し貸していただきたいのです」

「貸すのですか？」

　メイファンは目を丸くした。

「一日で済めば良いけど……いや、一日ではダメだな。何度か見てもらって助言が欲しいし……あ、あ、ごめん！　ちゃんと説明するね！」

メイファンが目を丸くしたまま固まっていることに気づいて、龍聖は慌てて説明を始めた。

「実はシェンファから、婚礼衣装の図案をオレに描いてほしいと頼まれたのだけど、オレの周りには若いご婦人方がいないから、今の若い女性が、どんなドレスが好きなのかとか、今の流行はどんなものなのだとか、全然、まったく分からなくて……それで色々と相談に乗ってほしいんだ」

龍聖が何度も頭を下げるので、メイファンは戸惑いつつも言われてみれば、ロンワン（王族）には、姫以外に若い女性が一人もいないことに気づいた。

龍聖としても気軽に頼めるような立場のシーフォンの女性がいないのだろう。メイファンの血族は、シーフォンの位では中くらいの位置にいる。決して下位ではないが本来ならばこんな風に、龍聖と気軽に会って話せるような立場でもない。

ただ父が神殿長という特別な役職に就いているということと、メイファン自身がずっと卵の護衛責任者を任せられていたことから、許されているに過ぎない。

「リューセー様……失礼を承知で申し上げてもよろしいでしょうか？」

「え？　なに？　何かあれば遠慮なく言ってください」

メイファンは少し言い難そうに表情を曇らせた。少しばかり考えて、意を決したように口を開いた。

「妻と妹には伝えますが……お断りすることになるかもしれません」

「え、ええ!?　なんで？　あ、なんか嫌がられることでもある？」

「嫌がられると言いますか……リューセー様は、私ともこうして気さくにお話をしてくださいますが、本来であれば私はこのようにリューセー様と、気軽に会うことなど叶わない立場なのです。ロンワンではありませんし、近臣でもありません」

「でもメイファンは卵の護衛責任者をずっとしてくれているでしょう？　うちの子供達の乳母みたいなものじゃない？　乳母っていうのはおかしいかもしれないけど……でもすごく近しい間柄だと思っているよ？」

龍聖は不思議そうな顔をしながらも、ニコニコと笑って当たり前のことのように言った。メイファンは困ったような顔で微笑み返す。

「もとをただせば私が若気の至りというか、自分の立場をまったく分かっていなくて……父が神殿長だったこともあり、物心ついた頃から神殿が遊び場のようになっていて、そこへお小さい頃から体の弱かったユイリィのために……よく母子で神殿に来ていたことから、私がユイリィに弟のようにかわいがってもらうようになって……本当に今思い返しても、冷や汗が出るほど世間知らずだったのです。ロンワンでもないのに、ロンワンに近しい気持ちでいたのです。図々しくも勘違いをして、リューセー様とお近づきになりたいとまで思うことになってしまって……申し訳ありませんでした」

メイファンは額の汗を、ハンカチで拭いながら深く頭を下げた。

「いや、別にそれは謝ることじゃないよ。オレもこの世界に来たばかりで何も分かっていなかったし、むしろメイファンが来てくれたおかげで、随分気晴らしが出来たし……弟みたいで本当に嬉しかったんだよ？　もちろん今はシーフォンの血筋のことと分かっているつもりだけど……そっか、メイファンがいつも変わりなく接してくれるから、意識していなかったけど……やっぱり妹さん達は困っちゃうかな？」

龍聖は動揺してしまっていた。言われて初めて気づいたことだったからだ。もちろん今までそういう意識をしていなかったわけではない。

シーフォンには血筋の制約があり、下位のシーフォンは上位のシーフォンに対して、決して抗えない。それは人間界での身分の差とは異なるものだった。竜王の血がより濃い者ほど、魔力が強い。だから下位の者は、上位の者に逆らうことが出来ない。

それは年齢や男女などの肉体的な力の差とは、まったく関係のないものだった。そのためロンワンは、子供のうちは決して他のシーフォン達に会うことは許されず、隔離して育てられる。

子供は力の制御が出来ないため、子供同士どころか相手が大人であっても、下位のシーフォンを屈服させてしまうからだ。

だからロンワンの子供の養育係は、ロンワンの者が務めるし、乳母にはその影響を受けないアルピン達が選ばれる。

シーフォン達に限って言えば、絶対に下剋上はありえないのだ。

「リューセー様は竜の聖人ですから、陛下達とは違い下位のシーフォンであっても、安心させて宥める力をお持ちです。ご自身では意識されていなくても、私と会う時にはそういう風に、力の圧を抑えていらっしゃるので、慣れさえすれば私のように、近くで顔を見て普通に話をすることも出来ます。妻達も同様です」

メイファンが申し訳なさそうに言った。龍聖は頬に手を添えて「慣れる？」と不可解そうに呟いた。

それに対してメイファンは思わず苦笑する。

「言葉選びが悪くて申し訳ありません。先ほども申し上げた通り、リューセー様とは誰でも普通に話をすることが出来ます。それはリューセー様特有のお力なのですが、そうは言ってもお立場としては王妃ですし、絶対的な存在です。下位の者は普通にそれだけで恐れをなしますし、体に染みついている血の力に対する圧に負けてしまうのです」

「それって……偉い人に会うのは緊張するって類のもの？」

龍聖が困惑した様子で尋ねると、メイファンはハハッと思わず声に出して笑って頷いた。

「これもリューセー様はお忘れがちですが、リューセー様は王妃様なんですよ？　普通に人間達だって、位の高い人に会うのは緊張するでしょう？　偉い人に会う緊張と体に染みついている圧に対する恐れの二重ですから、もう最初から『無理！』って体が竦んでしまうのです」

龍聖は言われて自分に置き換えて考える。

『銀行勤めの時、頭取と直接面談なんて言われたら、緊張して前の日眠れなかったかもなぁ、いや、それ以上の話か？　総理大臣に会うとか……天皇陛下に会うとか？』

自分で想像してみて、思わず身震いした。

「いや、うん、分かっているつもりではいたけど……メイファンが大丈夫なら、メイファンの周りの人も大丈夫って勝手に思っていた。ごめん……そっか、そうだよね。それは頼めないね」

龍聖は乾いた笑いを漏らしながら、がくりと項垂れた。それをメイファンは気の毒そうにみつめる。

「もちろんお力になりたいので、妹と妻を説得はしてみますが……」

「いや、待って！　無理強いは駄目だよ！」

「でもリューセー様はお困りでしょう？」

「それはそうなんだけど……オレが頼んじゃうと、やっぱりそれって命令になるよね……ごめんね。ずっと意識しているつもりではいたけど、まだやっぱり甘いというか、庶民感覚が抜けないよね。逆を言えばメイファン達と話す方が、オレは気兼ねない感じがして楽なんだよね……信じてもらえないかもしれないけど、タンレン様とかラウシャン様と話すのは緊張するんだよ。あ、今はそんなことはなくなっているけど……いや、未だに敬称をつけてしまうのは癖だよね。歳上の人だからって誤魔化してはいるけど……」

龍聖は自嘲気味に笑って頬をかいた。そんな龍聖をメイファンは微笑ましくみつめた。

「とりあえず妻と妹には話をします。リューセー様からのご命令ではないと、きちんと伝えますのでご安心ください。ただもしもお断りすることになっても、何卒ご容赦いただければと思います」

「それはもちろんだよ。ありがとう。メイファン」

龍聖は満面の笑顔で礼を言った。


王の執務室では、珍しく高らかな笑い声が響き渡っていた。笑い声の主は国内警備長官のタンレンだ。ソファに座り、先ほどからしきりに笑っている。その向かいには、フェイワンが腕組みをして、不可解という顔で首を傾げていた。

「そんなにおかしいか？」

フェイワンはタンレンに笑われて、別に不愉快という様子ではない。ただ不思議で仕方ないというように、何度も首を捻っている。

「すまん、すまん……いや、その話をしている二人の様子が目に浮かぶようでね。さぞかしリューセー様は口を尖らせていただろう」

「おお！　そうだ！　よく分かったな！」

フェイワンがなんだか嬉しそうに『当たりだ』とばかりにパンッと手を叩いて言った。タンレンはニヤニヤと笑って頬杖をつく。

「二人とどれだけ長く付き合っていると思っているんだ？　オレにフェイワンのことで分からないことなどないし、フェイワンのおかげでリューセー様のことで分からぬことはない。まあ、もっともフェイワンが知らないリューセー様のことならば、オレもあまり知らない……かもしれないけれどな」

「なんだ。最後のその何か含みを持った言い方は？」

フェイワンが片眉を上げて訝し気にタンレンを睨んだ。タンレンは澄まし顔で、口の端を上げる。

「とりあえずオレは、リューセー様の味方をしておこう」

「リューセーの味方？」

フェイワンは益々訝し気な視線を向けた。タンレンは表情を変えない。

「ああ、確かに世の父親の多くは、娘を嫁に出したくないと思っている。もちろんすべての……ではない。だが割とよく耳にすることではあるな」

「そうなのか？」

「特に娘を溺愛している父親に多い。まあつまりは……子供に関心のある父親に限っての話だから、家庭を顧みないような父親は、まずあてはまらない。だからすべてではない。その点で言うと、フェイワンは子煩悩で、姫達を溺愛している。それはこの国の誰もが知っている事実だ。そのフェイワンが、シェンファ様の夫となる相手に嫉妬も何も感じないのは、リューセー様でなくても不思議に思うだろうな」

タンレンは一気にそう捲し立てて、最後にはまた楽しそうに笑った。

「タンレンもそう思うのか？」

フェイワンが驚いたように尋ねると、タンレンは笑いながら頷く。

「そんなにオレはおかしいか？」

フェイワンはまだ納得出来ないというように、腕組みをして首を傾げた。

「まあ……オレは娘どころか子供がいないから、なんとも言えないのだが、かわいい娘を奪われる父親の腹立たしいという気持ちは分からなくもない。だがフェイワンのように、娘が幸せならばそれで良いと、相手の男に対して何も思わないという気持ちも分かる。フェイワンみたいな父親だって他にもいると思うよ。別に特例ではないはずだ。ただ……」

「ただ？」

タンレンが何か言い淀むように言葉を飲んで、フェイワンの追及を笑って誤魔化すので、もう一度促すように「ただ、その先はなんだ⁉」と強く問うた。

するとタンレンは一呼吸置いて、もったいぶるようにゆっくりとその先を言った。

「フェイワン……こんなことを考えたことはあるかい？　娘婿は、君にとっては義理の息子だ。フェイワンは今後ラウシャン様のことを何と呼び……ラウシャン様はフェイワンのことを何と呼ぶのだろう？　と……もちろん私的な場所での話だよ？」

タンレンは言い終わってから、静かに観察するようにフェイワンをみつめた。その眼差しは好奇心に満ちている。

一方のフェイワンは、一瞬何を問われているのか分からないという顔で、言われた言葉を頭の中で反芻していた。

『娘婿はオレにとって義理の息子。シェンファの夫はラウシャン。ラウシャンはこれからオレの息子になる。ラウシャンがオレの息子……!!』

フェイワンがパチパチと激しく瞬きをしたので、タンレンはクッと喉を鳴らして、笑いをこらえた。

「ラウシャンがオレの息子!?」

思わず大きな声を出していた。フェイワンは目を白黒させている。それをきっかけにタンレンが失笑する。再び高らかな笑い声が執務室に響き渡った。

「フェイワン、まさか、本当に今まで考えていなかったのか?」

「いや! 考えて……いや……考え……」

フェイワンは完全に混乱してしまっている。

きちんと分かっていたはずだ。シェンファの夫としてラウシャンを認めた。年齢的に少し離れすぎている点を除けば、血筋も人物としても何も問題はない。年齢にしたって、ラウシャン自身が特殊な体質のため、とてもおかしな歳の差にはなっているが、外見的にはこれくらいの見た目で歳の差がある夫婦は、シーフォンの中ではそう珍しくはない。親子ほどの歳の差での結婚は、女性の方が数が少ないシーフォンでは、仕方のない話だ。

それも家同士が無理矢理決めたわけではなく、シェンファが望んで選んだ相手なのだ。周りが年齢を気にする理由もない。

だからフェイワンは、最初に聞いた時には驚きこそすれ、相手として否定する気持ちは微塵も浮かばなかった。それよりもその時は、たくさんの人々の前で、シェンファの方から求婚したと聞いて、さらにラウシャンが曖昧な態度を取ったと聞いたから、そちらの方を問題視したくらいだ。

王女に恥をかかせるとは何事だ。外聞が悪い。さっさと正式にラウシャンの方から、婚約を申し出ろとやきもきした。

そうだ。フェイワンはいつだって、シェンファの幸せを願っている。シェンファが好きだというのだ。それに反対するつもりはない。なんでその態度が、他の父親と違うと言われなければならないのかと、不可解で仕方がなかった。

だが今のタンレンの言葉で、自分の中でズレていた何かが、カチリと音を立ててはまった気がした。

「ラウシャンがオレの息子!?」

フェイワンはもう一度同じ言葉を口に出していた。今度は大声ではない。むしろ消え入りそうな声だ。とほほ……という語尾まで付いていそうだった。

「分かったぞ、タンレン」

「ん?」

動揺して混乱しまくるフェイワンを、楽しそうに眺めていたタンレンが、フェイワンの力ない呟きに反応した。

「オレはシェンファを嫁に出すことにはまったく反対しない。相手に対しても嫉妬の気持ちはない。シェンファが幸せになるのだ。なぜ嫁にやりたくないとか、相手の男を許せんなどと思うだろうか。これは変わらぬ気持ちだ。だが……だがなタンレン、ラウシャンがオレの息子になるのは嫌だし、あまつさえ父上などと呼ばれるのも嫌だ……ああ、嫌だ。考えただけで意味もなく腹が立つ。これか?これがリューセーの言っていた世の父親の気持ちか?」

フェイワンがふるふると、肩を震わせながら訴えるのを、タンレンは笑いをこらえてふるふると、肩を震わせながら聞いていた。

「ああ、ああそうだな。恐らくそれぞれの父親によって、理由は様々だと思うが、共通して言えるのはたぶん『面白くない』という不愉快な気持ちだろう。お前のそれは確かに、リューセー様の言う世の父親の気持ちだ」

タンレンが頷いたので、フェイワンは眉間にしわを寄せて右手で額を押さえながら大きな溜息をついた。

「謎が解明しても少しも嬉しくない。むしろ余計に腹立たしい」

フェイワンが苦々しく言うので、タンレンはクククッと笑う。

「笑うな！　他人事だと思って！」

「ああ、他人事だよ」

「タンレン！」

今日の執務室は実ににぎやかだった。


龍聖は、その日の夕方、いつもよりも少し早い時間にフェイワンが帰ってきたので、少しばかり驚いた。早く帰ったことに驚いたのではなく、とても不機嫌そうな顔をして帰り、龍聖へのただいまの挨拶もどこか気もそぞろで、着替えてそのまま書斎にこもってしまったので、少し驚いたのだ。

こういうフェイワンは珍しい。

仕事でどんなに嫌なことがあっても、私室にまでは持ち込まない。それがフェイワンの自分ルールだ。もちろん隠していても龍聖にはバレるのだが、あからさまに態度や顔には絶対出さない。

そして気づいた龍聖が、優しく宥めて癒やしてくれる。それがいつものやり取りだ。

しかしフェイワンは、ものすごい不機嫌さを全身にまとって帰ってきて、書斎にこもってしまったのだ。龍聖に宥めてもらうつもりはないということだろうか？　本当にこんなことは初めてだ。

龍聖はとりあえず何事もなかったかのように、アイファの世話を続けた。

マウリがとても困惑した様子で、書斎の扉を気にして見ている。

「マウリ、放っておきなさい」

「ですがリューセー様……」

「フェイワンがかまってほしいのならば、そこのソファに不機嫌そうに座って、うだうだし始めるところですが、書斎に……扉まで閉めてこもったということは、放っておいてほしいのですよ」

龍聖はそう言いながらアイファを抱いて寝かしつけている。しばらくしてアイファが眠ったので、乳母に預けて、他の子供達を呼ぶように告げた。

「そろそろ夕食にしましょう」

マウリは龍聖の言葉に頷き、侍女達に指示を出して夕食の準備を始めた。

「かあ様！」

乳母に連れられて小さな子達が部屋に入ってきた。第三王女のナーファと第三王子のフォウライだ。フォウライが元気に駆けてきて、ぴょんっと飛んで龍聖に抱きついた。龍聖はそれを上手に受け止めて抱き上げる。

「フォウライ、今日は午後から何をしていたんだい？」

小さな子達は、毎日午前中に一刻ほど龍聖とともに中庭を散歩する。その後龍聖や兄弟達と一緒に昼食をとって、午後はそれぞれ子供だけで遊んだり、勉強をしたりして過ごす。

フォウライは現在二十六歳で、外見的には五歳児くらいだ。黄緑色の柔らかそうなふわふわの髪を、龍聖は優しく撫でた。

「ナーファねえさまと遊んだり、シィンワンにいさまにご本を読んでもらったりしたの」

「そう、楽しかったかい？」

「楽しかった！」

フォウライは元気に返事をした。龍聖はクスクスと笑いながら、側に来たナーファの頭を撫でる。

「ナーファ、いつもフォウライの相手をしてくれてありがとう」

ナーファは少し照れたように赤くなって頷いた。

続いて上の四人シィンワン、シェンファ、インファ、ヨウチェンも次々と現れた。龍聖は子供達の顔を確認して微笑む。

「全員揃ったね。じゃあ食事にしようか……みんな先に座ってて」

龍聖は抱いていたフォウライをインファに渡して、書斎の方へ歩いていった。扉をノックして中の様子を窺う。

「フェイワン？」

声をかけながらそっと扉を開けた。中を覗き込むと、椅子に座ったフェイワンが、こちらに背を向けたままだ。

「これからみんなで夕食ですが、フェイワンはどうなさいますか？」

「すぐに行く」

少々ぶっきらぼうな言い方だが、ちゃんと返事は返ってきたので、龍聖は安堵して微笑んだ。

「じゃあ、テーブルについて待っていますね」

声をかけてそっと扉を閉めた。まだご機嫌斜めなようだが、たぶん大丈夫だろう。食事が終わる頃には、龍聖に愚痴を言うくらいには機嫌が直りそうだ。

龍聖はそんなことを考えながら、子供達の待つテーブルへ戻った。

「父上はお戻りだったのですか?」

龍聖が戻ってくると、シィンワンがそう尋ねてきた。他の子供達も驚いたように書斎の方へ視線を向けている。驚いているのは、恐らくフェイワンが帰ってきているにもかかわらず、子供達の前に姿を見せていないからだ。

いつものフェイワンならは、早く仕事が終わったならば、子供達を笑顔で迎えてくれていた。だから子供達はこの部屋に入ってきた時、てっきりまだフェイワンは仕事中なのかと思ったのだ。

王様は忙しい。夕食を一緒に食べられないことはしばしばある。

「うん、まだちょっと調べ物があるみたいで、書斎にいるんだよ。もう来るから大丈夫だよ」

龍聖は椅子に座りながら子供達に説明をした。みんなフェイワンが来るのを大人しく待っている。

一番小さなフォウライもだ。

『本当にうちの子達はお行儀が良いよね。まあ王子様やお姫様だから当然なのかもしれないけれど』

龍聖は子供達を眺めながら、ニコニコと微笑んでいる。

少しして書斎の扉が開きフェイワンが現れた。

「みんな、待たせて悪いな」

フェイワンはいつもと変わらない様子で、にこやかに子供達に向かってそう言いながらやってきた。通りすがりに龍聖の頬に口づけをして、自分の席に座る。

「では食事をしよう」

「いただきます」

龍聖が両手を合わせてそう言うと、子供達もそれに倣って「いただきます」と言った。

もちろんエルマーン王国でも、この世界のどの国でも、こんな食事前の習慣はない。龍聖がついついやってしまうので、みんなが真似をしているだけだ。

最初は龍聖もこの習慣は止めようと思っていたのだが、フェイワンは別にかまわないというし、自分でも食事前に何も言わずに食べ始めるというのが、どうにも気持ち悪いので結局止められずに続けている。

しかし子供達が誤解したらいけないので、これは大和の国での習慣であり、この国のマナーではないということ、他国では決してやってはいけないということを、きちんと教えていた。

食事をしながら、フェイワンが子供達一人一人に話しかけている。その様子を見ながら『さすがだな』と龍聖は思った。

不機嫌な気配など微塵も感じさせない。いつもの大らかで優しい父親だ。きっとフェイワンならば、この国に絶体絶命の危機が訪れるような時でさえ、子供達の前ではこうしていつもと変わらぬ顔が出来るだろう。

『見習わなきゃなぁ……シェンファの婚礼衣装のことで狼狽えて、フェイワンからかわいいなんて言われている場合じゃないな』

龍聖はそっと反省しつつも、顔には出さずに子供達の話に頷いたり、微笑み返したりした。

食事の後は、全員でソファに移動する。子供達はフェイワンの取り合いだ。膝の上はフォウライとナーファが占拠する。少し前ならヨウチェンがそこに参戦していたが、今は少しばかり反抗期気味だ。フェイワンと話はしたいのだが、頭を撫でられそうになると少し赤くなって、フェイワンの手から逃げる。子供扱いを嫌がって少し背伸びをしたい年頃なのだろう。シィンワンにはそんな時期がなかったので、これはこれで面白い。シェンファとインファは、フェイワンの隣に座って、二人で楽しげに話をしている。

向かいのソファに龍聖はシィンワンと並んで座って、そんなフェイワン達の様子を微笑ましく眺めていた。龍聖は両手でシィンワンの手を握っている。魂精タイムだ。

シィンワンはまだこうして手を握るのを嫌がらない。まあ魂精タイムはいわゆるシィンワンにとっての本当の食事タイムだ。嫌がる理由はないのだが、シィンワンの年頃を考えると、母親とこうして手を繋ぐのを恥ずかしがるはずなのだけれど……シィンワンには思春期はないのかな？　と、龍聖はじっとシィンワンをみつめる。

「母上、なんでしょうか？」

シィンワンが不思議そうな顔でみつめ返した。

『黙っているとフェイワンにそっくりなのに、中身が全然違うんだよなぁ……おっとりしているというか、のんきというか……反抗期も思春期も知らないって顔だもんね』

「母上？」

「ん？　いや、なんでもないよ。シィンワンも大きくなったなぁと思って見ていたんだ。フェイワンにどんどん似てくるね」

「そ、そうですか？」

フェイワンに似ていると言われたのが嬉しいらしくて、頬を染めて瞳をきらきらと輝かせている。

『かわいいな』

龍聖はクスリと笑った。

「背はもうオレと同じくらいだよね？　ほら、手の大きさも同じくらいだ。そのうち追い越されちゃうな」

龍聖は握っているシィンワンの手に、自分の掌を合わせるようにしてみせた。同じくらいの大きさだ。若干シィンワンの方が大きい気もするが、わざと少し手をずらして同じだと言い張ってみた。

「本当ですね」

シィンワンが嬉しそうに笑う。素直に喜ぶシィンワンを見て、龍聖はちょっと見栄を張ったことを反省した。

子供が六人もいるととてもにぎやかだ。一人一人の話を聞いて、それについてみんなでわいわい話しているとあっという間に、一時間も二時間も経ってしまう。

下の子達が眠くなってきた様子なので、今夜はもう寝なさいという形で、家族団らんはお開きとなった。

子供達一人一人とお休みの挨拶&ハグをして、みんなの額に口づけて、子供達は自分達の部屋へ帰っていった。

残されたフェイワンと龍聖は、無意識にほっと息を吐く。

マウリが二人のためにお茶を淹れ直して「今日はこれで休ませていただきます」とお辞儀をして去っていった。

侍女達も下がらせて、二人きりの時間になる。

ソファに並んで座り、龍聖は湯気の立つお茶をゆっくり飲んだ。

「何があったか聞いても良いのですか？」

龍聖はようやく不機嫌の理由を尋ねてみた。

「ああ……別に何があったというわけじゃない。ただようやくオレにも、リューセーの言っていたことの意味が分かっただけだ」

「オレの言っていたことの意味？」

「お前の言う通り、娘を嫁に出す父親として、大変不愉快な気分を味わってしまったというだけだ」

「へえ！」

少しばかりへそを曲げながら、フェイワンがぼやくように言ったので、龍聖は思わず嬉しそうに破顔しながらも、驚きの表情を作った。その龍聖の顔を見て、フェイワンは眉根を寄せる。

「別に無理に驚くふりをしなくてもいい。面白がっているだろう？」

「そんな！　いや、驚いていますよ。だって昨夜までは全然そんなこと言っていなかったのですから……面白がっているだなんて……これは嬉しいって顔なんですよ？」

「嬉しい？　なんで嬉しいんだ？」

「それは……」

ついつい流れで本音を漏らしてしまい、龍聖は言い逃れの言葉を探しながら笑って誤魔化した。

「誤魔化すな」

フェイワンが龍聖の腰をぐいっと抱き寄せる。龍聖はお茶をこぼしそうになって、慌ててテーブルの上にカップを置いた。

「フェイワン、それよりも聞いても良いですか？　父親として不愉快な気分になったというのは、何があったのです？」

「別に何もない」

フェイワンはチェッと舌打ちをした。

「ただ……タンレンに話をしたんだ。お前に言われたことを……世の父親とは本当にそういうものなのかってね」

「ふむふむ」

龍聖はフェイワンの腕の中で、興味深いという顔で頷いている。タンレンならばきっとフェイワンを開眼させる鋭い指摘をしてくれたのだろうと、期待に胸を膨らませた。

「それで？　タンレン様は何と言ったのです？」

龍聖が顔を輝かせて先を促すので、フェイワンは面白くないというように顔を歪めた。

「たとえ話をしてくれたんだ」

「たとえ話？」

「……ラウシャンが……オレの息子になるなら、私的な場所で何と呼ぶのだろうかって……」

龍聖はそれを聞いた瞬間、両目をカッと見開いた。龍聖の方が開眼させられた気分だ。なんと分かりやすく鋭い指摘なのだろうと思った。

『さすがタンレン様……オレが今まで色々と言った言葉よりも、ずばり的を射ている。多くを語らずとも、娘を嫁にやる父親の立場を分からせるとともに、フェイワンが一番嫌がりそうな事実に気づかせるための、たとえ話をしている』

龍聖は思わず感動を覚えていた。

「そ、それで？」

フェイワンは、なぜ龍聖が少し頬を上気させて、嬉しそうに目を輝かせているのだ？　と訝し気にみつめつつ、忌ま忌ましいという顔でぼやいた。

「それでも何も……そんなことを想像しただけで、不愉快さが頂点に達した気分になったよ。そもそもラウシャンがオレの息子になるなんて、そんなことがあって堪るか」

「いや、フェイワン、それは最初から分かっていたはずだよね？　え？　今まで分かっていなかったの？　シェンファの夫になるんだよ？　娘婿になるんだよ？　それは別に気にしないって言っていたじゃないですか」

龍聖は面白がりながらも、追及の手を緩めなかった。フェイワンは一瞬言葉に詰まった。子供のように唇を尖らせて情けない顔をした。

「そんなこと言われても……」

「分かっていなかったんですね？」

龍聖は少しいじわるが過ぎたかな？　と反省して、微笑みながら優しく尋ねた。するとフェイワンは、素直にコクリと頷く。龍聖はそんなフェイワンを、母親のような慈愛の表情でみつめて、よしよし頭を撫でて宥めた。

「フェイワンが寛容だったのは、愛するシェンファが結婚して幸せになるならば良いという思いからのものだったのですね。結婚相手としてラウシャン様は申し分がないし、シェンファもラウシャン様に夢中で、むしろ自分から求婚するほどだし……なぜそれを不愉快に感じるのか？　なぜ嫁にやりたくないなどとごねなければならないのか？　って不思議に思っていたのですね？」

「そうだ」

フェイワンは頷いた。

「だけどフェイワンは、娘婿が義理の息子だとは考えていなかった。もちろんその理屈は知っていても、自分のことに限っては考えていなかった」

「そうだ」

「そしてフェイワンは、ラウシャン様が自分の息子になるのだと知って驚愕した」

「そうだ」

フェイワンはみるみる不機嫌な顔に変わった。龍聖は笑みを漏らす。

「嫌なのですか？　ラウシャン様が息子になるのは」

「嫌……だろう？」

「オレは別に嫌ではないですけど」

龍聖がけろっとした顔で答えるので、フェイワンは眉間のしわを深くする。

「あのラウシャンが息子だぞ？　オレよりもずっと年寄りなんだぞ？」

「フェイワン、ラウシャン様の年齢については分かっていたことだし、シェンファの相手としての歳の差についていては、問題のない範囲だなんて言っていたじゃないですか。年寄りだからダメなのですか？」

「別にそういう……ラウシャンが年寄りだからダメとは言っていな……言っているけどそういう意味ではなくて……」

龍聖は混乱するフェイワンを、微笑ましく思ってニコニコと笑って見ている。フェイワンの手を握って宥めるように頰に口づけた。

「分かっていますよ。ただ理由もなく不愉快なんでしょ？　何がどうということではなくて」

「そ、そうだ」

フェイワンは少しだけ気を取り直した。

「息子という立場になるラウシャン様に、これからどう接したらいいか分からないのでしょう？　シィンワン達のようには扱えないと」

「そ、そうだ。そうだ」

フェイワンは大きく頷いた。

「ラウシャン様がもしも自分のことを『義父上』なんて呼んだ日には、悲鳴を上げそうなくらいに嫌だと想像したのでしょう？」

「そうだ！　その通りだ！　リューセー！　分かってくれるか？」

「分かります、分かりますよ。それがずっとオレの言っていた父親の複雑な心境なんですよ。娘の幸せは願いたいけれど、婿を家族として受け入れる不愉快さ……別に婿のことを嫌いではないのだけど、素直に受け入れられない気持ち」

「そうか……そういうことだったのだな。リューセー、よく分かった！」

フェイワンは龍聖の手を強く握り返した。龍聖はそんなフェイワンをみつめながら『かわいいな』と思って、はっと気が付いた。

『そうか……狼狽えるオレを見て、フェイワンがかわいいなんて言っていたのはこういう気持ちか……なるほどね』

フェイワンに抱きしめられて、額や頬に何度も口づけられながら、龍聖は納得がいった。

「フェイワン……そのことなんですけど」

「なんだ？」

フェイワンはキス攻撃の手を緩めない。恐らくやり場のないモヤモヤした気持ちを、龍聖への愛情表現で相殺しようとしているのだろう。

「ラウシャン様の方だって、たぶんフェイワンのことを『義父上』だなんて呼びたくないと思いますし、そういう部分は今まで通りで良いんじゃないですか？」

「そ、そうか？　ラウシャンは呼ばないか？」

「たぶん陛下って呼んでしまうだろうし、シェンファとか周りが強要しない限りは、自分から『義父上』なんて呼ばないと思います。でも家族団らんの私的な場面で、陛下というのは堅苦しいし、シェンファも嫌がると思うから、落としどころとしては『フェイワン様』で良いんじゃないかな？　と思います。そういう事態になったら、フェイワンの方からそう提案してみたら丸く収まりますよ」

「なるほど」

フェイワンは何度も頷いて、それは名案だと思ったらしく、表情がみるみる明るくなっていった。

「リューセーは本当に賢いな！　オレのことを本当によく分かっている。愛しているよ」

「フェイワンったら」

ぐりぐりと頬ずりされて、龍聖は笑いながら一件落着して良かったと思った。間違ってもフェイワンのように『かわいいなぁ』とフェイワンの狼狽える様子についての感想を呟かない。そんなことを言ったら、フェイワンがまた不機嫌になってしまうのは分かっているし、わざとそう言ってフェイワンの反応を見て楽しむような、子供じみたことをする歳でもない。

『でもラウシャン様の困った顔が見たいから、一度くらいは義母上って呼んでと言ってみようかな』

龍聖は怪しげな企みを心の奥にしまった。


それから二日後に、メイファンから面会の要請が来た。もちろん龍聖はふたつ返事で承諾して、その日のうちに会う時間を作った。

貴賓室に現れたのは、メイファンだけではなかった。後ろに二人の女性を伴っている。メイファンの妻リンシンと妹のマーメイだった。

リンシンは赤みがかった紫色、菖蒲色というのだろうか？　柔らかで温かい色合いの髪は、くるくると巻き毛になっていて、ポニーテールのように高い位置でひとつに結んでいるが、頭を動かすたびにふわふわと揺れて、綿菓子のようでそれだけでもかわいい。

メイファンとは歳が一回りも離れているので、確か百四十歳くらいだったと思う。それだと見た目は二十代後半くらいのはずだが、童顔のせいで幼く見える。シェンファよりも少し年上のはずなのに、同じ年くらいに見えた。

妹のマーメイは、メイファンと同じオレンジ系の髪だが、メイファンよりはずっと黄色に近い。オレンジと黄色の中間くらい……山吹色よりも少し赤みがかっている感じだ。サラサラのストレートヘアで、この日は両サイドの髪を緩く後ろで結んでいるだけで、結ったりなどはしていない。

少し釣り目がちな、パッチリとした大きな目は、メイファンによく似ている。凛とした印象の女性だ。こちらは見た目と同じく三十代前半の大人の女性という感じだ。

龍聖は、二人ともほとんど面識がなかった。一、二度挨拶を交わした程度だ。メイファンの婚礼に出席したかったが、身内でも上司でもないので、身分的に参列することが叶わず、話をする機会を逸してしまっている。

「メイファンの妻リンシンでございます。婚礼の際には過分なお祝いの品をいただき、誠にありがとうございました」

リンシンが優雅な仕草で淑女の挨拶をする。顔を上げて龍聖を見ることが出来ずに、ずっと視線を落としていて、その表情から、とても緊張していることが分かる。

「メイファンの妹のマーメイです。本日はお招きいただき光栄に存じます。兄同様、私に出来ることであれば、なんなりとお申し付けください。全力でお役に立ちたいと思います」

マーメイも優雅な仕草で淑女の挨拶をする。彼女もリンシンと同じように視線を落として、緊張しているようだ。

龍聖は二人をみつめて、応えるように軽く腰を落として礼を返した。

「来てくださってありがとうございます。無理を言ってしまったようで申し訳ありません。でもずっとお会いして話がしたかったので、本当に嬉しいです。メイファン、ありがとうございます」

「いえ、リューセー様のお気持ちを尊重して、無理強いはしておりません。ただリューセー様に伺った通りに、助けを求めていらっしゃると話したら、二人とも自分達で何か役立つことが出来ればと、私も驚くぐらいの熱意で言われてしまいまして……」

メイファンが苦笑しながら、そう龍聖に言ったので、二人は少し赤くなって、メイファンに抗議の視線を送った。だが龍聖の前なので、声に出すのは控えたようだ。

「それでは早速で申し訳ないのですけれど、くわしい話を聞いてもらっても良いですか？」

「はい、ぜひお聞かせください」

二人は視線を落としたまま、声を揃えて龍聖に答えた。

「リューセー様、それでは私はここで失礼させていただきます。リンシン、マーメイ、リューセー様に失礼がないようにね」

メイファンは、二人に声をかけた後、龍聖に頭を下げてその場を去っていった。

龍聖はメイファンを見送り、改めて二人に向き直った。

「メイファンも去ったことだし……場所を変えましょう」

龍聖は後ろに控えていた側近のマウリに指示を出して、二人を王妃の私室へ案内した。


「改めまして、ご協力をいただきましてありがとうございます」

王妃の私室にあるソファに向かい合わせで座った龍聖とリンシン、マーメイ三人の会合は、龍聖の改まった挨拶から始まった。二人はさっきよりもさらに緊張しているように見える。その上落ち着きもなく、辺りをチラチラと気にするように視線を動かしていた。

「えっと……なんだか先ほどよりも緊張して見えるのだけど、何か気になりますか？」

龍聖が緊張を解そうと、ニッコリ笑顔で話しかける。だが二人は、その龍聖の顔を直視出来ずに、頬を染めて俯いていた。

「リューセー様、恐らくこちらの部屋に入ったためだと思いますが……」

マウリがそっと耳打ちをした。

「え？　どういうこと？」

「リューセー様もご存じのはずです。この部屋は陛下やお子様方以外の方の入室は、基本的にはございません」

「え!?　他の人を入れるのは禁止だったの？」

龍聖の方が驚いて、少し大きな声を上げてしまった。龍聖は慌てて口を両手で塞いで、チラリと二人を見た。二人はなんとも居心地の悪そうな顔で、相変わらず俯いたままだ。

「禁止というわけではありません。過去にはそれ以外の方を、リューセー様が招いたこともあります。ただその場合も竜王の女性の身内……姉や妹などロンワンに限られています」

「でも禁止ではないんでしょ？　二人を入れても良いんだよね？」

「ダメならば、私もお止めいたします。前例がないだけです。ただなぜ二人が緊張なさっているのか？　という疑問についてお答えしただけです。普段は入れないものと思っている部屋に、お招きしたのでお二人が緊張されているのです」

龍聖とマウリは、ひそひそと話を続けた。そしてマウリの指摘に、ようやく龍聖は納得する。

「リンシンさん、マーメイさん、この部屋に二人をお招きしたのは、誰にも邪魔をされたくないからです。今まで身内以外をこの部屋に招いたことがないので、特別な部屋だと思われているかもしれませんが、ここは王妃の私室、すなわち私の私的なことに使う部屋です。ですからむしろ王妃とか家臣とか、そういう立場は抜きにして二人と話をしたいからこそだと……ご理解いただけると嬉しいです」

すべてを理解した龍聖は、二人を宥める方向に気持ちを切り替えて、明るく優しい口調を心がけて説明をした。

「お二人は私を助けてくださるのでしょう？　それでしたらそんなに堅くならずに、どうか私と遠慮なく話をしてください」

龍聖が一生懸命に二人を宥める横で、マウリがお茶の支度をしている。四人しかいない部屋は、王妃の私室らしく調度品も含めて、居心地のいい空間だった。先ほど通された貴賓室よりも、ずっと堅苦しさがない。

マーメイがようやく顔を上げて、龍聖と視線が合った。龍聖が微笑むと、マーメイは驚いたように目を見開いて、すぐに頬を上気させた。

「どうしました？　そんな驚いた顔をして」

龍聖がそう言ってクスクスと笑うので、マーメイはみるみる耳まで赤くなった。

「あ、いえ、し、失礼をいたしました。あの……兄が話していた通りだったので、少し驚いてしまって……」

「メイファンが話していた通り？　何に驚いたのですか？」

龍聖が興味を持って、更に尋ねた。マーメイはもう俯くことはなく、上気した顔でがんばって話をする。

「兄からは……昔からずっとリューセー様について、色々な話を聞かされていました。兄が話すのはリューセー様の自慢ばかりで……もちろん私達の聖人であるリューセー様の近くでお仕えすることが出来れば、自慢話になるのは当然だと思うのですが……ただ時々、それは兄の妄想か作り話ではないか？　と思うことがあって……」

マーメイが一生懸命に話していると、マウリがテーブルの上にお茶を置いたので、マーメイは一度話を止めて、マウリに向かって会釈をした。

「お話の邪魔をしてしまい申し訳ありません」

マウリが謝罪して、そのまま部屋の隅に移動した。

「どうぞ、気にせずに続けてください。メイファンの妄想？　気になります」

リューセーが笑いながら先を促したので、マーメイは気を取り直して話を続けた。

「はい、兄は……リューセー様は、本当に気取ったところがなく、いつも屈託のない笑顔を、家臣ばかりか侍女や兵士相手にも向けられる。リューセー様の笑顔は、皆を幸せにする。そんなことをよく言っています。私にはそれが信じられなくて……私のような者でも、家族以外の人の前で破顔することは絶対にしませんから、リューセー様がそんな満面の笑顔を、兄に見せるはずはないと……それで、今初めてリューセー様の間近で、とても明るい笑顔を拝見して……驚いてしまったのです」

「え⁉」

龍聖はマーメイから言われて、思わず自分の頬を両手で覆った。振り返ってマウリを見ると、マウリは少し困ったような顔で微笑んでいる。

「それって……やっぱり社交的なマナーが悪いってことだよね？」

ぽつりと龍聖が呟いたので、マーメイの顔色がみるみる悪くなっていった。それを見た龍聖も、ひどく慌て始める。

「あ、ごめん！　違う！　別にマーメイさんを咎めたつもりはないよ！　あ、違う違う！　そういうつもりはなくて！　オレは元々そういう礼儀作法とか、気品とか、王妃たるものはとか、全然ない人ですから！　ね！　気にしないで！　誰の前でもゲラゲラと声を上げて笑っちゃう人だから！」

「リューセー様、落ち着いてください。言葉が乱れておいでですよ」

マウリから注意されて、さらに龍聖は慌てる。

「ごめん！　さっきまではあれでも十分気取っていたつもりなんだよ……もう乱れちゃったし、この部屋の中だから直すのは諦めるけど……普段は自分のこと『オレ』って言っちゃうし、言葉もこんな風に砕けるから、どうか許してください」

龍聖は両手を合わせて、二人に謝罪した。二人は目を丸くして、そんな龍聖をみつめたまま固まっている。

「もしかして……幻滅した？」

龍聖が恐る恐る尋ねると、二人は我に返り慌てて首を横に激しく振った。

「とんでもありません！　良いと思います！」

「むしろ安心いたしました！」

二人は同時にそんなことを言っていた。そして互いに自分の言ってしまった言葉に赤面し、両手で顔を覆っている。

「失礼いたしました」

二人は顔を隠したまま消え入るような声で謝罪した。

「いや、良いよ。良かった。これで緊張は解けたかな？　オレの顔を見て話せますか？」

龍聖は安堵の表情で二人に話しかけた。二人は赤面しながらも、龍聖をみつめることが出来た。

「は、はい」

「うん、それではオレがお願いしたいことについて、くわしく話しても良いですか？」

「お、お願いいたします」

ぎこちないながらもようやく本題に入ることが出来て、龍聖は心の中でほっと息を吐いた。改めて龍聖が頼みたかった婚礼衣装の図案を描くための手助けをお願いする。

普段のドレスと婚礼衣装の違いについて、今の流行りなどはあるか？　という疑問について、これは必要だという鉄板の模様や装飾はあるのか……など、龍聖が分からないと思っていることを、一通り質問した。

二人は何度も頷きながら、龍聖の話を聞いている。説明が終わったところで、龍聖はお茶を飲んで一息ついた。

「一気に捲し立ててしまったけど、いかがですか？　オレの知りたいことは分かっていただけましたか？」

「はい、分かりました」

二人は同時に頷いた。

「リューセー様、今の質問にお答えする前に、見ていただきたいものがあるのですが、少しだけお待ちいただけますか？」

「ん？　ええ、もちろんです」

龍聖が頷くと、二人は立ち上がり一度会釈をしてからその場を離れた。扉を開けて廊下へ顔を出し、誰かを呼んでいるようだ。

「リューセー様、私達の侍女を部屋の中に入れてもよろしいですか？」

「はい、結構ですよ」

龍聖は二人に快く答えて、マウリに手伝うように声をかけた。

マウリが部屋の外へ出て、廊下にいるらしいリンシン達の侍女と何か話をしている。少しの間の後、扉が大きく開かれて、侍女が四人入ってきた。手には大きな荷物を抱えている。部屋の少し手前辺りに荷物を下ろし、何かを組み立て始めた。木の棒を組み合わせて完成させた物は、どうやらトルソーっぽい。侍女達は慣れた手つきで、組み立てたトルソーにドレスを着せ始めた。

「わあ」

龍聖は思わず感嘆の声を漏らした。目の前に、二着の婚礼衣装が飾られたからだ。

侍女達は一礼して、そのまま部屋の外に去っていった。

「こちらは私が着用した婚礼衣装です」

リンシンが左側の衣装を指しながら説明した。

「こちらは私が着用した婚礼衣装です」

マーメイが右側の衣装を指しながら説明をした。

「へえ……すごいですね。近くで見ても良いですか？」

「もちろんです」

二人の了承を得たので、龍聖は近くに寄ってまじまじと眺めた。さすがは婚礼衣装というか、やはり普通のドレスとは大分違う印象を持った。

それぞれのドレスの横に立つリンシンとマーメイが着ているドレスを比較対象にして、細かいところまで見比べる。

「ベースの……この大本のドレスは、切り替えが腰ではなくて胸の下にあるんですね」

「はい、ドレープを美しく見せるために、高い位置から切り替えています。裾も床にたっぷりと着くほどの長さがあります。歩くときは裾を持ち上げて歩きます」

マーメイが丁寧に細部まで見せて説明してくれた。

「リンシンさんのドレスは少し形が違うのですね」

龍聖がリンシンのドレスにも目を向けた。

「はい、私は背があまり高くないので……私のように小柄な者に人気の形なのです」

リンシンは少し恥ずかしそうに頬を染めて説明をした。

龍聖はふたつのドレスを見比べる。

どちらもハイウェストなのは同じだ。マーメイのドレスの方は、胸の下辺りで切り替えが入り、裾の長いたっぷりとしたスカート部分が、体の線に合わせて優美なドレープを作っている。一見シンプルだが大人っぽい感じだ。

一方のリンシンのドレスの方は、同じように胸の下に切り替えが入り、そこを帯で結ばれていてそこから下は、たくさんのプリーツでふわりと膨らんでいるように見せているため、体の線はまったく分からない。かわいらしい印象だ。

『どっちも向こうの世界で見たことあるぞ。マーメイさんのドレスは、ナポレオンの奥方のジョセフィーヌが着ていたドレスに似ている。リンシンさんのドレスは、ジュリエットだ。昔の映画のジュリエットのドレス……あれはルネサンス期のヨーロッパだっけ？　ふむふむ、やっぱりこういうのって世界共通なのかなぁ？　あ、異世界共通か』

龍聖は興味深いというように、瞳を輝かせながら二人に色々な質問をして、ドレスについて理解を深めていった。

龍聖はその後も何度か二人に来てもらい、相談に乗ってもらった。龍聖にはまだ小さな子供達がいるため、一日のうち王妃の私室にこもれる時間が限られているからだ。途中でシェンファにも図案を見てもらい、希望を聞きつつ婚礼衣装のデザインを完成させていった。

そんなある日のこと、王妃の私室でリンシンとマーメイの二人とともに、衣装デザインの最終調整をしているところへ来客があった。

部屋を訪れたのはインファだった。インファは、リンシン達に向かって、丁寧にお辞儀をした。

「お母様、来客中のところをお邪魔して申し訳ありません。実はどうしてもお願いしたいことがあって参りました」

リンシン達を意識して、とても丁寧な言葉遣いでそう話すインファに、龍聖は微笑みながら頷いた。

「なんだい？　言ってごらん」

「はい、実は……お姉様の婚礼衣装の製作に、少しばかり私も加わらせていただきたいのです」

インファはとても真剣な様子でそう言った。龍聖は思いがけない言葉に、驚いて返事に躊躇した。

「えっと……製作に加わりたいというのはどういうこと？」

「お姉様から聞きました。婚礼衣装の図案を、お母様にお願いしたと……それで先日から度々こちらの部屋で、お母様が他のご婦人方を招いて、図案を考えていらっしゃるらしいと聞いて……今ならお願い出来るのではないかと思ったんです。私、お姉様の婚礼衣装に、刺繍を施したいのです」

インファの言葉を聞いて、ようやく龍聖はすべてを理解した。確かにこのデザインを龍聖が考えるということについては、シェンファ本人からの依頼なので、サプライズ企画というわけではない。シェンファが仲の良い妹のインファに、このことを打ち明けていても不思議ではなかった。

王妃の私室でこそこそとやっていたので、ついつい自分で勘違いしてしまい、インファから言われた時『どこからバレたの？』と思ってしまって驚いたのだ。

「それは別にかまわないけれど、シェンファにそう言ってあるの？」

「いいえ、お姉様には内緒です」

インファが恥ずかしそうに上目遣いで言った。龍聖は首を傾げる。

「シェンファの了解を得ていないのかい？」

「ダメですか？」

「ダメっていうか……」

龍聖は再び驚いてしまった。というより困惑しているという方が正しい。龍聖が取り組んでいるデザインの作業は決してサプライズではない。花嫁本人からの依頼だ。途中のデザイン画も見せていて、シェンファの要望も聞いた上で、現在は最終調整段階だ。だがインファの申し出はサプライズのようだ。

『あれ？　これはサプライズじゃないけど、結果的にサプライズになるように、協力してほしいってことだよね？』

「決してお母様が考えた図案を邪魔するつもりはありません。元々刺繍をする予定の部分があれば、それを私が刺したいと思っているんです」

困惑したまま黙ってしまった龍聖の様子を見て、反対されると思ったのか、インファは慌てた様子で早口にそう捲し立てた。

リンシンとマーメイは、二人のやり取りを黙ってじっと見守っている。親子の話に、口出ししてはいけないと思っていた。

「えっと、あっ、ごめん。うん、大丈夫だよ。別に反対するつもりはないから、ちょっと突然の話で混乱しちゃっただけで……インファの刺繍の腕は知っているし、シェンファが知ったらきっと喜ぶと思うよ」

龍聖は笑顔でなんとか取り繕った。

「お姉様には当日まで内緒にしたいのです」

インファは申し訳なさそうに言う。『お願い！』というような強い眼差しに、龍聖は笑顔のままで何度も頷いた。

「うん、別に良いよ。シェンファには言わないよ」

龍聖はインファを宥めるように言った。

それまで黙って見守っていたリンシン達も、円満解決に安堵したようだ。龍聖の描いた図案をインファに見せながら、どの部分にどのような刺繍を入れるつもりかを、龍聖の代わりに説明してくれた。

インファはそれを持ってきた手帳に、細かく描き写している。そんなインファの様子を、龍聖は微笑ましくみつめていた。

『サプライズじゃないけど実はサプライズ』

龍聖は笑顔のままでそんなことを考えていた。


その日の午後、アイファの世話をしていた龍聖の下に、シィンワンがやってきた。この時間は、剣術の稽古では？　と思いながら、わざわざ龍聖の下へ来たということは、何か相談でもあるのだろうと、心の準備をした。

「母上、少しよろしいですか？」

「うん、いいよ。なんだい？」

龍聖は普段と変わらない様子で返事をした。するとシィンワンは、辺りをキョロキョロと見回して、ソファに座る龍聖の隣にそっとくっついて座った。

「母上、実はご相談があるのですけど」

「なんだい？」

随分改まった言い方に、龍聖は心の準備をさらに強化した。

「母上は……姉上のために婚礼衣装の図案を描いていらっしゃるのですよね？」

「う、うん、そうだけど」

『え？　またサプライズの予感……』

龍聖はごくりと唾を飲み込んだ。シィンワンがとても真剣な表情をしている。

「私も姉上のために何かしたいのですけど、何か出来ることはありませんか？」

『え？　計画まで丸投げなの？　ノープラン？』

龍聖は驚いて目を丸くした。じっと目の前の我が子をみつめる。シィンワンは真剣な眼差しを龍聖に向けて、じっと返事を待っていた。その意気込みだけは伝わってくる。

『ま、まあ……そんなもんだよね。高校生男子ぐらいだものね、シィンワンは……それも学校などに通っているわけではない王子様が、女性のことなど分かるわけないし、結婚祝いに何をあげればいいかなんて分からないか』

龍聖はそう考えたら、とてもほんわかした気持ちになった。

「そうだね、なんだったら出来るかな？　シィンワンはシェンファには内緒でしたいのかい？」

龍聖の問いにシィンワンは少し赤くなった。

「そうですね……そのう……何が出来るか分からないのに、先に姉上に期待をさせてしまうと申し訳ないので……でもお祝いをしたいのです。それで出来ればヨウチェンも一緒に出来ると良いのではないかと思っています」

「ヨウチェンもやりたいと言っていたのかい？」

「いいえ、まだ聞いていませんが、でも聞いたらきっとやりたいと言うと思います。私もヨウチェンも男だし子供だから、こういう時に女性に何を贈ればいいのか分からないのですが、姉上を祝いたいという気持ちは強いのです」

シィンワンが恥ずかしそうにしながらも、一生懸命に言う顔を見て、龍聖はとても嬉しい気持ちになった。

腕の中のアイファをみつめて考える。

『そうするとうちの子達では、ナーファまでがぎりぎり内緒が出来る感じかなぁ……でもアイファは除外するにしても、フォウライはのけ者にしちゃうとかわいそうかな？』

「母上？」

龍聖が黙ったままなので、シィンワンは不思議そうに首を傾げた。

「あ、ごめん、ごめん……そうだね。今すぐには思いつかないけど、きっといい案があると思うから、少し待っていてくれる？」

龍聖が笑顔で優しく答えると、シィンワンは安堵したように表情を緩めた。

「よろしくお願いします」

シィンワンはペコリと頭を下げて、アイファの頬を指でつついて、笑いながら剣術の訓練へ出かけていった。

「タンレン、ちょっといいか」

廊下を歩いていたタンレンは、ラウシャンから呼び止められた。ラウシャンが不機嫌そうな顔で、くいっと手招きするのでそのままラウシャンの執務室へ立ち寄った。

「いかがされましたか？」

執務室に入るなり、タンレンがそう問いかけたが、ラウシャンは無言のまま部屋の中央に置かれたソファまで移動して、どさりと腰を下ろした。それは座ってじっくり話があるという意思表示だろうと理解して、タンレンも後に続いてラウシャンの向かいに腰を下ろした。

「忙しかったかな？」

「いえ、今は特に急ぎの用件はないのでかまいませんよ」

タンレンは苦笑して首を振った。ここまで強引に誘っておいて、今さらだろうと思ったのだが、ラウシャンとは長い付き合いだ。すでに最初に声をかけられた時点から分かっていたことだ。

タンレンも急ぎの用件があればあの場で断っていたし、ラウシャンもそれを承知の上でのことだった。

「何か問題でもありましたか？」

ラウシャンは大抵のことは自分で解決するが、タンレンに相談する時は一人で判断するのは避けた方が良いという案件か、もしくはラウシャン的に面倒くさいと思う案件の時だ。まあこんな顔をしている時は、大方後者なのだろうけれど……とタンレンは思いながらも顔には出さない。

「最近の陛下は、少し様子がおかしいと思わないか？」

ラウシャンの第一声に『ああ、そっちか』とタンレンは安堵した。それならば原因は分かっているし、それほど面倒くさい案件ではないからだ。主にタンレンにとっては……の話だが……。

タンレンは右手で口元を隠して、難しい表情を作って考え込むような素振りをしながら、笑いが漏れそうになるのを誤魔化した。

「陛下の……ですかぁ」

「ああ、時々とても鋭い視線を向けてきたり、そうかと思えばとても悩んでいるような迷いのある眼差しを向けてきたり……何か言いたげなのだが、私と目が合うと視線をそらすのだ。それは私に対してだけなのか、君にもそうなのか……君にもそうなのだとしたら、何か政務についてお困りのことがあるのではないかと思ってな」

ラウシャンが眉根を寄せながら、真剣にそう語るので、タンレンは必死に笑いをこらえながら聞いていた。

『まったくフェイワンも、ラウシャン様も、独身のオレを巻き込んでくれるなよ……と言いたいところだが、ロンワンでそういう相談が出来るのがオレくらいしかいないから、仕方がないか……いや、弟のシェンレンは結婚しているんだけどな』

タンレンは心の中だけで溜息をついた。

「オレにはそんな素振りは見せないのですけどね」

タンレンが、初めて聞いたという顔で、しれっとそう返した。するとラウシャンの眉間のしわが深くなる。

「ではやはり……私に対して何かあるのか……」

深刻に捉えるラウシャンの様子を見て『これは本気で分かっていないな』と、タンレンは心の中で二度目の溜息をついた。

「ラウシャン様、それはもしかするとあれではないですか?」

「あれ……とは?」

タンレンは出来る限り、軽く自然な感じで手がかりを提供することにした。ラウシャンの方は、難しい顔のままだ。

「お分かりでしょう？　この時期で、陛下がラウシャン様だけに、そんな態度をなさるのだとしたら、あれです……花嫁の父の心境……ですよ」

少しもったいぶって言ったら、ラウシャンは一瞬驚いたように目を大きく開き、すぐに目を細めてなんとも複雑そうな表情に変わった。

「陛下が……花嫁の父の心境……ですか」

「まあ、陛下はお二人の婚姻については、一切反対はしていなかったし、シェンファ様のお気持ちも理解していて、むしろ良い縁組みだと思っておいでです。だけど婚礼まで半年を切って、色々と私的に思うことがあるのではないですか？」

「私的に思うこと？」

ラウシャンはまだ少し分かっていないようだ。真面目な顔で首を捻っている。

「まあ……たとえば……大叔父であるラウシャン様が、自分の息子という立場になるのは、色々と複雑なのではないでしょうか？」

タンレンが示した答えは、ラウシャンがまったく思いもよらなかったもののようで、珍しく目を丸くして言葉を失っている。眉間のしわは取れていた。

「もちろん難しい思惑はなく……単純にラウシャン様から『義父』と呼ばれてしまうのかという戦々恐々としたものではないかと思いますよ」

「ハッ」

ラウシャンは短く息を吐いた。少しばかり声を張ったので、息というよりも呻きか笑いか？　タンレンは一瞬そう思ったが、目の前のラウシャンは、元の少し不機嫌な顔に戻っていた。いや、不機嫌そうに見えるのは通常運転で決して不機嫌なわけではない。

「シェンファ様との婚姻によって、確かに私の立場はそうなるが、陛下を『義父』と呼ぶつもりはない。私の家臣としての立場は変わらぬつもりだし、呼び方も変わることはない。陛下の取り越し苦労だ」

「まあ、そう言われずとも……もちろん公の席で、ラウシャン様が陛下に対してそのような態度を取ることなどはありえないと思いますが、私的な場所では別でしょう。家族団らんの場で『陛下』と呼ぶのはあまりにも無粋……言ったでしょう？　フェイワンのあれは単に『花嫁の父』としての複雑な心境から来るものだ。別に本気で貴方を義理の息子と思いたくないなどというわけではない。とは言ってもお互いに、改まって呼び方を変えるのも気まずいでしょう。『フェイワン様』でよろしいのではないですか？」

タンレンはラウシャンを宥めつつも、言っている言葉に既視感を覚えていた。

「うむ……」

ラウシャンは小さく唸るように返事をして頷いた。その顔は満更でもないようなので、タンレンは安堵して笑った。

マウリも侍女達も下がり、二人きりになったところで、フェイワンは待ちきれなかったとばかりに、ソファに座る龍聖をひょいっと抱え上げて、自分の膝の上に載せた。

「フェイワン！」

龍聖は驚いて、思わず少しジタバタとしてしまった。フェイワンは龍聖の反応を気にも留めず、ニヤリと笑って龍聖をぎゅうっと強く抱きしめて、頬や額に何度か口づけた後、愛しさを込めぐりぐりと頬ずりをした。

「もう！　いきなりなんですか？」

口調は怒っている風だが、声音も顔もまったく怒っていない龍聖が、一応咎める。

「何か悩みがあるのだろう？　ずーっと考え込んでいるから、ちょっと気を紛らわせてやろうとしたんだ。いや、それよりもオレのことで頭をいっぱいにしてやろうという思いが強いかな」

フェイワンは鼻先が触れるほどの距離に顔を近づけて、挑発的な眼差しでみつめながらニヤリと笑って言った。龍聖は呆気にとられつつも、すぐに破顔してフェイワンの唇に軽く口づける。

「さすが竜王様……隠しごとは出来ませんね。というか別に隠しごとではないんですけど」

龍聖はクスクスと笑ってもう一度口づけた。フェイワンも口づけを返して、甘い眼差しを向ける。

「じゃあオレも一緒に考えようか？」

「そうですね、そうしてもらえると嬉しいかも」

「それで？」

「インファが午前中、オレのところに来てシェンファの婚礼衣装に、刺繍を施したいと言ってきたのです。インファなりに、シェンファをお祝いしたいみたいで……もちろんオレは嬉しかったから承諾しました。これはシェンファには内緒です」

龍聖が最後に注意事項のように言ったので、フェイワンは真顔で頷いた。

「それから午後にはシィンワンが来て、自分もシェンファに何か贈り物をしたいと言いました。でも何が出来るのかが分からないので、オレに考えてほしいという相談です。そして可能であれば、ヨウチェンも仲間に入れてほしいと……これもシェンファには内緒です」

再び釘を刺したので、フェイワンはまた真顔で頷いた。

「そういうわけで、何が良いか考えていました。まったく思いつきがないわけではないですけど……果たしてシィンワンとヨウチェンの二人に出来るのかな？　という心配がひとつ、それと他の子達……ナーファやフォウライを仲間に入れてあげないとかわいそうかな？　というのも心配のひとつ。アイファはまだ赤ちゃんだから問題ないと思いますけど……」

「待て、待て……オレは？　そこまでみんながシェンファの婚礼祝いを考えているのに、オレは仲間外れで良いのか？」

急にフェイワンが焦ったように言い出した。その顔が何とも情けなくて、子供みたいだったので、龍聖は思わず笑っていた。

「別に仲間外れにするつもりはありませんよ。だからこうして一緒に考えましょうって言おうと思ったのです」

「考えるだけではなく、オレも何かを贈りたいんだが」

フェイワンが拗ねたように言うので、龍聖はまた笑った。

「分かりました。じゃあフェイワンはシィンワン達のリーダーになってくださいね。シィンワンとヨウチェンの二人では少し心もとなかったのですが、貴方がリーダーになってくださるなら安心です」

龍聖が上機嫌で言うので、フェイワンは逆に少しばかり不安になった。

「オレは……何をすればいいんだ？」

「実は考えていたのが……コサージュ製作です」

「コサージュ？」

フェイワンは初めて聞く言葉に首を傾げた。

「はい、最初は生花でブーケとブートニアを作ろうかと考えたのですが、こちらの世界ではそういうものがないらしくて……。でも、エルマーン王国には過去の龍聖が持ち込んだ造花の技術が今も受け継がれていると聞いたので、ちょっとしたコサージュならば作れるのではないかな？　って考えました。造花ならばいつまでも残せるので思い出にもなるし、そんなに大きなものでなくても良いし……シィンワンもヨウチェンも手先は器用そうですから、フェイワンと三人でがんばれば大丈夫でしょう」

龍聖に期待を込めて言われて、フェイワンは微妙な顔をした。

「自信がないのですか？」

「いや、別にそういうわけではないが……花など作ったことがないからな」

「歴史書には、ルイワン陛下が龍聖と二人で、造花の花飾りを作ったという記述がありましたよ？」

龍聖からそう言われると、フェイワンは何も言えなくなった。

「大丈夫です。ちゃんと指導してくれる人がいますし、まだ半年近くも時間はありますから、小さめのコサージュふたつくらいはなんとかなりますよ」

龍聖がニコニコと笑顔で、他人事のように軽く言ったが、フェイワンはムッと眉根を寄せた。

「ふたつ？」

「はい、花嫁と花婿の分ですからふたつです。特に花婿のコサージュはブートニアのような感じですから、とても小さいですよ？　花一輪とか二輪程度で……」

「ラ、ラウシャンにも贈るのか？　シェンファへの贈り物ではないのか？」

フェイワンはひどく動揺している。心外だという感じだった。それを見て、今度は龍聖が眉根を寄せた。

「これは対のものですよ。花嫁にだけあげるなんて……それに、ラウシャン様にはもう祝ってくださるお身内が誰も残っていないでしょう？　フェイワンは直系の身内に入るのですから、ラウシャン様のために少しくらい祝って差し上げても良くないですか？　ラウシャン様が気の毒です」

龍聖に責められて、フェイワンは言葉を失った。

「す、すまない。そういうつもりではなかった」

フェイワンが素直に謝ると、龍聖はすぐに笑顔に戻った。

「理解していただけて良かったです。じゃあ、そういうことで良いですね？」

「ナーファとフォウライはどうするのだ？」

「ナーファは秘密を守れると思うし、造花を作ることもできると思いますが、フォウライはまだ怪しくて……だから二人にはプレゼンターをしてもらうことにしました。えっと代表で二人に手渡す係です」

龍聖の提案に、フェイワンは納得したようだ。ただ、まだ造花を作ることに一抹の不安があるのか、うーんと考え込んでいる。その顔を、龍聖が両手で挟んで引き寄せて、優しく甘く口づけをした。フェイワンは流れのままに、口づけを返す。

唇が離れて、視線を交わして微笑み合った。

「ねえ、フェイワン。うちの子達はとてもいい子に育っていると思いませんか？　親馬鹿みたいですけど」

「もちろんオレもそう思っているが……なんだ？　今さら」

「だって誰かから言われるでもなく、インファもシィンワンも、それぞれが個々で考えて、純粋に姉を祝いたいと、オレに相談に来ました。オレはそれがすごく嬉しかったんです。それも何かを購入して贈るというのではなくて、自分の手で何かを作ったり、手伝いをしたりする方向で考えるなんて……どこの国の王子や姫でも、考えつかないことだと思いますし、何よりも心のこもった贈り物になると思うんです」

「それはお前の教育の賜物だろう」

フェイワンがなんだか自慢気な顔でそう言って、龍聖の頰に口づけた。

「オレの？」

龍聖は不思議そうに首を傾げる。

「我が国にはなかった誕生日を祝う習慣を始めたのはお前だろう？　それも高価な物を贈るのではなく、手作りのカードを作って贈ることを提案した。今までお前や子供達から貰ったカードは、どんな宝石よりも価値のある宝物だ。子供達もそう思っているから、大切な家族へのお祝いは、手ずから何かを作りたいと思うのだろう」

フェイワンに褒められて、龍聖は少し頰を染めて、照れ隠しに笑った。

「でもオレだけのせいでもないと思いますよ。フェイワンの人を思いやる気持ちを受け継いでいるのでしょう」

「親馬鹿だな」

「親馬鹿です」

二人は幸せそうに笑い合い、甘い口づけを交わした。


ラウシャンとシェンファの婚礼は、二人の望みにより身内だけで行われた。

現竜王の第一王女と先々代竜王の王弟の婚礼であれば、本来ならば国を挙げての式典として盛大に祝われるものだったが、二人ともそれを望まなかった。

しかし表向きは身内だけとしているものの、王城内ではシーフォン達が勝手に祝って盛り上がり、城下町も家々の軒先に花が飾られて、国民達は勝手に祝っていた。

シェンファ自身が布を織り、龍聖がデザインした婚礼衣装に身を包んだ花嫁は、とても美しかった。胸元や袖回りやドレスの裾に細かくあしらわれた刺繍が、すべてインファの手によるものだと打ち明けられて、シェンファは思わず涙し、フェイワンとシィンワンとヨウチェンが手作りしたというコサージュを、フォウライによって胸元に付けてもらった時には、皆が慌てるほどに号泣してしまった。

同じコサージュを、ナーファによって胸元に付けられたラウシャンは、なんともいえない……だが誰もが初めて見るような顔をしていた。

もちろん幸せそうな顔だ。

「ほら、シェンファ、竜達も祝いの歌を歌っているよ。泣いている場合じゃないよ」

龍聖がシェンファの涙をハンカチで拭いてやりながら、窓の外を指さした。空にはたくさんの竜達

が舞い、皆が歌を歌っていた。

龍聖に連れられて、シェンファはテラスへ出た。すると巨大な金色の竜が、すーっと近くを飛んで、尻尾を振りながら歌を歌った。

「ジンヨン……ありがとう」

シェンファは涙を浮かべながら呟いた。

「ジンヨンは何か言っているのかい？」

龍聖がシェンファに尋ねる。シェンファはフェイワンと同じく、竜達の言葉が分かるのだ。

「おめでとうとお祝いの歌を歌ってくれています」

「そう、良かったね」

するとジンヨンが場所を譲るように高く上空へ舞い上がり、代わりに三頭の竜がじゃれ合うようにして、テラスの近くに現れた。

一頭はラウシャンの竜ディーバンだった。ディーバンの上に、二頭の竜が口や脚に摑んでいた花を振りかけている。タンレンの竜スジュンと、メイファンの竜シャーチーホンだった。

ディーバンは、花だらけにされて少し迷惑そうな顔をしているが、歌を歌っているので不満ではないらしい。

シェンファがラウシャンの方を振り返り、幸せそうに笑っている。

龍聖はそっとシェンファから離れて、ラウシャンに託した。

「良い結婚式ですね」

「ああ、そうだな。もう一度お前と婚礼を挙げたくなったぞ」

フェイワンがそう言って笑いながら、龍聖を抱き寄せて頬に口づけた。

「それ、良いですね」

龍聖も笑いながらそう答えて、フェイワンの胸にもたれかかった。二人は自分達の婚礼を、昨日のことのように思い出しながら、その時以上の幸せを心から噛み締めた。

猛炎の竜

ランワン×八代目龍聖×フェイワン

第1章　君の笑顔が見たいから

午後の昼下がり、王の私室で昼食を食べる龍聖に付き合って、ランワンがお茶を飲みながら寛いでいた。

「リューセー、食事の後少しばかり私に付き合ってくれないだろうか？」

ふいにランワンがそう言ったので、龍聖は何をするのかと気にしながらも、コクリと頷いた。

「はい、ランワン様の仰せならばなんでもいたします」

真面目に答えた龍聖に、ランワンは微笑みながら手を振った。

「別に大した要件ではないんだよ。散歩に付き合ってほしいんだ」

「散歩……ですか？」

「ああ、婚礼の儀以来、私も色々と忙しくしていたし……君も勉強することが多くて忙しそうだったから、なかなか気にかけてあげられなかったけれど、城の中を案内していなかったと思ってね……ジョンシー、リューセーを連れて出ても良いだろうか？」

ランワンが、少し離れたところに立つジョンシーに声をかけた。

「もちろんでございます」

ジョンシーはニッコリ笑って頷いた。

実は、事前にランワンとは打ち合わせ済みの話だった。

最初にランワンが、ジョンシーを呼んで「リューセーがまったく部屋の外に出ないというのは本当か？」と尋ねたところから始まる。

ランワンはそのことを、人づてに聞いていた。侍女や兵士を介して耳に入ってきたのだ。婚姻の儀からひと月以上が経っているが、龍聖は一度も部屋の外に出ていなかった。

なぜかとジョンシーを問いただすと、ジョンシーは「リューセー様は、用もないのに城の中をうろつくなど出来ないと思っていらっしゃいます。城内にはたくさんのシーフォンの方々もいらっしゃいますし……そういう方々の目も気になさっているのではないかと」と答えた。

ランワンは、婚礼の儀以来リューセーがとても無理して、気を張って日々を送っているように見えて仕方なかった。ランワンに対しても、とても気を遣っている。無理して『王妃』を演じて、良き『夫婦』であろうとしている。そんな風に感じるのだ。

それは龍聖の性格的なものもあるだろうし、「なぜ外に出ないのか？」と口で言っても余計に龍聖を追いつめてしまうような気がしていた。

だから出来るだけ自然に、龍聖がこの世界や、城での暮らし、シーフォン達との関係などに慣れていけるように、なんとか手助けをしてやりたかった。

「散歩に行こう」

ランワンがニッコリ笑って言ったので、龍聖は戸惑いを浮かべながらも素直に頷いた。

ランワンは龍聖と、護衛の兵士達を伴って城の中を歩いた。

「本当は二人で散歩したいんだけど、護衛を断ることは出来ないんだ。すまない。でもあまり気にしなくていいからね」

龍聖が兵士達を気にしているようなので、ランワンがそっと囁いた。龍聖は困ったように少し頬を上気させて「はい」と小さく答える。

龍聖は初めてランワンと二人で、城の中を歩きながらとても緊張していた。正直なところ、あまり気乗りしなかった。自分の立場は、頭では理解していても『王妃』としての自覚がまったくない。よそ者で王の囲われ者の自分が、城の中を勝手に歩きまわるなど許されないと思い込んでいた。

未だに男でありながら王の慰み者である……という概念を払拭することが出来ない龍聖には、シーフォン達の視線が好奇ゆえのもののように感じてしまうのだ。

せめて王の子を懐妊すれば、自分の役目も果たせて少しは堂々と出来るのにと思っていた。だから部屋の外に出ることは、とても苦痛であったが、ランワンの誘いを断ることなど出来ない。

出来るだけ目立たないようにしようと、ランワンの陰に隠れるように、一歩退いてランワンに従って歩いた。

「リューセー、ここから中庭に出ることが出来るんだよ」

ランワンはそう言って、ガラス張りの扉を開けて、中庭に龍聖を連れ出した。

下生えの緑の柔らかな草に覆われた広々とした中庭に、龍聖は驚いたように目を丸くして、辺りを見回している。

「そこの林のようになっている樹々の向こうは、断崖絶壁だから行かないようにね。外からは誰も侵入出来ないから、ここは安全なんだよ」

ランワンの説明を聞きながら、龍聖が土の感触を確かめるように歩いている。その様子に、ランワンは少しばかり安堵した。

「リューセー、見てごらん。ああやって、時折ここでシーフォン達が剣術の訓練をしているんだ」

ランワンが促したので、龍聖はシーフォンの若者達が十人ほど、剣を交えている様子を眺めた。

「大和の国の剣術とは少し違うだろう？　教わったと思うけど、私達は人間を傷つけてはならないから、相手を攻撃するための剣術ではなく、相手の攻撃をかわすための剣術を学んでいるんだよ。私も時間のある時は、ここで一緒に剣術の訓練をするんだ」

ランワンは説明をしながら、シーフォン達の近くまで龍聖を連れていった。しばらく訓練の様子を見ていると、龍聖が瞳を輝かせて熱心に見入っていることに気づき、ランワンはとても満足そうに微笑んだ。

ランワンは腰の剣を抜いて、龍聖に差し出した。

「君も少し剣を振ってみないか？」

「わ、私などはそんな……」

龍聖が慌てて手と首を振って拒否したので、ランワンは笑いながら龍聖の手を握り、剣を無理矢理掴ませた。

「リューセーは大和の国で剣術をやっていたのだろう？　大和の国の剣とは形も違うし、とても重いから扱い辛いだろうけど、私が教えるから……気分転換になるよ」

ランワンは、龍聖の後ろに回り抱きしめるように、後ろから両手を回して龍聖の手を補助するように剣を構える形を教えた。

「こうして……こう剣を振って……こうするんだ」

剣術の型を丁寧に指導する。龍聖は戸惑いながらも、久しぶりに握る剣にひどく高揚していた。こちらの世界の剣は、日本の刀とは違い両刃で、刃の幅も広くてとても重かった。振り下ろすだけでも手に力が必要だったが、ランワンに補助されているのでそれほど負担には感じない。

「さすがリューセーは、姿勢が良いね。腰が入っているから、剣を勢い良く振っても体がブレない」

ランワンに褒められて、龍聖は頬を上気させながら、とても嬉しそうだった。すっかり緊張も解けて、剣を振ることに夢中になる。シーフォン達の視線も気にならなくなっていた。

龍聖は体を動かすことが楽しいし、剣を振ることも嬉しい。何よりランワンの優しさが嬉しかった。いつもこうして、龍聖を気遣ってくれる。自分はなにひとつ返せていないのに……。そんな風についつい思ってしまうのだが、ランワンの笑顔が眩しくて、すぐにそんな思いを忘れさせてもらえた。

そんな二人の仲睦まじい姿を、周りのシーフォン達はとても嬉しそうに眺めている。

「ははは……君の太刀筋が良いから、ついつい夢中で振ってしまったね。疲れただろう？　大丈夫かい？」

しばらく二人で仲良く剣を振っていたが、やがて息も上がってきたので、ランワンが笑いながら龍聖の体を解放した。龍聖も楽しそうに明るい表情で息を弾ませている。

ランワンが剣を腰の鞘にしまっていると、ふいに龍聖の手が伸びてきて、ランワンの額の汗を、龍聖が服の袖で拭ってくれた。

ランワンは嬉しそうに微笑み返して、龍聖の額の汗を同じように服の袖で拭ってやった。龍聖は驚いて目を丸くして、恥ずかしそうに目を伏せた。

「楽しんでくれたならば嬉しいんだけど」

「はい、とても楽しかったです。お心遣いありがとうございます」

「また、時間を作って来よう」

ランワンはそう言って、龍聖の肩を抱き寄せると、ゆっくり歩きだした。龍聖の笑顔が嬉しかった。こんなに喜んでもらえるならば、ぜひまた散歩に連れ出したいと思った。

今はまだ新王としての仕事が多く、外遊も多いためなかなか時間が作れずに、日々を仕事に忙殺されていて、龍聖を放っておいてしまっている。でもこれくらいのことで、龍聖のあんな明るい表情を見ることが出来るのならば、龍聖のためにもなんとかしたいと強く思った。

「また来よう」

ランワンは自分に言い聞かせるようにもう一度呟いた。

第2章　飛行訓練

城の最上階の一室で、深紅の髪の青年が難しい顔で本を読んでいた。まだ少し幼さの残る齢(よわい)八十五(外見年齢十六、七歳)の皇太子フェイワンだ。

「殿下、そろそろ休憩になさいませんか?」

あまりに根を詰めるフェイワンを案じて、養育係のウェンシュが困った顔で何度目かの声をかけた。

「え?」

フェイワンは驚いたように、本から顔を上げてウェンシュを見た。集中しすぎてウェンシュの声が届いていなかったのだ。その反応に、ウェンシュが溜息をつく。

「休憩しましょう」

ウェンシュはそう言って、フェイワンの手から本を取り上げてしまった。

「あ……あと少しで、今読んでる章が終わるのに……」

「何度もお声をかけましたが、殿下が集中しすぎていたので……もう二刻も経っているんですよ?」

ウェンシュは本を閉じながら、侍女を呼んでお茶の用意をさせた。

「え?　そんなに?」

「殿下、私の立場をお考えください。私は殿下に勉強を教えなければならないのに、二刻もぼんやりと何もせずに待たされていたのですよ?　少しずつ読み取って、ともに考察して学ぶのが正しい勉強の仕方です。そんなに一気に読まれて……難しくなかったのですか?」

「難しいよ。分からないことだらけだ。だけど面白くてついつい読みふけってしまったんだ。分からないところは後で聞こうと思っていた」

フェイワンは笑いながらそう言い訳をした。

「では休憩の後に、最初から考察をいたしましょう」

ウェンシュの提案に、フェイワンは苦笑しながら頷いて立ち上がった。うーんと唸りながら大きく背伸びをして、ゆっくりとテラスに向かって歩いた。

テラスに出て大きく深呼吸をする。外は気持ちが良いくらいに晴天だ。雲ひとつない青空を、竜達が飛びまわっている。

ふと、遙か上空からこちらに向かってくる存在に気が付いた。空を見上げると、一頭の竜がすごい速さで降下してきている。

「なんだ？」

フェイワンは、眩しい日差しを避けるように、額の上に右手を翳(かざ)しながら、頭上を見上げていた。頭を真下に向けて、急降下してきた竜は、城の近くまで来ると体を反転させて、翼を大きく広げてバサバサと激しく羽ばたき、速度を一気に緩めた。

「フェイワン！」

フェイワンの目の前まで降りてきた竜の背には、タンレンが立っていて嬉しそうに手を振っている。

「タンレン！　お前、どうしたん……タンレン！」

「わっわっうわあぁぁ！」

驚いたフェイワンが、タンレンに話しかけている途中で、タンレンの乗っていた竜は、バランスを崩して失速すると、そのまま下に落ちていった。

フェイワンはテラスから身を乗り出して、落ちていったタンレンを目で追いかけた。タンレンを乗せた竜は、何度も激しく翼を羽ばたかせながら、ふらふらと落ちていき、城の中庭に尻から墜落するのが見えた。

フェイワンは慌てて部屋の中に向かって駆けだした。

「先生！　すみません！　一大事なんで、今日の勉強は中止にしてください！」

フェイワンはそうウェンシュに向かって叫んで、返事も聞かないまま部屋を飛び出していった。残されたウェンシュは、ただ茫然と立ち尽くしていた。


「タンレン！」

フェイワンは中庭に向かった。転がり出るような勢いで中庭に出ると、前方にはまだタンレンの竜がいた。その周りを兵士や大人のシーフォン達が、取り囲んでいる。

フェイワンは真っ青な顔で、竜の側まで駆け寄った。すると竜の足下で、膝を抱えて座るタンレンの姿があった。

「タンレン！」

「フェイワン……」

タンレンは、駆け寄ってきたフェイワンを見て、一瞬驚いたように目を丸くした後、恥ずかしそうに照れ笑いをして頭をかいた。

「だ、大丈夫なのか？　怪我は？」

「大丈夫。ちょっとあちこちぶつけたから痛いけど、大きな傷はないよ。失敗しちゃった」

「殿下、愚息がご心配をおかけしました。今、こってりと説教をしていたところです」

頭上から低い声がしたので、フェイワンが見上げると、タンレンの父ダーハイが、呆れ顔で立っていた。

「いや……目の前でいきなり落っこちたからびっくりしたよ……タンレン、もう竜に乗って飛べるんだね」

フェイワンは安堵の息をつきながら、タンレンに向かってそう言うと、タンレンは頬を上気させながら頷いた。

「今日から飛行訓練を始めたんだ。それで一番高い所まで飛んでいったんだけど、フェイワンの姿が見えたから、嬉しくて……飛んでるところを見せたくてつい……いてっ」

ゴツンと音がするほど、タンレンの頭をダーハイが拳骨で殴ったので、フェイワンはとても驚いて、慌ててタンレンとダーハイの間に入って、タンレンを庇った。

「ダーハイ、暴力は良くない。タンレンは痛い思いをしているんだから、これ以上の制裁は必要ない」

フェイワンの抗議の言葉に、ダーハイは困ったように苦笑したが、すぐに真面目な顔をした。

「殿下、こいつはすぐ調子に乗るから、もっと痛い目に遭う必要があるのです。今日は飛行訓練の初日です。それなのにこんな無茶をして……飛行訓練というのは、乗っている人間のためのものではなく、半身の竜のためのものです。タンレンがまだ成人していないように、竜の方もまだ成体ではありません。これから色々な飛び方を覚えて、体を鍛えなければならないのです。あんな急降下をして、速度を制御出来るほどの翼力は、まだこの竜にはないのです。だから失速した。なんとか上手く中庭に落ちたから良いようなものの……あのまま地面に激突していたら、竜の方はともかくタンレンは死んでいたでしょう。人間の体は弱くて脆い。飛行訓練とは、竜の体を鍛えるとともに、半身として互いを上手く操縦し合って飛ぶための訓練なのです」

「互いを上手く操縦し合う……？」

フェイワンが聞き返したので、ダーハイは大きく頷いた。

「我らが竜を操縦するのではありません。竜もまた背中に乗せる半身の人間の存在を理解しなければならない。人間の身が死ぬ時は、竜の身も死ぬのです。竜の方は多少無茶して墜落しようが、最高速度で飛ぼうが、遙か雲の上まで上がろうが、割と平気なくらいに頑丈です。だが人間の方はそうはいかない。墜落したら死ぬし、最高速度には耐えられない。風圧で飛ばされてしまいます。遙か雲の上では息が出来なくなり死にます。竜の方は、背に乗る半身の存在を理解して、手加減をすることを覚えなければならない。そのための飛行訓練なのです」

フェイワンはダーハイの話を、目を丸くして聞いていたが、やがて同じように真剣な表情に変わって、タンレンの方を振り返った。

「タンレン！　こんな馬鹿をやって、命を縮めるな！　お前はオレの側で支えてくれるのだろう？　もっと自分の立場を自覚しろ！」

フェイワンにまで叱られて、タンレンは慌てて立ち上がり、真っ直ぐに姿勢を正した。

「申し訳ありませんでした。以後、真剣に飛行訓練に取り組みます」

タンレンが大きな声で叫ぶように宣言したので、同じく立ち上がったフェイワンは、ダーハイと顔を見合わせて苦笑した。

「頼んだぞ！」

フェイワンが、タンレンの胸をトンッと叩くと、タンレンは「あ、痛いっ！」と身を捩らせて身悶えたので、フェイワンは思わず大きな声を上げて笑いだした。タンレンも、照れ隠しのように笑いながら、時々痛むのか顔を歪める。

ダーハイはそんな二人を、微笑ましくみつめていた。

第3章　愁雲の空

ダーハイはじっと一点をみつめていた。目の前の扉……王の私室に続く扉だ。扉の前には二人の兵士が警護のために立っている。

今まで幾度となく通い続けた場所。この扉を胸を弾ませて開いたことも、笑顔で開いたことも何度もあった。それは遠い昔の話で、ここ百年近くは辛い気持ちで開けることの方が、絶対数的に多いはずなのに、今思い出すのは悦びに満ちた日々だけだ。

最初にここを訪れたのはいつだっただろうか？　たぶん七十歳か八十歳か……まだ成人前の子供だった。父に連れられて、初めて従兄弟である皇太子ランワンに面会した。

目を閉じれば今でもはっきりと思い出せる。ほぼ同い年の従兄弟。

ダーハイの父は兄弟が多かった。だから従兄弟の数も多い。物心ついた頃から、その従兄弟達とはあらゆる場面で付き合ってきた。皆、年齢も様々だったが、ダーハイの父は、末から二番目だったので、ほとんどの従兄弟は、ダーハイよりも年上だった。もちろん歳の近い者や年下の者もいたが、それはごく僅かだ。

ダーハイの父は、先王の弟……つまり竜王の王子だ。だからダーハイは、ロンワン（王族）ということになる。

ロンワンの役目は生まれた時から決まっていた。竜王の一番側で、近臣として王を支えなければならない。竜王の強い力に耐えて、抗うことが出来るのは近い血族の者だけだ。

だから王の側に仕える近臣には、王の兄弟や従兄弟が登用される。

皇太子には男の兄弟がいないから、お前達従兄弟がこれから支えていかなければならないのだぞと、ダーハイは父より言い聞かされていた。

その皇太子に初めて対面する。少しばかりの期待と不安が入り交じっていたが、たくさんいる従兄弟の一人に会うだけだ。ダーハイはその時、そんな風に思っていた。

だが初めて会った皇太子ランワンは、それまで出会った誰とも違っていた。たくさんいる従兄弟達とは違っていた。

誰よりも光り輝いていた。

ダーハイは目を開けて再び扉をみつめた。そしてふいにくるりと背を向けて歩きだした。

「ダーハイ」

近くにいたラウシャンに呼び止められた。ダーハイは足を止めて、ラウシャンをじっとみつめ返す。特に何も答えなかったが、ラウシャンは何かを察したようにそれ以上、ダーハイに何か尋ねてくることはなかった。

王の私室の前に立つのは、ダーハイだけではなかった。たくさんの近臣達が息を殺して、その場に佇んでいる。広い廊下は、重苦しい空気に包まれていた。

ダーハイは再び歩き始めた。

人々の合間を縫って廊下を進み、その階で唯一上へと続く階段の前まで来た。階段の前には一人の兵士が見張りとして立っている。

兵士はダーハイと目が合うと、軽く会釈をして道を空けた。

ダーハイは頷いて前に進み階段を登り始める。その階段は塔に登る階段で、円柱の塔の形に添って、螺旋状に上へと続いている。

ダーハイは一歩一歩を踏みしめるように登っていった。

塔の最上階には、大きな部屋がひとつある。そしてそこには部屋の主である巨大な金色の竜がいた。竜王バオシーだ。

ダーハイが部屋に辿り着いた時、バオシーはその巨大な体を丸めて静かに眠っていた。

ダーハイは入口に立ち、しばらくの間黙ってバオシーをみつめていた。だがゆっくりと歩きだして、バオシーの側まで近寄った。

自分の背丈と変わらないくらいの大きな頭の前に立ち、そっと手を伸ばしてその鼻の頭に触れた。ひんやりと冷たい感触がしたが、鼻息を感じて少しばかり安堵する。

するとバオシーがゆっくり目を開けた。大きな金色の瞳が、ダーハイをじっとみつめる。

「やあ、バオシー……オレが君とこうして二人っきりで会うのは初めてかもしれないな。オレには君の言葉は分からないが、君はオレの言葉が分かるだろう？　すまないが、オレの願いを聞いてくれ」

ダーハイはとても穏やかな顔で、バオシーに語りかけた。バオシーは返事をするように、一度ゆっくり瞬きをした。それを見て、ダーハイは安堵する。

「ありがとう。オレの願いは……最期の時までここでともに過ごさせてほしいということと……オレの言葉をランワンに伝えてほしいということだ。良いだろうか？」

ダーハイをじっとみつめながらその言葉を聞いていたバオシーが、小さくグッと喉を鳴らした。それを了承の返事だとダーハイは解釈して、微かに笑みを浮かべる。

「皆、少しでも王の側にいたいからと、王の私室の前に立ち、その動向を息を殺して見守っている。私室の中には家族しか入れないからね。オレはルイランの夫だから、ルイランとともに中に入るように促されたのだけど断ったんだ。ランワンはフェイワンしか寝室に入れないと聞いたからね。二人の妹君は、居間で待たされているのだろう？　オレはランワンの側で、最期の時を見守れないのならば、ここに来ようと最初から決めていたんだ。ずるいだろう？」

ダーハイは、バオシーの鼻の頭をゆっくりと撫でながら、囁くように語りかけた。バオシーは薄く目を開けて、ダーハイの言葉を聞いていた。

ダーハイにも分かるくらいに、バオシーからはもう覇気も魔力も感じられなかった。別れの時はもう目の前まで来ている。

「バオシー、ランワンに伝えてくれるか？」

ダーハイは確かめるように、もう一度尋ねた。バオシーは大きく目を開いて、ダーハイをみつめた。ランワンと同じ金色の瞳を、ダーハイはみつめながら、一度深呼吸をした。

「ランワン、唯一無二の友よ。我が王よ。オレの心はいつも君の側にある。愛しているよ」

ダーハイは、目の前にランワンがいるかのように笑顔で語りかけた。するとその言葉に応えるように、バオシーがゆっくり瞬きをする。

ダーハイはそれっきり何も言わなかった。ランワンとの楽しかった日々を思い出して、穏やかな表情で目を閉じている。

この日が来ることは、ずっと前から覚悟をしていた。だから昼に医師から、王の危篤を告げられた時も狼狽えることはなかった。悲しみはあるが、自分でも驚くほどに心は凪(な)いでいる。

やがてバオシーが、グッと喉を鳴らした。消え入るような、とても小さな声だった。

ダーハイが目を開けると、バオシーの大きな金色の瞳がダーハイをみつめていた。

『行くのか』

声に出したつもりだったが、その言葉を発することは出来なかった。互いにみつめ合ったまま、やがてバオシーの瞳から光が消えて、ゆっくりと瞼が閉じられた。

「ランワン……」

ダーハイは、バオシーの頭を縋りつくように抱きしめて泣いた。

紅蓮の竜
フェイワン×九代目龍聖
!!
ふふ…

第1章　その唇の先に

エルマーン王国の岩山にそびえ立つ堅固な城の最上階。

王の私室の居間で、龍聖が我が子シェンファに一生懸命何かを教えていた。

「シェンファ、ちゅうして、ちゅうして」

龍聖が腕に抱くシェンファにそう言うと、シェンファが龍聖の頬に顔を近づけて、ちゅっと口づけた。もちろん『口づけ』とは呼べない拙(つたな)いものだ。

だがいつも両親から、頬に口づけられることが幼いなりに嬉しいのだろう。親の真似ではあっても、自ら嬉しそうに龍聖の頬に唇を押しつけて笑っているので、『口づけ』の意味は合っている。

そんな様子を微笑みながらみつめていたシュレイが、ひとつ溜息をついた。

「昨日からずっと何度も繰り返して、とうとうシェンファ様に教え込んでしまわれましたね」

「うん、シェンファは六歳だけど、人間で言うと一歳ちょっとくらいでしょう？　これくらいの真似っこ遊びは出来るかなと思って」

「真似っこ遊びですか？」

シュレイが不思議そうに尋ねたので、龍聖は微笑んで頷いた。

「赤ん坊って、親の仕草を真似することで人間らしくなるだろう？　名前を呼ぶと返事するとか、頷くとか、いやいやって首を振るのもそう……そういう日常の仕草だけでなく、頬に口づけなんかも教えてさ、やってくれたら親が喜ぶから、その反応に赤ちゃんも嬉しくなって喜んで真似してくれるんだ。遊びみたいなもんだよ。それが真似っこ遊び」

龍聖の説明に納得しつつも、シュレイは首を傾げてさらに尋ねた。

「リューセー様が喜びたくてさせているのですか？」

「ううん、これは秘密兵器なんだよ」

「秘密兵器？」

シュレイは目を丸くしたが、龍聖はふふふと含み笑いをするだけで、それ以上は何も言わなかった。

「ところでフェイワンはそろそろ戻る頃だよね？」

「そうですね。本日外遊からお戻りになる予定ですが……夕方くらいになるのではないでしょうか？」

シュレイの答えに龍聖は頷いた。

「シェンファ、お父様がもうすぐ帰ってくるよ！　会いたいだろう？」

龍聖がそうシェンファに話しかけると、シェンファは大きな瞳を見開いて、きょとんとした顔で龍聖をみつめ返す。その顔を見て龍聖が笑うと、シェンファも釣られるように笑った。

「まだ分かんないか」

龍聖はそう言って、シェンファを抱いたまま窓辺へ歩いていった。

「早く帰ってくると良いね」

窓の外を眺めながら龍聖が呟くと、シェンファが「あうぅ」と返事したので、思わず吹き出した。

大きな金色の竜が、王城の中央に建つ塔の上にゆっくりと舞い降りた。竜の羽ばたきで巻き起こる風から逃れるように、扉の陰に隠れていた龍聖は、竜が着地するのを見届けて、フェイワンを出迎えるために進み出た。腕にはシェンファを抱いている。

「リューセー！　帰ったぞ！」

フェイワンが嬉しそうに大きな声を上げて、竜の背から飛び降りた。

「フェイワン、おかえりなさい。外遊お疲れ様でした。ほら、シェンファ、お父様だよ」

駆け寄ってくるフェイワンに向かって、龍聖はシェンファを差し出した。

「ただいま！　おお、ご機嫌だな姫様」

フェイワンは満面の笑顔でシェンファを受け取り抱きしめると、龍聖も抱きしめて軽く口づけた。

「お父様が帰ってきて嬉しいんですよ」

「お前は嬉しくないのか？」

「嬉しいに決まっているでしょう？」

龍聖が笑って答えたので、フェイワンも嬉しそうに頷いた。

「土産もあるぞ、さあ中に入ろう」

「はい……ジンヨンお疲れ様！　また後でね」

龍聖は金色の竜ジンヨンに向かって声をかけながら、投げキスを送った。するとジンヨンは尻尾の先を上げて嬉しそうに振りながら、グルルルルッと喉を鳴らした。

「ん？　今何をしたんだ？」

その様子を横目に見ていたフェイワンが、眉根を寄せて龍聖とジンヨンを交互に見た。龍聖はニコニコと笑っていて、ジンヨンもご機嫌に尻尾を振りながら鼻歌を歌っている。

「え？　何？」

龍聖が誤魔化すように笑って首を傾げた。

「ジンヨン、何ニヤついてんだ？　今、リューセーと何かしたか？」

フェイワンがジンヨンに尋ねたが、ジンヨンはプイとそっぽを向いてしまった。フェイワンは益々不審そうな表情をして眉根を寄せる。

「ほら、シェンファが風邪を引いちゃいますよ！　中に入りましょう」

龍聖に促されて、フェイワンは仕方なく城の中へと入っていった。


「リューセー、何か隠しているだろう？」

「何が？　別に何も隠していませんよ？」

「じゃあ、さっきジンヨンと何をしたか教えろ」

「フェイワン……貴方が帰るのを、シェンファと二人で楽しみに待っていたのに、帰るなりジンヨンにやきもちとか……そんなことよりオレとシェンファに会えたことを喜んでください。それとも帰ってきて嬉しくないのかな？　ねえシェンファ」

王の私室に戻り、服を着替えたフェイワンは、龍聖とシェンファとともにソファで寛いでいた。

「いや、すまない、別にそういうわけじゃないんだ。だがジンヨンがすごくご機嫌になったもんだから、リューセーとの間で何かやり取りがあったのかと……」

言い訳をするフェイワンを、龍聖がむっとした顔で睨んだので、はっと我に返り言葉を途中で飲み込んだ。

「すまない。リューセー分かってくれ、オレはお前に会いたくて会いたくて、早く帰りたくて、すごくがんばって外遊を終えて、一刻も早くと帰ってきたんだ。オレだって帰るなりこんなことで苛立ちたくないんだ。お前を愛しているからこそだと分かってくれ」

懸命に機嫌を取ろうと弁明するフェイワンの様子に、龍聖はクスクスと笑いだした。

「フェイワン、シェンファに『ちゅうして』って言ってみて」

「は？　なんだそれ」

「いいから、『ちゅうして』って言ってみて」

龍聖が笑いながら、何度も催促するので、フェイワンは不思議そうに腕に抱いているシェンファをみつめた。シェンファはその大きな瞳を見開いて、フェイワンをみつめ返している。

「シェンファ、ちゅうして」

フェイワンが戸惑いつつもそう言うと、シェンファがニコッと満面の笑みを浮かべて、フェイワンの左頬に顔をぶつける勢いで、ちゅうっと口づけをした。

これにはフェイワンも驚いて目を丸くした。

「これは……シェンファ！　父様に口づけしてくれたのか？」

思わず尋ねたが、シェンファはきょとんとしている。

「ふふっ……驚いた？」

「驚いた」

「嬉しくない？」

「嬉しい」

フェイワンと龍聖は顔を見合わせて、ぷっと吹き出すと大笑いをした。


蒼い月明かりが、窓にかかる薄い布を透かして、部屋をうっすらと照らしている。

その淡い月光が、龍聖の白い体の輪郭を照らし出す。フェイワンは、腰を揺さぶりながら、じっと魅入られるようにみつめていた。

見慣れたはずなのに、いつもはっとするほど美しい。こんなに淫らなことをしている時でも、少しも穢れることなく、月の光に溶け込んでしまうのではないかと思うほど、凛として美しい。

フェイワンはそんなことを思いながら、龍聖をみつめていた。

「あっ……ああぁぁっ」

龍聖がせつない声を上げて身を捩らせる。

「リューセー……リューセー……」

フェイワンは龍聖を抱きしめて、何度も愛しいその名を呼びながら、龍聖の中に熱い迸りを注ぎ込んだ。


「フェイワン」

眠っているのかと思っていた龍聖が、目を開けてフェイワンをみつめた。フェイワンは龍聖の肩を抱き寄せて、返事の代わりに優しく頬に口づけた。

乱れた息は治まっていたが、龍聖の体は火照ったようにまだ熱かった。情事の後の気だるい余韻を、お互いに感じ合いながら、ほうっと龍聖が吐息を吐いた。

「さっきの話ですけど……」

「さっきの？　どの話だ？」

フェイワンがクスリと笑ってまた頬に口づけたので、龍聖も微笑みながら口づけを返した。

「貴方は誤魔化されてくださったけど……まだ気にはしていると思うので白状しますね。ジンヨンとのことです」

「ああ……教えてくれるのか？　ということはやっぱり何かあるんだな？」

「はい……あれはオレがジンヨンに投げキスをしたんです」

「ナゲキス？　なんだそれは？」

「投げキスとは……キスを投げるという架空の動作のことです。つまり……口づけを離れた相手に向かってするという仮定の動作のことです。こう……することで、離れている相手の口元に口づけが飛んでいくっていう……遊びのような合図です」

龍聖は投げキスをしてみせた。

「それはつまり……お前はジンヨンに口づけの合図を送ったってことか？」

「そうです。だって……以前、同じように出迎えた時、オレがジンヨンの鼻先に口づけたら、貴方がすごく怒ったでしょう？　だからその後ジンヨンと打ち合わせをして、合図を送るよって決めたんです」

龍聖の話を聞いていたフェイワンは、最初むっとしたように眉間にしわを寄せていたが、やがて呆れたような表情に変わった。

「分かったよ……すべては心の狭いオレのせいだってことだな」

「そういうわけではありませんよ」

「でもお前はこれでまたオレがやきもちを焼くことも想定して、シェンファにあんなことを教え込んだのだろう？」

「あんなことって……嬉しくなかったんですか？」

龍聖が困ったように尋ねると、しばらく沈黙が流れた。

「嬉しかった」

フェイワンがぽつりと呟くと、堪らず二人は吹き出して笑い合った。

「分かったよ、降参だよ。投げキスとやらで、いちいちやきもちを焼かないよ」

「でもそんな貴方も大好きなんですよ」

二人は幸せそうに深い口づけを交わした。

第2章　婦唱夫随？

龍聖は落ち着かない様子で、何度もお茶を飲んだり、時々愛想笑いをしながら頷いたりしていた。

シーフォンの女性達が五人、龍聖と一緒にお茶やお菓子の並んだテーブルを囲んでいる。平和な昼下がり。王の私室にある貴賓室で、シーフォンの女性を招いてお茶会が開かれていた。

主催者であるはずの龍聖が、落ち着かない様子でいることから分かるように、龍聖が好んで開いているお茶会ではない。これも一種の王妃としての務め。

以前より『リューセー様とお話がしたい』というシーフォンの女性達からの要望があったのだが、龍聖自身が慣れないエルマーンの暮らしに加えて、慣れない育児などがあり、そういう時間を作る余裕がなかったため年に一、二度宴会の席を設ける程度だった。

だがヨウチェンが生まれる頃になると、龍聖もすっかり余裕が出てきて、皆と話をした方が良いかな？　と思うようになり、シュレイやフェイワンと相談した結果、龍聖がお茶会を開いて、ご婦人達を招くようにしたのだ。

週に二回、一度に招く人数は四、五人程度。これが龍聖の出した条件だ。

お茶会が小一時間で終わるはずはない。ご婦人達の気が済むまで話を聞くとなると、短くても三時間はかかる。午後が丸々潰れてしまうのだ。だから毎日というわけにはいかない。しかしシーフォンのご婦人達は、少ないとは言っても百五十人以上いる。全員と話をするには、三月以上かかる。

龍聖にとっては、週二回でも多いと思うのだが、ご婦人方にしてみれば、龍聖とのお茶会は三月に一度の機会だ。話したいことがいっぱいあって、皆が一斉に話を始める。龍聖はそれを笑顔で聞くのに徹していた。

『確かにポジション的には妻だし、母親だから、ママ友かもしれないけど、オレ男だからなぁ……』

どのご婦人方とお茶会をしても、最初は子供の話で盛り上がるが、いつの間にか夫の愚痴が始まってしまう。そうなると龍聖は、何も言えなくなるのだ。

「陛下はとてもお優しいから、リューセー様は不満をお持ちにならないのでしょう？」

婦人の一人が羨ましそうに言った。

「いえ……確かにフェイワンは優しいけど、オレが不満を感じない理由はそれだけではありません。たぶんオレが男だということが大きく関わっていると思うんです」

龍聖の答えに、婦人達は顔を見合わせた。

「皆様はよく、ご主人が何を考えているか分からないっておっしゃいますが、オレは同じ男として分かるから、たぶんそれで不満を感じることがないんですよ」

龍聖の言葉を聞いて、皆が一斉に黙ってしまった。その反応に、龍聖はやっちゃったかな？　と少し焦ってしまった。

彼女達が龍聖の言葉に反論したくても、立場上出来るはずがない。不服に感じたら黙るしかないだろう。居間の空気はそんな感じだと思った。

「で、でも皆様の不満は重々分かりますから……ご主人方の態度を改めるように、オレから言えるなら言って差し上げますよ」

「そ、そんな、リューセー様にそんなことをお願いするわけには参りませんわ」

婦人達は慌てて誤魔化すように言い繕うと、違う話題を始めた。

龍聖は苦笑しながらお茶を一口飲んだ。


「なんだ？　オレの顔に何かついているか？」

子供達が部屋に戻り、二人きりになったところで、ずっと龍聖が黙ったままフェイワンをみつめるので、困ったようにフェイワンが尋ねた。

「良い男だなって思って」

龍聖が笑みを浮かべて答えた。その頬をフェイワンがそっと撫でる。

「何かあったのか？」

「え？　いや、何もないですよ。本当に……。ただ……今日、お茶会をしてご婦人達の話を聞いていたら……フェイワンって良い男だなってしみじみと思ったものだから」

「なんだそれは」

フェイワンは笑いながら、龍聖の肩を抱き寄せた。

「皆、夫に色々な不満を持っててさ……彼女達の話を聞いていると、どこの世界も同じなんだなって思って……。オレの世界でも似たような感じで……言っている不満の内容も同じで。それで言われたんです。フェイワンは優しいから不満はないだろうって……。確かに不満はないけど、別にフェイワンが優しいから不満がないわけじゃないって答えたんです。でも……改めて考えると、確かに不満はなくて、フェイワンってとにかく優しいし、オレを愛してくれているし、言葉でも態度でも、毎日のなにいい男なの？」

ようにそう伝えてくれるし、子供達にも優しいし……完璧なんですよね。フェイワンってなんでそん

「なんでって……ダメなのか？」

フェイワンは目を丸くした。


「ダメじゃないよぉ！　ダメなわけないじゃないですか！　ただオレはフェイワンに対して不満に思う部分がないから、まあそれはいいんだけど……逆にフェイワンはオレに不満はないのかな？　って……ほら、オレ達結婚して七十年以上経つでしょう？　よその王様は若い妾を持ったりするじゃないですか。浮気とかじゃなくて……権力者ってそういうものでしょ？」


「オレがお前に対して不満があるとすれば、冗談でも今のようなことを言うことかな？　オレがお前以外の誰を愛するというんだい？」

フェイワンは決して責めるわけではなく、微笑みながら首を傾げてそう言った。龍聖は少し頬を赤くする。


「フェイワンのそういうところが不満かも」

龍聖が少し頬を膨らませてそう言ったので、フェイワンは驚いた。


「ど、どこが不満なんだ？」

「イケメンなところ」

「いけめん？」

フェイワンは意味が分からないというように、しきりに首を傾げている。


「うちはさ……父が早くに亡くなったから、母は父に対して不満を持つ暇もなかったんだ。だから母

の口から父の愚痴を聞いたことがない。でも『生きていてくれたら……』って恨み言は何度か聞いたことがある。生きてても憎み合って別れる夫婦も多いからさ……考えてみたら、彼女達も愚痴は言っても、悪口ではないのだから案外放っておいてもいいのかな？　って思いました」

龍聖はそう言って、フェイワンの肩に寄りかかった。

「長生きなのっていいですね」

龍聖がフェイワンの肩に頭を乗せてポツリと呟いた。

「ん？」

「普通の人間の夫婦は、せいぜい三十年余りしか一緒にいられないでしょう？　だけどオレ達はまだこれから百年以上も一緒にいられる。そう考えたら長命ってすごく良いなって思ったんです」

フェイワンは龍聖の額に口づけた。

「今日のリューセーはなんだかおかしいな」

「そうですか？」

「すごくオレを褒めるし、かわいいことばかり言う」

フェイワンは笑ってそう言いながら、龍聖の額や頬に口づけた。

「オレ、いつもフェイワンを褒めてません？」

龍聖が赤くなって反論したので、フェイワンはクスクスと笑いながら龍聖を抱きしめた。

「お茶会で、お前がご婦人方の餌食になっているならかわいそうだと思っていたのだが、逆にいい刺激を受けて、こんな風にオレに甘えてくれるならば、お茶会も悪くないものだな」

「フェイワン」

龍聖は少し咎めるような口ぶりで名を呼んだが、互いに目を合わせると、クスクスと笑いだした。

「フェイワンから夫達に言ってやってください。たまにはオレ達みたいに夫婦で話をする時間を作れって……ご婦人方は夫と話をしたいんですよ」

「分かった。よく言っておく。伴侶とこうしていちゃいちゃする時間はいいぞってね」

二人は微笑み合って口づけを交わした。

「シュレイ、聞きたいことがあるんだけど」

龍聖が王の私室に戻ってくるなり、シュレイにそう尋ねてきた。龍聖は書庫に勉強をしに出かけていたのだ。

「どうかなさいましたか？」

シュレイが仕事の手を止めて、龍聖に返事をした。

「カプンって植物を知ってる？」

「カプンですか？　もちろん存じてますよ……粉にして料理などに用いるあのカプンですよね？」

「そうそう……たぶんそれ……こういう細長い房にたくさん小さな実がついているんだよね？」

「ええ……そうですが……」

シュレイは突然龍聖が何を言い出したのか分からず、首を傾げながら同意する。

「それってひとつ……一房貰うこと出来るかな？」

「出来ますが……何になさるのですか？」

「いいから、いいから……訳は後で教えるよ。シュレイ、悪いんだけど、一房貰えるようにお願いしてくれる？」

「かしこまりました」

シュレイは不思議に思いながらも、侍女に託けて、調理場からカプンを一房持ってくるように指示を出した。

　すると一刻もしないうちに、カプンが一房届けられた。

「リューセー様、こちらがカプンです」

「わ〜！　そうそう、これ！　すごい！　とうもろこしだ！」

　龍聖はカプンを受け取るなり、嬉しそうに喜びの声を上げた。手に持って上下左右に角度を変えながら、カプンをつぶさに観察している。

「とうもろこし……ですか？」

「オレの世界にも同じ植物があって、とうもろこしって名前なんだ。さっき書庫で植物図鑑を見ていたら、これが載ってて……とうもろこしだって思ったら嬉しくてさ……結構動物も植物も、似たものがあるんだね。進化の過程が同じなのかな？　ふふっこれこれ」

　龍聖はそう言いながら、房に付いている皮を剝ぎ取った。中には粒がびっしり詰まっている。

「うんうん、硬い粒だ。スイートコーンみたいな柔らかいやつじゃない……このままじゃ食べないでしょう？」

「このままですか？　硬くて食べられませんよ。煮るか、乾燥させたものを粉に挽いてパンにしたりします」

「だよね……あ、乾燥させたのがあるの？　もしも粉にしていない乾燥させた粒があるなら、それでもいいや、というかそれが欲しい」

「もちろんご用意出来ますが……本当に何になさるんですか？」

「今度のピクニックの時に持っていっておやつを作ろうかな？　って思ったんだ」

「ピクニックで……作るって、リューセー様が料理をなさるのですか？」

シュレイが目を丸くして言ったので、龍聖は笑いながら右手をひらひらと振った。

「料理ってほどのものじゃないよ……前回のピクニックの時、シュレイがお湯を沸かすための小さな火鉢を持っていたでしょ？　だからあの程度の火があれば出来るおやつだよ」

一年前、龍聖の提案で初めて家族揃ってピクニックに出かけた。フェイワンも子供達もとても喜んで、それに関わったシュレイやタンレン達もそんな竜王一家の様子を見て、『年に一度くらいならしても良いですよ』と言ってくれたので、またピクニックをすることになっていた。

「絶対、子供達も喜ぶから、シュレイも楽しみにしていてね」

龍聖がウィンクをして言ったので、シュレイは戸惑いながらも頷いた。


緑の草原を子供達が楽しそうに走りまわっている。フェイワンが鬼になって、鬼ごっこをしていた。もちろん遊びの提案は龍聖で、『鬼ごっこ』や『だるまさんが転んだ改ジンヨンが転んだ』など、外での遊びは、子供達には新鮮なようで大人気だった。

「シュレイ、例のおやつを作ろうと思うんだけど、火鉢を使っても良い？」

木の下に龍聖が駆け戻ってきて、息を弾ませながら言った。

「はい、結構ですよ……火鉢と深い鍋と……蓋も必要なのですよね？」

「うん、ありがとう」

シュレイが道具を用意して並べてくれたので、龍聖は満足そうに頷いた。

「皆！　おやつにするよ！　集合!!」

龍聖が大きな声で呼んだので、遊んでいた子供達は歓声を上げながら集まってきた。

「おやつはなあに？」

一番に駆け込んできたインファが、頬を上気させながら尋ねた。他の子供達も揃ったのを確認して、龍聖が腰に手を当てながら胸を張る。

「これからオレが作ります」

「え！　リューセーが作るの？」

「母上が作るの？」

「リューセーが作るのか？」

子供達もフェイワンもとても驚いたように一斉に声を上げた。

「まあ、見ていてくださいよ……さて、ここに鍋があります。その中にカプンを一握り入れます。そして蓋をして火にかけます……あとは待つだけ」

龍聖が説明をしながら、鍋を火にかけてニヤニヤしながら皆の様子を眺めるので、皆も不思議そうに鍋と龍聖の顔を交互にみつめた。

「さて、最後の仕上げに魔法をかけましょう……えっと……ちちんぷいぷい！」

龍聖は咄嗟に呪文の言葉が思い浮かばなくて、言った後に『ちょっと古い言い方』と自分で笑ってしまったが、まあこの世界の者達は分からないだろうと、一人で納得した。

その時、タイミングよく鍋の中でポンッと弾ける音がした。

「!?」

子供達が目を丸くして鍋をみつめる。すると立て続けに、ポンッポポンッポポポポンッと鍋の中で、激しく何かが弾ける音が起きた。

「きゃあ！」

思わずシェンファとインファが悲鳴を上げる。

「リュ……リューセー！　それは大丈夫なのか？　爆発するんじゃないのか？」

「大丈夫、大丈夫」

龍聖は皆を宥めながら、鍋の様子を窺った。破裂音が次第に少なくなってきたので、そろそろだな……と鍋を火から下ろした。

「さあ、出来たよ……みんな注目して！」

龍聖は皆の顔を見回した。フェイワンもシュレイも子供達も、とても不安そうな顔をしている。

龍聖はニッと笑って蓋を開けた。そこには鍋から溢れそうな真っ白いふわふわのポップコーンが出来上がっていた。

「やった！　成功した！」

それを見て、龍聖が思わず声を上げる。事前に少しばかり試していて、カプンが弾ける種類であることは確認済みだったが、本番で上手く出来るか内心不安だったのだ。

「母上！　これはなんですか!?」

「これはポップコーンというおやつだよ」

「リューセー様……先ほど鍋にはカプンを少し入れただけでしたよね？」

シュレイも目を丸くして、信じられないというように聞いてきた。

「ふふ……不思議でしょ？　さあ、温かいうちが美味しいから食べて！　子供達は蜜をかけて食べると良いよ……オレは塩が好きだけど」

龍聖は皿の上に、鍋の中のポップコーンを半分ほど乗せて、その上に蜜をかけた。鍋に残った方には、塩を振りかけて蓋をしてカシャカシャと振っている。

「食べていいの？」

インファが興味津々という顔で、龍聖に尋ねた。

「どうぞ！　食べてみて」

言われると同時に、インファはひとつ摘んで口の中に放り込んだ。他の子供達は、インファの様子をじっとみつめている。

「わあ！　不思議！　ふわっとしていてすぐになくなるわ！　美味しい！」

インファは目をキラキラと輝かせてそう言うと、すぐにふたつ目を口に入れた。インファの言葉を聞いて、子供達は一斉にポップコーンを摘んで食べ始めた。

「なにこれ！」

「面白い！」

子供達は笑いながら、嬉しそうに次々と口の中に放り込んでいる。夢中になって食べる様子を見て、龍聖は何度も頷いた。

「気に入ってくれてよかった。フェイワンとシュレイも食べてみてよ。こっちは塩味だけど、オレはこっちが好きなんだ」

龍聖に促されて、フェイワンとシュレイも、鍋の中のポップコーンを摘んで、恐る恐るという様子で口に入れた。

「……これはなんだ？」

二人とも目を丸くしている。

「お気に召さなかった？」

「いや、美味しいよ！　不思議だ……リューセー、本当に魔法をかけたのかい？」

「はは……あれは冗談だよ。カプンの実を炒ったら、弾けてこんな風になるんだ」

龍聖が説明したが、二人は、不思議で仕方ないという顔で食べている。

「母様、もうないの？　もっと食べたいわ！」

インファが興奮した様子で言ったので、龍聖が皿を見るともうポップコーンは跡形もなくなっていた。

「子供四人だからそうだよね……いいよ、まだまだあるから作るよ。それまでの間、塩味でも食べててね」

龍聖は笑いながら鍋の分を皿に移して、鍋の中を軽く拭くと、再びカプンを一摑み鍋の中に入れて蓋をして火にかけた。

結局その後二回作って、それでももっとと催促されたが、「食べすぎは良くないよ」と子供達を窘めて終わりにした。

蜜で口や手をベタベタにしている子供達を、シュレイと一緒に拭いてやりながら、龍聖は成功して良かったなとしみじみと思っていた。

「リューセーのおかげで、また楽しい思い出が出来たな」

フェイワンが微笑みながらそう言って、龍聖をねぎらうように肩を抱き寄せた。

「また来年もここに来ましょうね」

龍聖も微笑んで、フェイワンに向かってそう言って頬に口づけた。

二人は草原で遊ぶ子供達の姿を、眩しそうにいつまでもみつめていた。

第4章　世界にひとつの癒し処

エルマーン王国。王城の最上階にある王の私室は、にぎやかな笑い声に溢れていた。

「さあ、みんなそろそろ寝る時間だよ」

龍聖が子供達にそう促したが、皆不服そうに首を振っている。

「まだもう少し良いでしょう！」

シェンファがそう言って、フェイワンにべったりくっついている。他の子供達も皆フェイワンにくっついていた。

フェイワンは六日間の長い外遊から今日戻ってきたばかりだ。そのせいで、子供達はフェイワンから離れようとしないのだ。

「フェイワンも疲れているんだから……明日また話せば良いだろう？」

龍聖はそう言って、眠そうに目を擦るヨウチェンを抱き上げた。

「そうだな、また明日たくさん話をしよう。皆もう寝なさい」

フェイワンに言われて、シェンファ達は仕方なく頷いた。

「さあ、父様におやすみのキスをしておくれ」

フェイワンに促されて、シェンファ、インファ、シィンワン、ヨウチェンがフェイワンの頬に口づけた。

「リューセー様、ヨウチェン様は私が……。お子様達を寝かしつけましたら、私はそのまま下がらせていただきますので、どうかお二人でお寛ぎください」

シュレイがそう言って、龍聖の腕からヨウチェンを受け取ったので、龍聖は「ありがとう」と言って、子供達におやすみのキスをした。

子供達が去ると、部屋の中は嘘のように静かになった。

「う〜〜ん！」

フェイワンが大きく伸びをしたので、龍聖がクスクスと笑う。

「お疲れ様でした」

「ああ、さすがにちょっと疲れたかな」

「あまり無理をしないでくださいね。もうそんなに若くないんですから」

龍聖がフェイワンの隣に座ってそう言ったので、フェイワンはムッと少しばかり眉根を寄せた。

「今、聞き捨てならないことを言われた気がするんだが……」

「え？　だって若くないのは本当のことですし……以前はこれくらいの外遊なんて平気だったでしょう？　まあ帰る早々子供達に捕まったら、気の休まる暇もないでしょうけど……」

フェイワンは龍聖の言葉を、腕組みをして不服そうに聞いていたが、大きな溜息をついて組んでいた腕を解いた。

「そんなことはない！　と言いたいところだが……まあ正直言ってちょっと疲れた。なんというか……肩が重い気がする……」

「肩が凝っているんですよ！　オレがマッサージをしてあげます」

「肩が凝る？　マッサージ？」

「緊張の連続や慣れない寝具のせいとかで、肩が強張ってしまっているんですよ……日本では……大和の国では凝りを解すマッサージというものがあるんです」

龍聖は説明をしながら立ち上がり、ソファの後ろに回り込んだ。龍聖がフェイワンの肩に、後ろから両手を置いたので、フェイワンが驚いたように振り返った。

「じっとしててください。肩の力は抜いて……」

龍聖が肩を揉み始めると、フェイワンは少しくすぐったいというように、時々首を竦めている。

「わあ……結構凝ってますよ」

龍聖はそう言って、揉んでいる手に少し力を入れた。

「そうか？　いや……うん……なかなか気持ちいいな……ちょっと痛い気もするが……」

「少し痛いけど気持ちいいでしょう？」

「ああ……気持ちいい」

フェイワンは目を閉じて、気持ちよさそうに揉まれている。しばらく龍聖はフェイワンの肩を揉み続けた。

「どうですか？」

龍聖が揉んでいた手を離して尋ねたので、フェイワンは肩を動かす仕草をした。

「おお……リューセー！　すごいぞ！　肩が軽くなった！」

フェイワンが子供のようにはしゃぐので、龍聖は思わず笑いだした。

「気に入りました？」

「気に入った、気に入った！　お前の手は魔法を使っているみたいだ」

フェイワンは振り返って、龍聖の手を握りしみじみとみつめた。

「そんな大袈裟な……腰も揉んであげましょうか？」

「腰か……そうだな。やってもらおうかな」

「じゃあ寝室に行きましょう」

龍聖はフェイワンと手を繋いで寝室へ向かった。

「フェイワン、ベッドにうつ伏せに寝てください」

フェイワンは言われるままに、ベッドにうつ伏せに寝た。龍聖もベッドの上に上がり、フェイワンの腰の辺りを揉み始めた。

「おお……これも……少し痛いが……気持ちいいな」

「でしょう？」

龍聖はクスクスと笑いながら腰を優しく揉み続けた。

「今度から、フェイワンがお疲れの時はマッサージをしてあげますから、言ってくださいね」

「リューセーがこうしてオレの体を気遣って、自らマッサージというものをしてくれるのだ……本当に幸せだな」

「フェイワンが喜んでくれるなら何よりです」

龍聖が笑って言うと、フェイワンが体を起こした。

「よし、今度はオレがリューセーにマッサージをしてやろう」

「いいですよ。別に凝ってないし」

「じゃあ……リューセーには別の揉み方がいいかな？」

フェイワンがニッと笑って言ったので、龍聖はきょとんとした顔で少し考えたが、すぐに呆れ顔をした。

「フェイワン……そんなオヤジギャグを言わないでくださいよ……」

「オヤジギャグ？」

フェイワンはよく分からないという顔で首を傾げた。龍聖は苦笑して首を竦める。

「まあ……いいでしょう……腰はもういいんですか？」

龍聖が尋ねたので、フェイワンはベッドの上に胡坐をかいて座り、自分の腰を擦ってみた。

「腰も軽くなった！　お前は本当に魔法使いのようだな」

「魔法は使っていませんよ。愛を込めただけです」

「なるほど……それは効くはずだ」

二人は微笑み合って口づけを交わした。

「ところでオレのお願いを聞いてくれますか？」

「なんだ？　なんでも聞こう」

「フェイワンのいない間、この広いベッドで寝るのは寂しかったんです。今夜は性交よりも、ぎゅーってずっと抱きしめていてほしいんですけど」

「それは願ってもない要求だな」

フェイワンは嬉しそうにそう言って両手を広げた。龍聖は腕の中に飛び込むように抱きつくと、幸せそうに何度も口づけを交わして、ベッドに入った。

フェイワンの胸に顔を埋めて、フェイワンの匂いを嗅ぎながら、龍聖は安心したように目を閉じた。

第5章　喜びの歌

龍聖はゆっくりと目を開けて、一度瞼を閉じた後欠伸をひとつして再び目を開けた。ぱっちり目を覚まして、隣に視線を送ると、優しく微笑むフェイワンの顔がある。

「おはよう」

「おはよう、フェイワン」

フェイワンが龍聖の額に軽く口づける。

「体は平気か？」

「うん、全然問題ないよ。大丈夫……ふふ、フェイワン、それ毎日言ってますよ」

龍聖が笑うので、釣られるようにフェイワンも笑った。

「お前が毎日性交しようなんて言うからがんばっているが……お前の体が心配になったんだ」

「だって一回だけって決めているでしょう？　それくらいならば大丈夫ですよ。オレ、そんなに軟弱じゃないし……それともフェイワンがそろそろバテてきました？」

龍聖がわざとからかうように言ったので、フェイワンは目を丸くした後、すぐに眉根を寄せた。

「言ったな!?　それじゃあもっとやってやろうか？」

フェイワンが龍聖に覆い被さり脇をくすぐるので、龍聖は声を上げて笑いながら身を捩（よじ）らせた。

「嘘、嘘、嘘ですってば……もう一人子供が出来るまでがんばりましょう？」

「お前がそう言うなら……だが辛くなったら言うんだぞ」

「はいはい……フェイワンは心配性だね」

二人は口づけを交わした。


フェイワンの執務室にタンレンが訪ねてきた。

「フェイワン、少しいいか？　仕事の話ではないんだが……忙しいなら今度にするよ」

「いや、ちょうど休憩するところだ。お茶を飲まないか？」

フェイワンが立ち上がり、部屋の中央にあるソファへ移動してタンレンを招いたので、タンレンは頷いてソファに腰を下ろした。

侍女が用意したお茶を飲みながら、二人はしばらく無言で向かい合っていた。

「なんだ？　話があるんじゃないのか？」

フェイワンに促されて、タンレンは少しばかり言いにくそうに苦笑した。

「その……余計なお世話だと思うんだが……ここひと月ほど……毎晩……励んでいるのか？」

「え？」

フェイワンが聞き返したので、タンレンは困ったように頭をかいた。

「リューセー様と毎晩仲が良いのだなって話だ」

タンレンはさらに言いにくそうに言葉を濁した。フェイワンはきょとんとした顔をしていたが、やがてタンレンの言わんとすることに気づき「ああ……」と言ってニヤリと笑った。

「そうだ。最近は毎晩だ……なんだ？　悪いのか？」

「あ、いや……悪くない。夫婦仲が良いことは実に素晴らしいと思うよ。……いや……ラウシャン様とも話をしていて、ここ何年もこんなことがなかったから……まさかねって話で、じゃあジンヨンが一人で勝手に夜中に歌っているんじゃないか？　という話にまでなったものだから……」

タンレンの話を聞いて、フェイワンは声を上げて笑いだした。

「なんだそれは……別にジンヨンがおかしいわけじゃないよ。オレ達が夫婦円満なだけだ」

「そ……そうか」

タンレンが微妙な反応だったので、フェイワンは訳を話して聞かせた。

「リューセー様がもう一人御子を……？」

「そうだ。オレはリューセーの気持ちが嬉しくて、ならばもちろん協力しようってがんばっているわけさ」

嬉しそうな顔でそう話すフェイワンを見て、タンレンは安堵したように笑みを浮かべた。

「夫婦円満だな」

「そうそう夫婦円満だ」

フェイワンはニッと笑って大きく頷いた。


「え？　なんで知っているの？」

龍聖もシュレイから毎晩性交をしているのではないかと尋ねられて、思わず驚きの声を上げていた。

「それはご存じとは思いますが……ジンヨンが……」

「ああ、あ、そっか……フェイワンが嬉しい時、ジンヨンも嬉しくて歌を歌うんだっけ？　……わ～……毎晩歌っているのかぁ」

龍聖は赤くなって、両頬を両手で覆った。

龍聖は性交している間ジンヨンが歌を歌うという事実を、随分長い間知らなかった。初めて知った時はショックを受けたが、今さらなので諦めてしまったし、実際その時になるとそれどころではなくなるので、結果的にその事実を忘れてしまっていたのだ。

「新婚の頃ならともかく……なんで今頃ってみんな思うよね……わ～恥ずかしい」

「まあ……仲がよろしいのは良いことですし……リューセー様が無理をされていないのであれば、私も何も言うことはないのですが……」

「それなら心配ないよ……実はね……」

龍聖はシュレイに訳を話して聞かせた。話を聞いたシュレイは、安堵したように納得してくれた。

「でも……やっぱりちょっと問題だよね」

龍聖は、腕組みをして「うーむ」と唸った。

「ジンヨン！」

龍聖はジンヨンに会いに、塔の最上階に来ていた。ジンヨンは嬉しそうに尻尾を振って、行儀よく座って出迎える。

「ジンヨン……実はお願いがあるんだけど……」

龍聖は真剣な顔で、ジンヨンを見上げながら言った。ジンヨンは頭を低くして、龍聖の話を聞く体勢を取る。

「あのね……その……最近、毎晩……オレとフェイワンは性交をしているんだけど、そのたびにジンヨンは歌を歌っているだろう？　あれ……我慢出来ないかな？」

龍聖の言葉を聞いて、ジンヨンは少しばかり首を傾げる素振りをした。

「ほら、夜中に歌うとさ、みんな寝ているのに迷惑かけちゃうし……ずっと我慢とは言わないけど、せめて歌は三日に一回くらいで我慢してほしいんだ。お願い！」

龍聖が両手を合わせて頼み込むと、ジンヨンはしばらくみつめて、グルルッと喉を鳴らした。龍聖が顔を上げて見ると、ジンヨンはコクリと頷く仕草をしてみせる。

「本当？　我慢してくれる？」

龍聖が確認するように尋ねると、ジンヨンは再び頷いた。それを見て龍聖は満面の笑顔になり、ジンヨンの鼻先に抱きついた。

「ありがとうジンヨン！　助かるよ！」

龍聖が喜んでいるので、ジンヨンも嬉しそうにグルルッと喉を鳴らして、ぶんぶんと尻尾を振った。

だが龍聖は知らなかった。性交をしている間、フェイワンが喜びに満たされるのは無意識のことで、だから当然それに同調してジンヨンが歌を歌ってしまうのも無意識のことだということを。

それからも毎晩、エルマーンの夜空にジンヨンの歌声が響き続けることになったが、龍聖はそれどころではないので、その事実に気づくことはなかった。

第6章　竜王の備忘録

君との出会いは最悪だった。

暗闇の中一筋の光が目の前に差し込んだ。ずっとずっと、終わることのない永遠の闇の中、絶望を抱えて一度も空を飛ぶこともなく自分の生は終わるのだと思っていた。

そこに差し込んだ一筋の光。それはあまりにも眩しい光。

オレの目の前に君は突然現れたんだ。あの時、君の体からとても馨（かぐわ）しい香りがした。

倒れたまま動かない君を心配しながら、君に触れられないもどかしさに、オレは生まれて初めて苛立ってしまったんだ。

じっとみつめていた。いつまでだってみつめていられた。だってずっと待ち望んでいた人だと、オレには分かっていたから。

憎いとさえ思っていたのに、いざ目の前に君が現れると、憎しみなど綺麗さっぱりなくなっていた。オレはただただ夢中で、君をみつめていたんだ。

それなのに……目を覚ました君は、オレを見て悲鳴を上げて気を失ってしまったんだ。君はあの時のオレの気持ちが分かるかい？

どれほどショックを受けて、傷ついたか分かるかい？

だからオレはあいつに教えなかったんだ。君が来たということを。きっとオレよりもずっと、君を待ち望んでいたあいつに教えなかった。

悔しいじゃないか。

こんなにオレもあいつも、君のことを待ち焦がれていたというのに……体が衰弱して、まともに動けなくなるほど、君を待っていたのに……。

ひどい仕打ちだと思った。

君はやっぱりひどい人なんだと思った。オレ達がこんなになるまで来なかったんだ。オレを見て悲鳴を上げたんだ。きっと今のあいつの姿を見たら馬鹿にして笑うだろう。

人でなしの君。やっぱり嫌いだ。

オレはそう思って、再び絶望の暗闇の中に戻ったんだ。

だけど……。

あいつは君に恋をした。一目見て恋に落ちた。

分かるさ、だってオレの半身だもの……あいつのせつない想いが、オレの心に流れ込んでくる。

あいつを拒む君をオレは憎むしかなくて……だってあいつは少しも君を憎まないから……君を想い、君に恋い焦がれ、君が嫌なら仕方がないと諦めるから、オレが代わりに憎んでやらないと報われないじゃないか。

でも君はあいつを少しだけ受け入れた。枯渇(こかつ)したあいつのために、魂精を分けてくれた。

その時の喜びは、どう表現したらいいだろうか？　思わず歌いだしてしまうほど……まあそれが事実だから言い得て妙だ。

君の魂精は、きっと世界で一番甘くて美味しい。あいつもオレも、体中が生まれ変わったかのように、君の魂精に満たされた。

あいつを通して、君への愛しさが募っていった。

だから君と再会した時は、もう憎しみなんて微塵(みじん)も残っていなかったよ。それよりも君の危機を救うことで頭がいっぱいだったんだ。

君はオレを見ても、もう悲鳴なんて上げなかった。

君は笑顔でオレを見て、オレの姿に瞳を輝かせていたね。そして君はその柔らかな手で、オレの鼻先を撫でたんだ。

君はあの最悪の出会いのことを覚えていて、でももうあの時みたいな悲鳴は上げないし、笑顔でオレに触るのだから、君はオレの姿が怖くて悲鳴を上げたんじゃないって分かって、オレはとても嬉しかったよ。

そうだよね、いきなりオレが目の前に現れて驚いただけだったんだよね。それなら仕方ない。うん、分かっていたよ。君はそんなひどい人じゃないって。

だって君はその後も会いに来てくれたんだ。オレが悲しい声で鳴いたのを聞いて、心配して見に来てくれたんだ。なんて優しいんだろう。

大丈夫。オレは大丈夫だよ。ただあいつが……君を想ってせつなさに身を震わせたから、それに呼応しただけだから。

そして優しい君は、とうとうあいつの愛に応えた。

まああいつが、君を大切に思って、無理強いせずに我慢した努力が報われたのだと思うけれど、オレの功績も大きいと思うんだよ。

だってオレは、君の危機を救ったし、君はオレが大好きで、何度もオレに会いに来るほどだからね。

だけどあいつは、自分だけが君に愛されているのだと勘違いして調子に乗ったんだ。君は見たかい？　北の城に君達を連れていく時に、君に挨拶しようとしたオレを無視して君を抱き上げてさっさとオレの背中に乗ったんだよ？

あれがあいつとオレの戦いの始まりだったんだ。

ずるいと思わないかい？　あいつは君と同じ人間の体を持っていて、君を抱きしめたり出来るんだ。

ハンデがあると思わないかい？

オレはこの体では城の中に入れないし、君に会いたくても会いに行けないんだからさ。だけど優しい君は、たびたびオレに会いに来てくれる。

どう考えても、君はあいつよりもオレを好きだよね？　だって君の方から会いに来てくれるんだよ？

あいつはオレに嫉妬（しっと）しているんだ。だからいじわるばかりをする。

まったくもって本当にひどい奴だ。

早く気づくべきなんだよ。オレに負けているってこと。

ほら、軽快に階段を駆け上がる足音がする。あれは君の足音だ。もしも百人の兵士と一緒に登ってきたって、オレには君の足音を聞き分けられるよ。

だって君の足音は、とてもかわいいんだから。

いつもの笑顔でオレの名前を呼びながら、この部屋に駆け込んでくるんだ。

なにしろ君はオレのことが大好きだからね。あいつよりも。

「ジンヨン！」

龍聖が塔の最上階に辿り着いて、部屋の主の名を呼んだ。

巨大な金色の竜が、きちんと座って尻尾を振りながら出迎える。

「元気だった？」

龍聖が尋ねると、ジンヨンはグルルッと喉を鳴らしながら、ゆっくりと頭を床すれすれまで下ろした。龍聖は駆け寄って、その鼻先をなでなでと優しく撫でる。

「しばらく来れなくてごめんね。会いたかったんだよ？」

『ほらね』

龍聖が申し訳なさそうにそう言ったので、ジンヨンはググッと小さく鳴いた。

ジンヨンはドヤ顔でそう呟いた。

W龍聖

大陸の西に広がる荒野の真ん中に、エルマーン王国という竜族シーフォンが治める国があった。

その空には穏やかな顔をした竜達が飛び交う、とても平和な国。

だがその王城では、今、大変な事態が起きようとしていた。


王城の最上階にある王の私室。

廊下の方が変に騒がしいと、龍聖の側近シュレイが、ピクリと眉根を寄せて扉の方へ視線を向けた。

「シュレイ、どうかしたの？」

朝食のテーブルについていた龍聖が、シュレイの様子に気づき声をかけた。

「あ、いえ……失礼いたしました。なんだか外が騒がしい気がして……」

シュレイがそう言いかけた時、扉が叩かれた。いつもよりも気持ち荒っぽいノックの音に、シュレイはさらに眉間に深くしわを寄せる。

王の私室を直接訪ねることが出来る者は限られている。ロンワン（王族）か重臣くらいのものだ。仮にもそのような立場にある者が、廊下を騒がしくして来訪し、乱暴に扉を叩く不作法をするなど考えられないとシュレイは思ったのだ。

城がひっくり返るほどの一大事でもない限り、こんな朝からありえない。一体誰だ？　とシュレイは険しい表情で思いながら、扉へ向かった。

「はい……どちら様ですか？」

シュレイが扉に向かってそう尋ねると、「オレだ！」と言うと同時に扉が勢いよく開かれた。

現れたのはタンレンだった。シュレイはものすごく驚いて、口をぽかんと開けたまま反応出来ずにいる。

そもそもどんなに近親者であったとしても、王の私室を訪れる者ならば、名前を名乗るのが礼儀だ。もっとそもそもで言えば、こちらが扉を開けるかどうか判断して、陛下に確認を取ってからこちらから扉を開けるのが礼儀だ。いや、もっとそもそも……とシュレイが混乱した頭の中で、そんなことをグルグルと考えているのを無視して、タンレンはずかずかと部屋の中に入ってきた。

「フェイワン！　一大事だ！」

血相を変えてタンレンがそう叫んだ。

「何事だ。タンレン……そんなに慌てるなどお前らしくもない」

フェイワンが飲みかけていたお茶のカップを、受け皿の上に置きながら呆れ顔で返事をした。龍聖は驚いて目を丸くしていたが、扉の前で固まってしまっているシュレイの様子がおかしくて、チラチラと視線を向けながら、必死に笑いをこらえている。

「タンレン様、おはようございます」

小さな姫君のシェンファが、笑顔で挨拶をした。インファは驚いてスプーンを口にくわえたまま、タンレンを凝視している。

「お、おはようございます。シェンファ様」

タンレンは一瞬気を取られて、シェンファに丁寧に挨拶を返した。だがすぐに緊張した表情に戻りフェイワンをみつめる。

「リューセー様が降臨された！」

「は？」

「え？」

フェイワンと龍聖が同時に変な声を出した。

「タンレン、朝からふざけるな！　リューセーはここにいるじゃないか」

「いやっ……だからっ……リューセー様が降臨したんだよ！　今朝！　謁見の間に！」

タンレンが必死になって言ったが、フェイワンも龍聖もキョトンとした顔をしている。

「オレ？」

龍聖が自分を指さしながらフェイワンを見ると、フェイワンは肩を竦める。

「タンレン様！　朝から一体何事ですか！　いくらタンレン様でも、これは無礼ではありませんか？」

気を取り直したシュレイが、珍しく語気を荒らげてタンレンに食ってかかった。タンレンは眉根を寄せて困ったようにシュレイを一度見たが、フェイワン達の方へ向き直る。

「ふざけていないんだ。今朝、オレは接見の警備準備のため、謁見の間で兵士達と打ち合わせをしていたんだ。そしたら謁見の間の中央で突然光が爆発して、その光が消えた後にリューセー様が現れたんだ。ラウシャン様も一緒に見ていたから間違いない！」

「それは……一体誰のリューセーだというんだ？　シィンワンのか？」

フェイワンが疑いながらもタンレンに尋ねた。

「え、待って、シィンワンはまだ生まれたばかりの赤ちゃんだよ？」

フェイワンの言葉に、龍聖が笑いながら突っ込みを入れた。龍聖はまったく本気にしていないようだ。

「フェイワン、一緒に来てくれ！　見れば分かるから！」

タンレンがじれったそうに言うので、フェイワンは困ったように龍聖と顔を見合わせた。

「それで……今はどこにいるんだ？　まだ謁見の間か？」

「いや、気を失われていたので、こちらの下の階のシーフォン用の貴賓室に運んである。さすがに……王妃の私室へ運ぶわけにはいかないから……だがラウシャン様についていてもらっているから大丈夫だ」

タンレンの話を聞いて、再びフェイワンと龍聖は顔を見合わせた。

「頼むよ！」

タンレンがもう一度懇願したので、仕方ないという顔でフェイワンが立ち上がった。

「オレも一緒に行っていいですか？」

「そうだな……それがいいだろう」

龍聖が立ち上がったので、フェイワンは頷いた。

「わ、私も参ります」

シュレイが慌ててそう言って、乳母達に子供達のことを頼んでいた。

こうしてタンレンに先導されて、三人は『リューセー』がいるという部屋へ向かった。

部屋の前には四人の兵士が立ち、物々しい雰囲気だった。

タンレンが扉をノックして「タンレンです。陛下をお連れしました」と告げると、ゆっくり扉が開いた。

ラウシャンが顔を出して、フェイワンとともに龍聖がいるのを見て、少しばかり驚いた顔をした。

「どうぞお入りください」

ラウシャンが一礼をして、フェイワン達を招き入れたので、フェイワンが先に入りその後に龍聖、シュレイ、タンレンと続いた。

「こちらです」

ラウシャンが部屋の奥の扉を指さしながら案内した。扉の奥は寝室だ。

龍聖はとてもワクワクしていた。なんかすごく手の込んだドッキリなら楽しいと思っていたのだ。

フェイワンは何かを探るように、ラウシャンをジロジロと見ているが、ラウシャンはあくまでいつも通りだ。

「ラウシャン、随分落ち着いているが、貴方はどう思われているのですか？」

フェイワンがそっと小声で尋ねた。するとラウシャンは足を止めて、少しばかり不愉快そうに眉根を寄せながら、フェイワンを見た。

「恐れながら陛下……私も自分の目で見ておきながら、まだ信じられません。ですからなんとも申し上げられません」

ラウシャンはいつも通り真面目に答えた。

「だがその者をリューセーと判断したのだろう？」

「信じられませんが……そうなりますね」

「気を失っているのだろう？　なぜリューセーだと？」

「ご覧になればお分かりになります」

ラウシャンはそう言って再び歩きだし、寝室の扉を開けた。中に入ると、中央に天蓋付きの大きなベッドがひとつある。そこに眠っている人の姿があった。

フェイワンと龍聖は、寝室の中に入り、ベッドで眠る人物を見て息を呑んだ。

「りゅ……龍聖だね」

最初に龍聖がそう呟いた。

「確かに……お前に似ているな」

「え、やっぱり顔も似てるかな？　でも若いね」

ベッドに眠るのは黒髪の青年だった。顔立ちは龍聖によく似ている。

「オレは近づいても大丈夫だよね？」

龍聖がそう言ったので、フェイワン達は少し困った顔をしたが、仕方ないと頷いた。

龍聖はベッドの側まで行き、その場にしゃがみ込んで寝ている青年の顔を覗き込んだ。じっと間近でみつめる。

『肌が綺麗だなぁ、この子も髭が薄いのかなぁ？　オレ、日本にいた頃三日に一回しか剃らなくても良かったんだよね。こっちに来てリューセーになったらまったく生えなくなったけど……メイクはしていないっぽいから、オレに似せているってわけでもないよね。髪は……これ、天パじゃないよね？染めてるわけでもないかなぁ？』

龍聖が真剣に見ていると、後方から何か気配を感じたので振り向いた。少し離れたところにいるフェイワンが両手を振って、何か口パクをしている。

『ん？　チ・カ・ス・ギ・ル……ああ、近すぎる……ね』

龍聖はニッと笑って、『ダ・イ・ジョ・ウ・ブ』と口パクで返そうとした。だがその時……。

「誰？」

真横で声がした。龍聖はビクリと震えて、恐る恐る振り返る。すると眠っていたはずの青年が、ぱっちり目を開けてじっと龍聖をみつめていた。

「あっ！」

龍聖は思わず声を上げてしまい、慌てて口を手で塞いだ。

「ここはどこ？　あれ？　何ここ……映画のセットみたい」

その青年の口ぶりが、とても懐かしい『日本語』を聞いているようで、龍聖は嬉しさに身震いした。

「君の名前は？」

龍聖はニッコリと笑って尋ねた。

「オレは……あれ？　日本語？　っていうか、貴方日本人？　え？　なんかオレと似てない？」

「オレは日本人で、守屋(もりや)龍聖(りゅうせい)と申します」

「え？　ええ!!」

寝ていた青年は驚いて飛び起きた。

「守屋龍聖!?」

「はい、君は？」

「オレも守屋龍聖……え？　ちょっと待って？　ここって龍神様の世界？」

「そうだよ。あそこに立っている赤い髪の男性が『龍神様』だよ」

「わっ、すっげえいい男！　いや、待って待って待って！」

龍聖と名乗る青年は頭を抱え込んでしまった。

「儀式したら……本当に龍神様の世界に来ちゃったの？」

「そうだよ。ほら、こっちに来てごらん」

龍聖は、もう一人の龍聖の手を取って、窓辺まで連れていった。

「ほら、窓の外を見てごらん」

「あれ？　あれ？　え？　ド、ドラゴン？　ドラゴンだ！　本当に飛んでるの？　わあ！　本物？　映画みたい!!」

青年龍聖は、とても興奮してぴょんぴょん跳び上がって喜んでいる。その姿を、フェイワン達は呆気に取られて見ていた。

「なんか……リューセー様はもう仲良くなっているけど……さすがだな」

「いや、あれはあっちのリューセーもかなり社交的みたいだぞ」

フェイワンにタンレンが小声で話しかけると、フェイワンもそれに返事をした。二人の会話を聞きながら、ラウシャンは眉間にしわを寄せて頭を抱えた。

「君、いつの頃の日本から来たんだい？　何年？」

「二千百二十六年、二十二世紀だよ」

「二十二世紀!?　それってドラえ……いや、そんな未来から来たんだ！」

「え？　龍聖お兄さんは何年の人？」

「オレは二千十六年に儀式をしたよ」

「わあ！　百年以上前のご先祖様だ！　え？　じゃあ、もしかして伝説の九代目龍聖さん？」

「何、その伝説のって」

「えっ……だって守屋家がヤバくなっていた時に、貴方が偶然儀式をしてくれたおかげで……あっ……ああっ!!」

青年龍聖が突然、悲鳴のような大きな声を上げたので、龍聖はとても驚いた。フェイワン達も驚いている。

「やばい！　ねえ、オレ、もしかして間違えちゃったの？　来る場所間違えちゃった？」

「君は……十一代目？」

「そう！」

それを聞いて龍聖は目を丸くした。クルリとフェイワン達の方を振り向く。

「フェイワン！　この子十一代目だって！　シィンワンの子供のリューセーだよ！」

「十一代目!?」

フェイワン達も驚いて大きな声を上げた。

「ねえ！　どうしよう！　オレが龍神様のところに行かないと、守屋家が大変なことになっちゃうよ！　父さんと母さんが病気で倒れたんだ！　オレが儀式をしたくないって逃げまわっていたから……オレ、父さん達を助けたいんだ！　だから龍神様に会って謝って、なんでもするって……」

彼が泣きそうな顔で必死になって言うので、龍聖はかわいそうになって宥めようとした。

「龍聖、落ち着いて、きっと何かの間違いだよ。ちゃんと君の行くべき世界に行けるはずだから落ち着いて！　シュレイ！　なんか落ち着かせるお茶を飲ませて！」

「は、はい」

青年龍聖は、ベッドに座りカップを両手で持って、ちびちびとお茶を飲んでいる。少しは落ち着いたようだ。

少し離れたところで、フェイワン、タンレン、ラウシャン、龍聖、シュレイが輪になって、どうしたものかと話し合っていた。

「元に戻す方法はないのでしょうか？」

「こんなことは初めてだからな」

「ねえ、成人した世継ぎみたいに、あの子を永い眠りにつかせるのはどう？」

「リューセー様を眠りにつかせるなど聞いたことがありません」

「ねえ！」

突然後ろから声がして、全員が飛び上がるほど驚いた。見ると龍聖の真後ろに、青年龍聖が立っていて、ニコニコ笑っていた。

「わあ！　だ、だめだよ！　君は近づいたら！　さっき説明しただろう？　君はまだシーフォンに近づいたらだめなんだよ！」

龍聖が慌てて、青年龍聖を少し遠ざけた。

「ねえ、オレ、考えたんだけど、そちらの龍神様にオレが仕えたらだめなのかな？」

「え!?」

全員がぎょっとした顔をした。

「結局さ、オレの使命って龍神様に仕えることでしょう？　だったらこの世界の龍神様に仕えればいいんじゃないのかな？　めちゃくちゃかっこいいし、オレの好み！　ねえ、龍神様、オレじゃあダメですか？」

　青年龍聖がフェイワンをみつめて、ニッと笑いながら言った。

「はあ？　いや、そんな……」

「フェイワン！　はっきりダメって言ってくださいよ！　なんで躊躇しているのですか？　即答してください！　即答！」

　戸惑うフェイワンに、龍聖が少し怒って注意した。

「いや、違うんだ。リューセー、彼がいきなりグイグイくるから驚いて、返事がすぐに出なかっただけだ。オレが愛しているのはお前だけだ。分かっているだろう！」

「ひゃあ！　龍神様、台詞までイケメン！　めちゃめちゃかっこいい！　惚れる！　ねえ、じゃあ側室でも良いからさ！」

「ダメダメ！　ダメだってば！　え？　何この子、今時の子なの？　未来人だから？　なんでこんなに積極的なの？　龍聖、君、こんな知らない世界に来て戸惑いとかないの？」

　龍聖が混乱しながら尋ねると、青年龍聖は首を傾げて「う～ん」と唸った。

「戸惑いは……ちょっとはあったけど……小さい頃から龍神様の下へ行くって聞かされていたし……まあ半分本気にしていなかったけど……だけど龍神様がおじいちゃんだったらやだなぁってくらいには思ってて、けど、すっごいハンサムだから、オレは全然大丈夫だよ。むしろ伴侶になりたい感じ」

青年龍聖はそう言って満面の笑顔を向けた。龍聖は絶句している。

「え……これ……百年のジェネレーションギャップなの？　ちょっとオレついていけないかも……」

龍聖は思わず頭を抱えた。

「ねえ、龍神様！　オレ、帰れないんだったら伴侶にしてよ！　愛人でも良いから！　じゃないと龍神様との約束が守れないから！」

ぐいぐい迫ろうとする青年龍聖を、龍聖が必死で引き留めた。

「シュレイ！　ちょっと……この子眠らせて!!」


「わあ！」

龍聖はガバッと飛び起きた。ベッドの上でしばらく呆けたようにしている。寝室の中はうっすらと明るい。窓にかかるカーテン越しに、日が昇り始めているのが分かる。

「どうした？　夢でも見たか？」

声をかけられて、はっとしたように隣を見た。フェイワンが少し眠そうに目を擦っている。龍聖と目が合うと「おはよう」と言って笑った。

「お、おはよう……」

『あれ？　もしかして……夢オチ？』

龍聖はポリポリと頭をかいた。

「フェイワン……あのね……」

「ん？　なんだ？　昨夜のでは足りなかったか？」

フェイワンがニッと笑って、龍聖の腰に口づけた。

「もう……」

『まあ……いいか……』

龍聖は溜息をついて、フェイワンに口づけた。


いつもの朝、いつもの朝食風景。シュレイもいつもと変わらない。

『やっぱり夢かぁ……』

龍聖はなんだかひどく疲れたな……と思いながら、綺麗に切られた果物の欠片を、ぽいっとひとつ口に放り込んだ。

「ぽいっ！」

インファがそれを真似したが、上手く口に入れられず下に落としてしまった。

「リューセー様、インファ様が真似をされますので、行儀の悪いことはおやめください」

シュレイに叱られて、龍聖は苦笑してフェイワンと視線を交わした。フェイワンはニヤニヤと笑っている。

『それにしてもすごい夢だったなぁ……未来のリューセーかぁ……かなりイケイケでびっくりしたけど、あんな子なら、たくさん子供を産んでくれるかもなぁ……今の世界に来られたら困るけど……』

龍聖はお茶を一口飲んで、ほっと一息ついた。その時、シュレイが怪訝そうな顔で、扉をみつめているのに気づいた。

「シュレイ、どうかしたの?」

龍聖はそう声をかけてから、はっとした。

『これってなんかデジャブ……』

「あ、いえ……失礼いたしました。なんだか外が騒がしい気がして……」

シュレイがそう答えると同時に、少し激し目に扉がノックされた。それにシュレイは益々眉間のしわを深くして、扉の方へ歩きだした。

「わあ! シュレイ! 待って!! その扉は開けないで!!」

意固地な君のささやかな欲望

シュレイは胸に分厚い本を二冊抱えて、足早に廊下を歩いていた。龍聖から頼まれた本を、書庫から借りてきたのだ。

国王の私室の居間へ入るなり、にぎやかな声と目の前に見える信じられない光景に、シュレイは持っていた本を落としてしまいそうになった。

「あっ、シィンワンが来ると危ないから、そっちへ連れていってくれる？」

龍聖が両手に何かを抱えて、踏み台の上に上がっている。体を捻って斜め後ろを振り返りながら、ヨチヨチと歩くシィンワンを気にして、乳母に指図をしているところだった。

踏み台の上という足元の危うい場所で、荷物を持ったまま不安定な体勢をしている龍聖は、危なっかしいなどというものではない。というよりも、なぜ龍聖が、そんなことをしているのか、シュレイには状況が分からなかった。

龍聖から少しだけ距離を取って、侍女が二人不安そうな顔で見守っている。

「リューセー様！　何をなさっているのですか！」

シュレイは思わず声を上げて、龍聖の下へ駆け寄った。

「あ、シュレイ、おかえり」

龍聖はなんとものんきな口ぶりで、慌てるシュレイにそう返事をした。

「危ないです！　すぐに降りてください！」

「大丈夫だよ。そんな高さはないし……いや、実はこれをね……っと……わっ！　わわっ！」

龍聖は抱えていた壺を、シュレイに見せようと体を捩ったまま、手に持ち直して掲げようとしたが、無理な体勢のため足の位置を変えようとして、うっかり右足を滑らせてしまった。ぐらりと体が傾く。

龍聖は咄嗟に飾り棚に摑まろうとしたが、抱えている壺が邪魔で、上手く摑めなかった。

「うわっ！」

「リューセー様！」

ドシンッと音がするほど、派手に踏み台から落ちて、龍聖は尻もちをついた。踏み台は横倒しになり、侍女達の悲鳴が上がる。

「あいたたたた……シュ、シュレイ……ごめんね」

龍聖は尻と背中を打ったが、シュレイが下敷きになってくれたので、それほどの衝撃はなかった。

「リューセー様……お怪我はありませんか」

「大丈夫、どこもなんともないよ……というか、シュレイも大袈裟だなぁ……これくらいの高さから落ちても、お尻が痛くなる程度だよ……あっいつまでも乗っかっててごめんね」

龍聖は自分の失敗に恥ずかしくなりながらも、下敷きにしているシュレイに申し訳なくなり、慌てて起き上がろうとした。だが壺を大事に抱えたままなので起き上がれない。

「ごめん、これを……」

龍聖は側にいた侍女に、持っていた壺を渡した。侍女達はとても心配そうな顔で「大丈夫ですか？」と龍聖に声をかける。

「よいっしょっと……ごめんね、シュレイ、今のはオレが……って、シュレイ!! 腕！ 腕大丈夫!?」

立ち上がった龍聖が、後ろを振り返ると、倒れているシュレイの右手が変な方向に曲がっているように見えてひどく慌てた。シュレイは自分では起き上がれないようなので、龍聖がそっと肩を摑むようにして抱き起こす。

「だ……大丈夫で……痛っ……」

シュレイが痛みに顔をしかめた。

「医者を！　医者を呼んで！」

龍聖は侍女に向かってそう叫んでいた。


「骨に異常はありません。肩を脱臼しているだけです。大きく外れたわけではありませんし、整復いたしましたのでもう大丈夫ですが、しばらくは右腕を動かさないようにして、腫れが引くまでは安静が必要です」

医師が龍聖に、シュレイの症状について説明をした。それを聞いて龍聖は安堵の息を漏らす。

ソファに大人しく座っているシュレイは、右肩を固定するように、包帯でぐるぐる巻きにされている。

「申し訳ありません」

龍聖がシュレイの隣に座ると、なぜか謝ってきた。

「え？　なんでシュレイが謝るの？　謝るのはオレでしょう？　オレのうっかりのせいで本当にごめんね」

「私の怪我など大したことはありません。それよりもリューセー様がご無事で何よりです」

「……シュレイ、君をこんな目に遭わせておいてなんだけど……シュレイも慌てすぎだよ？　踏み台はそれほどの高さはないのだし、踏み外して落っこちたとしても、オレは尻もちをついて少しお尻が痛くなる程度で済んだと思うよ？」

「それでも私としましては、どんな些細な怪我であっても、リューセー様のお体に傷をつけるわけには参りませんから」

シュレイが至って真面目にそう返すので、龍聖は何も言えなくなって、また頭を下げて謝った。

「それで……先ほどは何をしていたのですか？」

「ああ……今日の来賓客から、綺麗な壺をいただいたって侍女達が持ってきたんだ。初めて見る形で色や模様も綺麗だから、花瓶とかで使うよりも飾ろうってことになって、飾り棚の一番上に置こうって、オレが提案したんだよ。それで侍女達が踏み台に乗って、飾ろうとしてくれたんだけど、意外と壺が重いし、侍女達の背では棚の一番上に届かなかったから、オレがやるよって言って、軽い気持ちで踏み台に上っていたところに、シュレイが戻ってきたんだよ」

龍聖はことの仔細をシュレイに説明した。

「確かにオレも悪かった。壺を持ってみたら、オレにはそれほどの重さに感じなかったから、ふたつまとめて抱えたんだよね。一度にやろうとしたのが悪かったと思うよ。おかげで両手が塞がっちゃって、姿勢を上手く保てなかったし、いざという時に棚を掴めなかったし……まあ壺を手放しちゃえば良かったんだろうけど……とにかくオレが横着してしまったせいです。本当にごめんなさい」

龍聖が深く頭を下げて謝ったので、シュレイは大きく溜息をついた。

「事情は分かりました。リューセー様のご気性を思えば、仕方のないことではありますが、そういう時は私が戻るまでお待ちください。反省しておいでなのであまり言いたくはありませんが……とにかくそのようなことは王妃であるリューセー様がなさることではありません。すべて侍女や私にお任せになってください」

「はい、ごめんなさい」

シュンとしてしまっている龍聖を見て、シュレイが仕方のないことと力なく微笑んだ。

「それからリューセー様、私の怪我のことはどうかこれ以上ご心配なさらずに……ご自分を責めないでください。リューセー様の代わりに受けた傷は、私にとっては勲章なのですから」

「こんな勲章……」

龍聖は不満そうに眉根を寄せて、シュレイの肩を痛々しいという目でみつめた。そしてじっと考え込む。

「シュレイ、今日はもう下がってください」

「え？」

突然龍聖からそう言われて、シュレイは意味が分からないという顔をした。

「いや、今日だけではなく、その怪我が治るまで仕事を休んで休養してください」

「リューセー様、何をおっしゃるのですか!?」

シュレイは驚いている。

「その腕では何も仕事が出来ないでしょう？　物は持てないし、お茶も注げないし、右手だから書き物も出来ない。オレの着替えの手伝いさえも出来ない。ここにいても何も出来ないでしょう？」

「しかし！」

反論しようとするシュレイを、龍聖が宥めるように無事な左手の方をそっと握った。

「お医者様もしばらくは安静にしなさいと言っていたでしょう？　脱臼は外れた関節を元に戻せば完治というものではないよ？　痛めた筋は腫れ上がるし、今動かせば腫れは引くどころか悪化する。早く治すにはとにかく右腕を動かさずに安静にするだけだよ？　シュレイはここにいて、侍女に指図するだけでも仕事が出来ると思っているかもしれないけど、シュレイの性格を考えたら、右腕以外は大丈夫な分、ただ見ているだけではいられないでしょ？」

龍聖にそう諭されて、反論したいが出来なくて、シュレイは眉根を寄せてとても不満そうに目を伏せた。

「オレのせいでこんなことになってしまって、シュレイは気にするなと言うけれど、気にしないわけにはいかないよ。痛々しい姿を見たら、オレの胸は痛むし……子供達もきっと心配するよ？　シュレイがもしもオレに対して、仕事をさぼって悪いなんて思うのならば、それは逆だからね？　一日も早く治して、仕事に戻ることがオレのためになるんだから……だからしばらくは治療のために休んでください」

龍聖はそう言って「お願いします」と言いながら頭を下げた。シュレイは困ったように顔をしかめている。龍聖の言うことはもっともだと思うが、やはり側近として休むわけにはいかないという忠誠心で、板挟みになっているのだろう。

「分かったよ。それじゃあせめて今日を入れて三日間は絶対に休んでね。そしたら腫れは引くと思うから……でも普通なら十日以上は安静が必要なんだよ？　とにかく三日間、右腕を絶対に動かさずに安静にして、腫れが引いたら仕事に出てきても良いです。だけど肩を固定している包帯は、医者が良いと言うまで取らないでね」

龍聖の方から譲歩案を出した。それでもシュレイには不満のようだったが、こちらも龍聖の意図を汲んで渋々納得した。

「分かりました。大変ご迷惑をおかけしますが、三日間お休みさせていただきます」

神妙な面持ちでそう言ったシュレイを見て、龍聖はまだ何か考えるように頬に手を当てて首を傾げる。

「シュレイ……三日間は自分の部屋に戻ったらだめだからね？」

「え？」

龍聖が眉根を寄せながらそんな風に言うので、シュレイはキョトンとした顔をする。

「誰にも迷惑をかけないつもりで、自分の部屋にこもろうとしているでしょう？　ダメだよ。それだと結局自分の身の回りのことを、自分でしちゃうから……安静だよ？　安静の意味は知ってる？」

龍聖に責めるように言われて、シュレイは困惑の表情で黙っている。そのつもりだったと自白しているようなものだ。龍聖は呆れたように溜息をついた。

「三日間はタンレン様のところで世話になってね。身の回りのことは、タンレン様のところの侍女にしてもらって、毎日お医者様の診察を受けること。お医者様から腫れが引いたと言われなければ、たとえ三日経っても、ここに戻ることは許さないからね？　ちゃんとオレから医者にもタンレン様にも言っておくから」

びしりと龍聖から言われて、シュレイはひどく狼狽した。

「リューセー様、ですがっ……」

「ああ……オレのせいだ。オレのせいでシュレイがこんな怪我を負っちゃった……責任感じて眠れないよ……タンレン様のところで療養しないと言うなら、オレがつきっきりで看病しよう！　そうしよう！　だってオレのせいだからね！」

「リューセー様！」

「さあ、どっちを選ぶ？」

龍聖が凄んだ顔でそう言ったので、シュレイは仕方なく頷いた。

「分かりました。タンレン様のところで療養いたします」


遠くで勢いよく扉を開く音がした。侍女達が出迎える声が聞こえたかと思うと、駆けてくるような勢いのある足音が近づいてきて、目の前の扉が開かれた。

「シュレイ！　大丈夫か！」

現れたのはタンレンだ。

ベッドに横になっていたシュレイは、驚いて目を丸くする。

タンレンは、特に慌てている様子もなく、狼狽している表情でもない。むしろとても上機嫌で、にこやかに笑っているようにも見える。

「シュレイ！　リューセー様から聞いた！　心配したぞ！」

そう言っているが、言葉とは裏腹に、本当に嬉しそうだ。タンレンはベッドに歩み寄り、椅子を引き寄せて座った。

「タンレン様……どうしてここに？　まだお帰りになるには早い時間だと思いますが……」

早いも何もまだ昼前だ。正確には間もなく正午で、昼食をとる時間だ。

「もちろん君のことが心配で駆けつけたんじゃないか。今日はオレも仕事を休むことにした。君の看病をするよ」

タンレンがニッコリと笑って言ったので、シュレイは露骨に顔をしかめて眉根を寄せた。

「何をおっしゃるのですか？　私は看病など必要ではありません。右肩を脱臼しただけです。脱臼と言っても少しばかり関節がずれただけで、医師からすぐに整復してもらいましたから、異常はありません。腕を少しばかり変な方向にねじってしまったせいで、筋を痛めて腫れていますが、腫れさえ引けばすぐに治ります。ただ安静にしていればいいだけです。看病は必要ありません」

シュレイは厳しい表情で、淡々と説明をした。大事なことなので『看病の必要はない』と二度も念を押したくらいだ。タンレンを追い返す気満々だ。

「リューセー様に言われたので、こちらで療養させていただきますが、これ以上タンレン様にご迷惑をおかけするわけには参りません。どうかお仕事にお戻りください」

冷たいくらいに突き放すような口ぶりで言われたが、タンレンにはまったく効き目はない。シュレイとの長い付き合いで、そういう物言いには慣れている。タンレンは相好を崩して大きく頷いた。

「分かっているよ。すべてリューセー様から伺っている。シュレイは何も心配することはない。君はオレの恋人なのだし、一緒に暮らしているんだ。怪我をした時だけ自分の部屋に帰るなんてとんでもない。ここで療養するのは当然だろう？」

普段ならばこういう言い方をすれば、シュレイが嫌がることは知っている。『恋人』という言葉で二人の関係を表すことは嫌がるし『一緒に暮らしている』ことも認めるのを嫌がる。だがタンレンは敢えて今その言葉を使った。シュレイに現実を知らしめるためだ。

シュレイがどんなに嫌がってもリューセー様は、そういう風にオレ達の関係を認識しているのだよ？　と認めさせるためだ。

シュレイは少し赤くなって、眉間のしわを深くしながら目を伏せた。

「これはね、君の日頃の行いのせいなのだから、我慢するしかないんだ」

「なっ……！」

タンレンがまるで子供を説教するような言い方をしたので、シュレイは目を丸くした。

「君が普段から無理せず手を抜いて要領よく仕事をしたり、リューセー様の言葉に従って時々休暇を取ったりしていれば、リューセー様もこんな命令はしなかったはずだ。君はともすれば腕の一本など失ってもかまわないってくらいの意気込みで、その怪我もいとわず側近の務めを果たそうとするだろう？　だからオレのところで療養するように言われたんだ。分かっているかい？　リューセー様はオレに、シュレイをよろしくと頼まれた。ちょっとしたことならば自分でやってしまいそうだから、侍女にもよく言って聞かせるようにってね。だからオレが帰ってきたんだよ」

タンレンが微笑みながら穏やかな口調で説明するのを、シュレイは苦々しい表情で聞いていた。龍聖がそう言うところも、タンレンが喜んだであろうことも想像出来るからだ。そしてタンレンが言うように、自分の変えられない性格も分かっている。

「そういうわけだから、君がきちんと言われた通りに大人しく安静にしているならば、別にオレは三日もつきっきりで看病するつもりはないよ。ただ今日だけは休んだ。特に急ぎの仕事はないし、リューセー様からも頼まれたし、フェイワンも了承済みだしね」

タンレンはそこまで言ってから侍女を呼んで指示を出した。

「そういうわけで、とりあえず一緒に昼食を食べよう」

満面の笑顔で言われて、シュレイは諦めたように溜息をついた。

しばらくして侍女が二人分の食事を運んできた。ベッドの横に小さなテーブルを置いて、そこに料理の皿を並べる。

それぞれの料理が、ひとつの皿に二人分の量を盛られているようだ。

タンレンは丁寧にシュレイの上体を支えながら、枕をいくつか重ね置きして、シュレイが無理なく体を起こした状態でもたれかけさせた。その慣れた手つきに、シュレイは安心して任せられる。

「慣れておいでですね」

「ああ、昔フェイワンの世話をしたからね」

タンレンは笑顔でさらりと言った。苦しい時代の話だが、今となってはこうして笑って話すことが出来る。それは良いことだ。

「さあ、どれから食べる？　君はこれが好きだね」

タンレンは皿を手に取り、牛の乳で柔らかく煮た魚肉団子を、フォークで半分に割って刺すと、シュレイの口元へ運んだ。シュレイは驚くと同時に、赤面して狼狽する。

「じ、自分で食べられます！」

「ダメだよ。右手は動かせないんだ。左手ではこぼしてしまうだろう？　オレのいない時には、侍女にしてもらうから、大人しく食べるんだよ？」

タンレンが優しくそう言った。シュレイは、悔しそうに眉根を寄せて口を開けた。

「シュレイ、オレは君に協力をしているつもりだよ。君が一日も早く怪我を治して、側近の仕事に戻れるようにね」

タンレンは、シュレイに食事をさせながら、そんなことを言った。シュレイは赤い顔のままで、不可解そうにタンレンをみつめる。

「協力ですか？」

「ああ、そうだ。君の看病のために必要なことを、全部オレがしてあげよう。君にとってはとても嫌なことかもしれないけれど、それらすべては君が自分では決してしてはいけないことで、人の手を借りる必要があることばかりだ。明日から侍女にしてもらうのだけど、きっと君はオレにされるより、侍女の方が気が楽でましだと思うだろう。人の手を煩わせて、看病を受ける気の重さがなくなるはずだ」

タンレンが「ねっ」とウィンクをして笑うので、シュレイは思わずぼんやりとした顔で、言われた言葉を頭の中で反芻した。ちらりと視線をタンレンに向けると、タンレンは本当に嬉しそうだ。いそいそと料理を食べやすいように取り分けて、シュレイの口へ運ぶ。自分の分は冷めてしまうだろうに、なんでそんなに嬉しそうなのだと思って、つい苦笑してしまった。

「別に……嫌なわけではありません」

「ん？」

シュレイが赤い顔で、気まずいという表情のまま呟いた。

「あなたにこんなことをさせて申し訳ないと思っているだけです。嫌なわけではありません」

シュレイは目を伏せたままで、決してタンレンの顔を見ようとはしなかった。タンレンはニヤニヤと嬉しそうに笑っている。そして敢えて何も返事をしなかった。

食事の後、タンレンから本でも読むかと聞かれて、シュレイは素直に頷いた。本を持ってきてもらい、開いた状態で左手に持たせてもらった。タンレンがページをめくってくれる段になって、手を掛けさせることになったと後悔した。だがタンレンは「オレも一緒に読みたい」と言い出して、ベッドに腰かけて、シュレイに寄り添うような形で、右肩には触れないように気を配りながら、一緒に読書をしてくれた。

ページをめくる時も、シュレイに聞いてくれる。

久しぶりに思える穏やかな寛ぎの時間は、とても心地よくて、シュレイも無意識に笑みを浮かべていた。

しかしやがて右肩の鈍痛が、次第に激痛に変わり始めて、体がひどく熱く感じた。シュレイは我慢していたが、様子の変化にタンレンが気づいた。

「肩が痛むのかい？　医師も今夜は熱が出るかもしれないと言っていた。薬を飲んでしばらく横になりなさい」

タンレンは侍女を呼んで、シュレイに薬を飲ませてベッドに寝かせた。シュレイは大人しく従って、横になると目を閉じた。

熱のせいで意識が混濁していた。眠っていたかと思うと、喉の渇きで目が覚める。だが目を開けていても、どこか夢の中にいるような感じだ。

半分流れているシーフォンの血のおかげで、子供の頃からほとんど病気になったことがない。

小さな頃に誤って川に落ちて溺れかけたことがある。その時は熱を出して、今のような状態になったのだと、夢うつつに思い出した。

心配そうな顔の母が、ずっと一晩中付き添ってくれていた。額に当てられた水で濡らした布の冷たさが心地いい。目を開けると、かならずそこには母の顔があったので、それを見ただけで安心したことを思い出した。

熱を出すとなぜあんなに不安な気持ちになって、心細くなってしまうのだろう？　忘れていたそんな思いが蘇り、シュレイはひどく不安な気持ちになっていた。そのせいで、悪い夢まで見てしまう。

彼の人生で一番怖い思いをした日のことを思い出していた。

荒々しく扉を叩く音と、男達の大きな声、ひどく狼狽した様子の母が、シュレイを床下に隠した。

『母さんが呼ぶまで絶対に出てきてはだめよ』

母は強い口調でそう言った。

『愛しているわ、私のかわいいシュレイ』

そう言って優しく頭を撫でられた。それが母の最期の記憶だ。その後は暗闇の中で、ずっと蹲りながら震えていた。母の悲鳴が何度か聞こえて、その後静かになった。

ドタドタという荒々しい足音が、ずっと頭の上で聞こえ、怖くて怖くて……。

「シュレイ」

何か冷たいものが首から肩にかけて置かれた。我に返って目を開けると、そこにはタンレンの顔があった。

「悪い夢を見ていたのか？」

タンレンは微笑みながら優しくそう言って、頭を何度か撫でてくれた。

「タンレン……」

「オレが側にいるから大丈夫だ。何も怖いことはないよ」

タンレンはそう言って、シュレイの額や首筋の汗を拭いてくれた。肩の上には氷嚢が乗せられている。

「水を飲むかい？」

尋ねられて素直に頷くと、小さな水差しに入れられた水を丁寧に飲ませてくれた。部屋は暗くて、ベッドから少し離れたところにランプが灯っているのが見えた。

「もう……夜ですか？」

「ああ、夜だよ。君は心配しないで眠りなさい。オレがこうして手を握っていよう。怖くなったらオレを呼ぶと良い。いつでも君を助けるからね」

いつものシュレイならば『何を言っているんですか』とそっけなく振るところだが、熱で弱っているシュレイはとても素直だった。

タンレンの手をぎゅっと握り返して、素直に頷いて目を閉じる。タンレンは嬉しそうに微笑んで、握っているシュレイの手の甲にそっと口づけた。


シュレイは夢を見ていた。笑顔のタンレンと一緒にいる夢だ。

「たまにはどこかに行かないか？」とタンレンが言った。シュレイは一瞬眉根を寄せて『仕事が忙しいですから』といつものように無下に断ろうとした。だがなぜかそんな気持ちにはならなかった。

「どこか……ですか？」

素直に尋ねる。するとタンレンは、さらに嬉しそうな顔で笑った。タンレンの笑顔が好きだ。屈託のない少年のような顔で笑う。真面目で正義感が強く、フェイワンを護衛する時は、虫も逃さぬような鋭い視線で辺りを警戒する。誰よりも頼りになる竜王の片腕だ。

それなのにシュレイの前では、いつも笑顔だ。どんなにシュレイが冷たくしても、決して怒ることはない。不機嫌な顔を見せることもない。

シュレイはいつしかタンレンの笑顔を見るだけで、どんな疲れも取れるような気がするようになっていた。側にいるだけで良い。タンレンからは無欲だと思われているようだが、決して無欲などではない。

竜王の片腕で、ロンワンである彼を、側に縛りつけたいと思うのだから、これ以上の欲などないだろう。

「たまにはスジュンに乗って散歩にでも行かないか？　君は休めないと怒るだろうけれど、リューセー様はいつも君が休んでくれないとぼやいていらっしゃるんだよ？　せめて半日くらい、良いじゃないか」

タンレンはシュレイを誘うのに一生懸命だ。

「遠くには行きません」

シュレイが断ると、タンレンは少しばかり困った顔をする。でも笑顔は崩さない。

「近くで良いです」

タンレンが次の提案をする前に、シュレイはそう言っていた。

「タンレン様の別荘がいいです。湖の側を貴方とのんびり散歩したいです」

シュレイはそう言っていた。自分でも驚くくらいに素直な気持ちを口にしていた。シュレイとしては、エルマーン王国の外に出るのは不安だ。ほとんど国の外に出たことがない。それよりもタンレンの別荘が好きだった。

湖のほとりにある小さな館は、とても静かで居心地がいい。

タンレンはこれ以上ないくらいに嬉しそうに笑って「そうしよう」と即答してくれた。

シュレイは安堵する。タンレンが喜んでくれて嬉しい。いつも気を遣わせてばかりで、でもタンレンの想いを素直に受けることが出来なくて申し訳ないと思っていた。

素直に気持ちを伝えるだけで、こんなにもタンレンが喜んでくれて、自分もこんなに幸せな気持ちになれるのだ。それはとても不思議な感覚だった。

だけどたぶんこれは夢だからだろう。頭のどこかでそんなことを考えた。現実のはずがない。現実の自分はこんなに素直じゃないし、タンレンももしかしたら、こんなことで納得してくれないかもしれない。

何よりタンレンも忙しいのだ。

多くを望んではいけない。タンレンの側にいられるだけで幸せなのだ。

ふっと辺りが白くなり、ゆっくりと目を開けた。

「おはよう」

声をかけられて、意識がはっきりとした。眠っていたのだ。やはり夢だった。そう思ったのだけれど、目の前には夢と同じ笑顔のタンレンがいた。

「良い夢を見ていたのかい？　笑っていたよ？」

タンレンがクスリと笑いながら、濡らした布で丁寧にシュレイの顔を拭いてくれた。

「肩はまだ痛むかい？」

「いいえ……動かすと痛いかもしれませんが……今は痛くありません」

シュレイはそう答えようとしたが、喉がかれているのか少し声が掠れてしまった。タンレンは微笑みながら頷いて、そっと水差しを口元に当ててくれた。水を飲んでほっと息を吐く。

「今日も一日安静にしていたら、きっと早く治るよ。侍女の言うことはちゃんと聞くんだよ？　腫れが引いたら、復帰を前に少し体を動かした方が良いかもね。もちろん右肩を動かさないように、上手く体を動かすための練習だけど……一緒にどこかに行こうか？」

タンレンは最後に少し冗談めかした口調で言った。だがシュレイが怒ると思ったのか、すぐに訂正しようとしたが、先にシュレイが口を開いた。

「別荘に行きたいです」

「え？」

思いがけない言葉に、タンレンがきょとんとした顔で聞き返してきた。

「タンレン様の別荘に行きたいです。湖の側を貴方とのんびり散歩したいです」

シュレイは真っ直ぐにタンレンをみつめながらそう言った。一瞬、タンレンは言葉を失っていた。なんと返事をしたらいいのか迷ってしまったようだ。

だが我に返り、迷いを打ち消して笑顔で頷く。

「いいね！　そうしよう！　オレもまた半日休もう」

少年のような顔で笑う。
シュレイはその顔をみつめながら幸せだと思った。

あとがき

皆様こんにちは。飯田実樹です。

「空に響くは竜の歌声　紅蓮の竜は幸福に笑む」をお読みいただきありがとうございます。番外編集第二弾です。

「空に響くは竜の歌声」シリーズは、新刊発売の際にいくつか書店特典SSが付いて来るのですが、それら全部を手に入れることは難しいと思います。(全部ゲットする方もいらっしゃいますが)他にもフェアだったり同人誌だったり……すべてを網羅するのは難しいだろうということで、いつも応援してくださる読者様のために番外編集として、ひとつにまとめました。もちろん書下ろしもあります。私は「竜歌宝箱」と呼んでいますが、皆様は宝箱を愉しんでいただけましたか?

さて、今回十二冊目になるのですが、毎度のことではありますが、私を苦しめるのは「サブタイトル」です。九代目フェイワンをメインとする場合は「紅蓮」を付けることにしていますが、すでに二冊ありこれで三冊目。「紅蓮の～」に続く良い言葉がなかなか決まらず苦戦いたしました。

担当さんも巻き込んでかなり悩みまくる中、担当さんが「あっ!」と何かを閃きました。でもすぐに恥ずかしそうに「いや、昔の少女漫画のようなタイトルだから……」と閃いた案を否定しました。教えてと言っても教えてくれず「昔の少女漫画のようなタイトル」と聞いて、私も「こんなのかな?」と想像しつつしつこく問いただすと、思いのほか可愛いタイトルで、TL小説を思わせるようなものでした。

「クッ……すみません、私が想像していたものは、もっと七十年代少女漫画でした」となんだか敗北

感を覚える私。私が想像していた昔の少女漫画のようなタイトルとは、

「紅蓮の竜にくびったけ！」

もうそれから私と担当さんは頭から「くびったけ」が離れず、さらにサブタイトルが決まらない地獄に突入したのでした。

そんな感じで、いつも担当さんと仲良く作っている竜歌です。

そしてこれは私事ですが、昨年開催した「第二回空に響くは竜の歌声お茶会」の一等賞品【空に響くは竜の歌声にキャラとして登場する権利】を獲得した読者様が、書下ろし小説の中に登場しています。

また番外編集恒例で、各竜王達の話ごとに扉絵を入れています。ひたき先生にはこちらの指定なく自由に描いていただきました。どれも素敵な仕上がりに、私もわくわくしました。ひたき先生本当にありがとうございます。

そして美しい装丁はウチカワデザイン様。毎回「紅蓮の」に使っていただいている金文字は特殊な色で、とても荘厳な感じです。ありがとうございます。

それからいつも応援してくださる読者の皆様。皆様のおかげで竜歌シリーズは出来ています。「読者様が喜ぶかな？」「読者様が好きになってくれるかな？」いつもそんなことを考えて書いています。

書下ろし「紅蓮の竜は幸福に笑む」は、Ｔｗｉｔｔｅｒアンケートで、「熟年期のフェイワンと龍聖が読みたい」という大多数の意見から生まれました。

以前から多くいただいている「ラウシャンとシェンファの話が読みたい」というご意見も入れさせてもらいました。

たくさんの皆様のお力で、この宝箱が完成しました。
ぜひ番外編集第三弾が出せるように、これからも「空に響くは竜の歌声」を応援してください。よろしくお願いします。

飯田実樹

初　出

甘い悋気と淡い艶羨／同人誌『龍　拾参』(2016年12月刊行) 掲載

『嵐の竜』

キュラキュラ／同人誌『キュラキュラ』(2018年6月刊行) 掲載
最高のデートをしよう／とらのあな特典ペーパー (2018年5月) 掲載
花舞う空／アニメイト特典ペーパー (2018年5月) 掲載
幸せの継承／コミコミスタジオ特典ペーパー (2018年5月) 掲載

『聖幻の竜』

涙は嫌い／丸善ジュンク堂書店特典ペーパー (2018年11月) 掲載
頼もしき味方／アニメイト特典ペーパー (2018年11月) 掲載
我が美しき剣／とらのあな特典ペーパー (2018年11月) 掲載
隠れ鬼／コミコミスタジオ特典ペーパー (2018年11月) 掲載

紅蓮の竜は幸福に笑む／書き下ろし

『猛炎の竜』

君の笑顔が見たいから／コミコミスタジオ特典ペーパー (2019年11月) 掲載
飛行訓練／丸善ジュンク堂書店特典ペーパー (2019年11月) 掲載
愁雲の空／アニメイト特典ペーパー (2019年11月) 掲載

『紅蓮の竜』

その唇の先に／異世界ちょっと大きなノベルフェア特典小冊子 (2018年11月) 掲載
婦唱夫随？／丸善ジュンク堂書店特典ペーパー (2019年5月) 掲載
魔法のおやつ／コミコミスタジオ特典ペーパー (2019年5月) 掲載
世界にひとつの癒し処／とらのあな特典ペーパー (2019年5月) 掲載
喜びの歌／アニメイト特典ペーパー (2019年5月) 掲載
竜王の備忘録／フリーペーパー (2019年4月) 掲載

W龍聖／フリーペーパー (2019年10月) 掲載

意固地な君のささやかな欲望／書き下ろし

竜の歌声
MIKI IIDA
飯田実樹
ILLUSTRATION
HITAKI
ひたき
特設WEB
https://www.b-boy.jp/special/ryu-uta/

『空に響くは竜の歌声　紅蓮の竜は幸福に笑む』をお買い上げいただきありがとうございます。

この本を読んでのご意見、ご感想など下記住所「編集部」宛までお寄せください。

アンケート受付中

リブレ公式サイト　https://libre-inc.co.jp
TOPページの「アンケート」からお入りください。

空に響くは竜の歌声
紅蓮の竜は幸福に笑む

著者名　飯田実樹

発行日　2021年4月19日　第1刷発行

発行者　太田歳子

発行所　株式会社リブレ
〒162-0825 東京都新宿区神楽坂6-46 ローベル神楽坂ビル
電話　03-3235-7405（営業）　03-3235-0317（編集）
FAX　03-3235-0342（営業）

印刷所　株式会社光邦
装丁・本文デザイン　ウチカワデザイン
企画編集　安井友紀子

Printed in Japan
ISBN978-4-7997-5213-5